STEFANIE GREGG

NEBELKINDER

AF178437

atb aufbau taschenbuch

STEFANIE GREGG, geboren 1970 in Erlangen, studierte Philosophie, Kunstgeschichte, Germanistik und Theaterwissenschaften bis zur Promotion. Nach Stationen im Bereich Bucheinkauf und als Unternehmensberaterin widmet sich die Autorin jetzt nur noch dem Schreiben. Mit ihrer Familie wohnt sie in der Nähe von München. Alle lieferbaren Titel der Autorin sehen Sie unter aufbauverlage.de.

München, 1945. Im allerletzten Zug ist Ana gemeinsam mit ihrer Mutter Käthe und ihrer Schwester aus Breslau geflohen. Käthe leidet unter den Traumata des Krieges, und so muss Ana die Verantwortung für die Familie übernehmen: aufbauen, arbeiten und Sicherheiten schaffen. Als Ana sich verlobt und ihr lang ersehntes Kind erwartet, scheint sie es endgültig geschafft zu haben, die Wunden des Krieges hinter sich zu lassen. Doch kurz vor ihrer Hochzeit mit Jochen trifft sie ihre Jugendliebe Franz wieder. Die Nacht mit ihm ist nicht das einzige Geheimnis, das Ana in den folgenden Jahrzehnten vor ihrer Tochter Lilith verbirgt. Erst als Lilith vor einer großen Entscheidung steht und den Sohn ihrer besten Freundin bei sich aufnehmen soll, erfährt sie auf einer gemeinsamen Reise mit Ana nach Breslau, was damals wirklich geschehen ist.

Stefanie Gregg

NEBEL-
KINDER

ROMAN

atb aufbau taschenbuch

MIX
Papier | Fördert
gute Waldnutzung
FSC® C083411

ISBN 978-3-7466-3592-7

Aufbau Taschenbuch ist eine Marke
der Aufbau Verlage GmbH & Co. KG

4. Auflage 2025
© Aufbau Verlage GmbH & Co. KG, Berlin 2020
www.aufbau-verlage.de
10969 Berlin, Prinzenstraße 85
Der Verlag behält sich das Text- und Data-Mining nach § 44b UrhG
vor, was hiermit Dritten ohne Zustimmung des Verlages untersagt ist.
Bei Fragen zur Sicherheit unserer Produkte wenden Sie sich bitte an
produktsicherheit@aufbau-verlage.de.
Umschlaggestaltung www.buerosued.de, München
unter Verwendung eines Motivs von © Arcangel / Rekha Arcangel
Satz Greiner & Reichel, Köln
Druck und Binden CPI books GmbH, Leck, Germany

Printed in Germany

Für meine Großmutter Käthe,
meinen Großvater Günter,
meine Mutter Sabine
und meine Tanten Lonny und Doi.
Und für mich.

KAPITEL 1

Anastasia
München, Februar 1945

»Hier könnt ihr schlafen.« Der Bauer machte eine abwertende Geste mit der Hand. Es war der Kuhstall, auf den er zeigte.

Im Umkreis von München waren sie in einem kleinen Dorf bei einem Bauern einquartiert worden, der die ›Flüchtlinge‹ – ein Schimpfwort für ihn – nur unter Zwang aufnahm.

Eigentlich hätte Käthe sich nun durchsetzen müssen, aber das Einzige, was sie herausbrachte, war ein nicht forderndes, sondern verzweifeltes: »Das ist doch nicht Ihr Ernst?«, auf das der Bauer nicht einmal reagierte, bevor er sich umdrehte und zu seinem Haus stapfte. Mit hängenden Schultern stand sie da, bis Anastasia sie in den Stall hineinzog. »Mutti, es ist warm dort drinnen!«

So weit war es, das Kind, das im Rüschenkleid auf dem Pony hätte sitzen sollen, begnügte sich mit einem warmen Kuhstall. Käthe wollte nicht mitgehen, aber Anastasias Wille war zu stark für sie. Ihr konnte Käthe nichts entgegensetzen.

Selma, die ältere Schwester Käthes, stand schon, die Hände in die Hüften gestützt, im Stall. »Es geht wohl nicht anders, wir müssen in der Mitte schlafen.« Mit diesen Worten hatte sie sich an Anastasia gewandt und an ihren Sohn Wolfi, der vier Jahre älter als seine Cousine war und auf der Flucht einen erheblichen Beitrag zum Überleben der zwei Familien geleistet hatte. Anastasia betrachtete den Kuhstall, in dem rechts und links die Kühe so angebunden waren, dass ihr Hinterteil zur Mitte stand, wo unter einem Rost eine Abflussrinne die Jauche abtransportierte. Nur eine schmale Gasse war zwischen den Kuhhintern frei. Selma seufzte und begann die Daunendecke herauszuziehen. »Wir werden bedeckt mit Kuhscheiße sein bis morgen früh. Ist aber sicher schön warm!« Selma hatte sich ihren Humor bewahrt. Wolfi schüttelte missbilligend den Kopf, wohingegen Lenchen, Anastasias kleine sechsjährige Schwester, zwischen den Kühen herumsprang, ihnen die Hintern tätschelte und gerade begeistert eine Box mit Kälbchen entdeckt hatte.

»Tante Selma, ja, so hat sich der Bauer das vorgestellt, aber warte, ich habe eine Idee.« Anastasia hinderte Selma daran, die Decke auf dem Boden auszubreiten. Fragend sah Selma ihre Nichte an.

Tante Selma hatte es geschafft, dass sie noch in den vielleicht letzten Zug aus Breslau hineingekommen waren. Auch wenn Anastasia sich nicht daran erinnern wollte, wie. Doch dann hatte Anastasia statt ihrer Mutter die Verantwortung übernommen. Während Käthe nur noch das Leben erlitt, hatte Anastasia sich um ihre Mutter und auch um ihre Schwester gekümmert. Schon als es Anastasia gewesen war, die ihre lethargisch verzweifelte Mutter zur Flucht bewegte, war sie zur Verantwortlichen für die Vahrenhorst-Familie geworden. Nach der Flucht war aus dem Kind Anastasia aus edler, schlesischer Abstammung die bayerische Ana geworden.

Ana stemmte die Hände selbstbewusst in die Hüften. »Wir legen uns in die Box zu den Kälbchen. Wenn wir das gute Stroh auf die eine Seite geben und die Kälbchen zur anderen Seite, kann uns gar nicht so viel passieren.« Selma legte ihre Hand auf Anastasias Kopf. »Du Kluge, du bist wirklich wie die Zarentochter! Du überlebst alles!«

Auch der größere Wolfi nickte ehrfürchtig, was Ana eine kleine, heimliche Freude war. Nur Käthe stand hilflos ein wenig weiter hinten, wie ein Kind, das abwartete, was die Eltern nun entscheiden. Dann schoben sie das saubere Stroh auf die eine Seite der Box und die drei Kälbchen auf die andere Seite, die sehr verdutzt darüber waren, aber es sich wohl oder übel gefallen ließen. Als sie schließlich alle mehr übereinander- als nebeneinanderlagen, krabbelte Lenchen über Ana, die ganz bewusst den schlechtesten Platz neben den kleinen Kühen übernommen hatte, und zwängte sich zwischen ihre Schwester und eines der Kälbchen.

Lenchen streichelte den Kopf des Tieres, das dankbar ihre Hand abschleckte. »Ana, zu Hause, da hatte ich meine Stoffkuh, weißt du noch, mit der habe ich auch immer geschlafen. Das jetzt ist doch viel schöner!«

Ana lächelte und legte ihren Arm um Lenchen.

Es war die wärmste Nacht, die sie seit Langem hatten. Und es wurden weit mehr Nächte daraus, als sie gedacht hatten, denn über Wochen ließ man sie nicht weiterreisen. Keiner wusste, wohin mit dem Strom der Flüchtlinge. Seltsamerweise waren dennoch diese Tage auf dem Bauernhof wie eine zeitweise Erholung für alle, auch wenn die Nächte kurz waren, denn sie mussten alle vor dem Bauern wach sein, damit er nicht merkte, was sie mit den kleinen Kälbchen anstellten. Dass sie, ob er dies wollte oder nicht, die Kühe melkten und die frische Milch tranken, war ihm klar. »Gebt's Wasser zur Milch, die frische macht Bauchweh«, war eines der wenigen Dinge, die er zu ihnen gesagt hatte, obwohl sie nicht wussten, ob dies stimmte oder ob er sie nur daran hindern wollte, zu viel Milch zu trinken.

Ana schlich früh am Morgen hinüber in den Hühnerstall und holte ihnen drei Eier – mehr nicht, damit der Bauer es nicht merken konnte. An einem Tag durften die Vahrenhorsts, Mutti, Lenchen und Ana, die drei haben, am nächsten Tag Tante Selma und Wolfi. Ana stach mit einem Holzstück ein kleines Loch, aus dem sie dann das Ei auszutschte. Herrlich! Wenn sie sich beherrschte, war es ein minutenlanges Vergnügen, das ein wundervoll sättigendes Gefühl im Magen hinterließ.

Ab und zu kam auch die Bäuerin vorbei mit einem Laib Brot und etwas Butter. Doch, es war fast wie Urlaub. Tagsüber stromerte Ana mit Wolfi und Lenchen über den Bauernhof und die dazugehörigen Felder. Keiner von ihnen hatte das Bedürfnis, schnell fortzukommen. Es gab mehr zu essen als vorher in Breslau, es war wärmer als im Zug, und es gab keinen Bombenalarm und keine Luftschutzkeller. Selbst Selma und Käthe waren sich unsicher, ob es irgendwo in der Stadt im Moment wirklich besser für sie wäre. Wie ein kostbarer Augenblick der Ruhe erschien es ihnen. Aber Käthe schüttelte den Kopf bei dem Gedanken, Ruhe im Kuhstall zu finden.

Abends ging Ana gerne noch unter dem Sternenhimmel ein wenig spazieren. Der Himmel dort oben, die Wiese unter den Füßen, es war so leise, man war so frei, es gab keine Gefahr.

Diesmal ging sie den Weg entlang, obwohl sie sonst meist durch die Wiesen lief. Obwohl sie am Bauernhof eigentlich nur entlanglaufen wollte, zog das hell erleuchtete Fenster des Bauernhauses sie an. Sie sah durch das Fenster in die Bauernstube hinein. Einfach so. Um nicht zu vergessen, dass es Zimmer gab, eine Bank, einen Tisch, eine Lampe, einen warmen Ofen. Nur heimlich natürlich, denn es war schon so dunkel, dass niemand sie von innen mehr sehen konnte. Bestimmt schon zehn Minuten stand sie da und beobachtete, wie die Bäuerin in einem großen Topf rührte, während der Bauer einfach nur auf der Bank saß, als ihr Blick auf den großen Tageskalender an der Wand fiel. 19. März stand darauf. Kurz zuckte sie zusammen. Keinem war es aufgefallen. Es war doch nur ein Jahr her, dass sie noch eine silberne Spieldose von Vati bekommen hatte. Ein Jahr. In einer anderen Welt. Es war ihr Geburtstag. Ihr dreizehnter Geburtstag.

Am nächsten Tag war Ana wieder früh wach im Stall. Sie hatte sich auf die Treppe gesetzt, die auf den Heuboden führte, und ließ ihre Beine durch das Geländer hinabbaumeln. Missbilligend wie immer hatten die drei Bauernbuben sie angesehen, als sie sie dort wie fast jeden Morgen sahen. Einen Gruß gab es nicht. Aber wo hätte sie denn sonst hingehen sollen? Sie beobachtete die drei Bauernbuben beim Ausmisten. Nach wenigen Malen war ihr klar, wie es zu bewerkstelligen war, das alte dreckige Stroh auf die Schubkarre zu geben und dann neues auszustreuen. Ana mochte es. Ihr gefiel diese ruhige Art des täglichen Tuns, die mit den immer gleichen Handgriffen vor sich ging. Wenn der Bauer ausmistete, tat er es mit gleichbleibender Geschwindigkeit, Schaufel für Schaufel, mit gleichbleibendem Gesichtsausdruck und mit dem eben gleichen festen Druck auf den Kuhhintern, um die Kühe beiseitezuschieben. Für Ana sah es so aus, als ob er dies sein Leben lang noch keinen Tag nicht getan hätte und es nie einen Tag geben würde, an dem er dies nicht tun werde. Das war gleichermaßen faszinierend wie beneidenswert, fand sie. Bei ihr hatte sich fast jeden Tag die Welt verändert und kein Mensch wusste, wie es am nächsten Tag weitergehen würde. Bei diesem Bauern war alles sicher.

Wenn aber die Jungs ausmisten mussten, arbeiteten sie nur ordentlich, solange der Vater in der Nähe war. Kaum schaute er fort, wurde der Kuhmist nur ein wenig platt gedrückt und das neue Stroh darübergegeben, so dass man es nicht sehen konnte. Ihnen lag offensichtlich nichts an dieser Tätigkeit. Auch dies beobachtete Ana von der Leiter aus, auf der sie so gerne saß. Der Bauernbub sah sie böse an und sagte etwas, das für sie klang wie »machstaugnwiakua«. Nach längerem Überlegen meinte sie herausbekommen zu haben, dass er ihr sagen wollte, dass sie Augen wie eine Kuh mache.

»Ich sehe gerne zu!«

»Du schaust uns gern beim Arbeiten zu.« Missmutig, fast wütend schüttelte er den Kopf: »Aber helfa tuast ned.«

Nach einem abermaligen kurzen Zögern glaubte sie auch diese Worte zu verstehen.

»Klar helfe ich! Wenn ich darf.«

»Wenn du darfst?« Er sah sie erstaunt an. »Helfen darfst schon.« Seine Augen deuteten auf die Schaufel, die an der Wand gelehnt stand.

Ana kletterte die Leiter hinunter, nahm die Schaufel und begann, bei der ersten Kuh auszumisten. Der Junge stützte sich auf seine Schaufel und sah ihr dabei zu, bis sie fertig war.

»Sauber!«, sagte er dann.

Ana schien das weniger eine Bemerkung zum Zustand des Stalls als vielmehr ein Kommentar zu ihrer Arbeit zu sein. Als sie dann die Stelle, die er gerade bearbeitet hatte, noch mal ordentlich säuberte, grinste er sie an.

»Woswuistdafüa?«

Sie hatte keine Ahnung, was das jetzt zu bedeuten hatte, aber sie machte nun bei einer Kuh nach der anderen das Stroh sauber. Als sie die Schaufel in die Ecke stellte, war der Bauernbub fort. Ana wusch sich die Hände im Waschbecken und sah sich stolz im Stall um – nebenbei hatte sie die Box mit den Kälbchen ganz besonders sauber ausgemistet und sehr viel Stroh hingestreut. Weich würde es werden heute Nacht. Fast wie ein Bett. Da kam der Junge zurück und streckte ihr die Hand hin: »I bin der Franz.«

»Ich die Ana.« Das fand Ana hier irgendwie passender als den Namen der Zarentochter. Und auch älter. Franz sah sie an, fuhr bedächtig mit seiner Hand an ihren Zopf und zog einen dicken Strohhalm aus dem Haar. Dann reichte er ihr etwas entgegen, das in Zeitungspapier eingewickelt war. Vorsichtig packte sie es aus und sah etwas, das sie seit ewigen Zeiten nicht gesehen und gerochen hatte: ein Stück Schweinsbraten mit knuspriger Kruste. Dieser Abend im Kuhstall wurde zum Fest.

Ana machte von da an jeden Tag für Franz den Stall sauber und er brachte ihr dafür immer etwas zu essen vorbei: Fleisch, Würstchen, Semmelknödel, Germknödel. So viel, dass er es zwar für eine Portion für Ana alleine hielt, bei seinen drallen roten Backen aß er dies bestimmt täglich, aber ihnen schien es zusammen mit der Milch und den Eiern, mit dem Sauerampfer, dem Giersch und dem Löwenzahn, den sie mittlerweile schon manchmal auf den Wiesen fanden, mehr, als sie oft in den letzten Wochen in Breslau gehabt hatten. Dass der Bauer eigentlich Lebensmittelkarten für sie bekam und der Familie viel mehr zugestanden hätte, erfuhren sie erst viel später.

»Gehst tanzen mit mir heut Nacht?«

Ana sah Franz erstaunt an. Sie war doch gerade erst dreizehn. Tanzen gehen. Gut möglich, dass er sie für älter hielt. Die ausgemergelten Gesichter waren zeitlos. Dass sie irgendwie das Familienoberhaupt war, hatte er auch mitgekriegt. Und kräftig ausmisten konnte sie auch. Er hielt sie sicher für älter.

»Ist Tanz heut im Dorf.«

»Tanz.« Ana blickte Franz mit seinen roten Bäckchen an. »Tanz.« Eine Erinnerung blitzte in ihr hoch. Früher hatten Mutti und Vati von dem Hausball erzählt, bei dem sie getanzt und getanzt und getanzt hatten. ›Hausball‹. ›Tanz im Dorf‹. Hätte in Breslau ein Junge sie gefragt, ob sie mit ihm zum Tanzen gehe, hätte sie ihren Vater um Erlaubnis fragen müssen, und der hätte mit Sicherheit nein gesagt in ihrem Alter. Sollte sie Mutti fragen? Gleich nein zu Franz sagen? ›Tanz‹. Käthe merkte doch überhaupt nicht mehr, wo man war.

»Ich habe nichts zum Anziehen.« Ihre Kleidung stank nach Kuhstall und war zerrissen.

»Ich bring dir ein Kleid von der Gustl.«

»Wann?«

»Um sechs.«

Sie nickte und sah ihm nach, wie er offensichtlich hocherfreut wegstapfte. Eigentlich hatte sie ihn noch nie vorher angesehen. Er war so rund und kräftig, so gemütlich, so rotbackig, mit seinen kräftigen Waden so gar nicht wie die Jungen in Breslau mit ihren Zahnstocherbeinen. Wahrscheinlich war er sechzehn oder siebzehn. Und er wollte mit ihr tanzen gehen.

Am Abend wartete sie vor dem Stall auf ihn. Lenchen hatte sie gesagt, dass sie heute Abend mit Franz weggehe und sie solle nicht bei der Mutter nach ihr fragen. Mit großen Augen hatte Lenchen sie angesehen und nur genickt.

Franz kam mit Lederhose und Janker und reichte ihr ein Blümchenkleid, das sie, die sie sich vorher mit kaltem Wasser und Stroh abgeschrubbt hatte, hinter dem Stall schnell gegen ihre alte Kleidung tauschte. Es war zu groß und hing an ihrer schmalen, verhungerten Figur wie ein Sack herab.

»Schön schaust aus«, sagte Franz und strahlte sie an.

Sie gingen ins Gasthaus ins Dorf. Eine Kapelle spielte und man konnte allen Besuchern ansehen, dass sie sich zum ersten Mal seit Langem so schick gemacht hatten.

»Der Bürgermeister hat Geburtstag. Und er hat gesagt, der Krieg ist aus und wir feiern jetzt«, erklärte Franz und nahm Ana, ohne sie zu fragen, an der Taille und wirbelte sie zu den bayerischen Musikklängen herum.

Die Wirtshaus-Welt drehte sich um Ana, bis sie lachte und lachte. Hatte sie jemals schon so lange und so laut gelacht? Franz schien es zu gefallen. Er bestellte ein Bier und abwechselnd tranken sie einen Schluck. Irgendwie schmeckte es grauenhaft und irgendwie herrlich. Dann wurde wieder getanzt und gelacht und getrunken und getrunken und gelacht und getanzt. Es war spät in der Nacht, als Franz sie zurück zum Stall führte. Sie blieb stehen und wollte ihm sagen, wie schön der Abend für sie gewesen war, aber sie bekam kein Wort heraus. Sein Gesicht war ihr so nahe. Er öffnete den Mund, wie um etwas zu sagen, aber nichts kam.

Dann drehte er sich um: »Gute Nacht, Ana.«

»Franz!« Er wandte sich wieder zu ihr und sie flog zu ihm und gab ihm einen Kuss auf den Mund. Ganz kurz, ganz warm. Und lief dann schnell in den Stall, wo sie sich erst vorsichtig das Kleid auszog, es unter einem Strohballen verbarg und wieder in ihre alte Kleidung schlüpfte. Bevor sie sich in den Kuhstall legte, blickte sie aus dem Stallfenster und sah, dass Franz noch immer vor dem Stall stand, seine Finger auf seine Lippen gelegt hatte und zur Tür starrte. Als sie sich hinlegte, kuschelte Lenchen sich an sie.

Die Nacht wurde nicht lang, denn am frühen Morgen hörten sie einen Lastwagen auf den Hof fahren. Selma rüttelte die Kinder wach und scheuchte sie aus der Kälbchenbox. Kurz warf sie einen Blick mit zusammengezogenen Augenbrauen auf Ana, bestimmt hatte sie bemerkt, dass Ana am Abend gefehlt hatte. Auch Wolfi sah sie missbilligend mit schief gelegtem Kopf an. Aber es war keine Zeit, um jemanden zur Rede zu stellen. Mutti packte halb abwesend wie immer, den Koffer zusammen, wie Selma es ihr angewiesen hatte.

Ana blickte aus dem Stallfenster und sah, wie Polizisten erst am Bauernhof klingelten, dann vom Bauern zum Stall verwiesen wurden und auf den Stall zuliefen. Hinterher kam der Bauer, die drei Buben, als Letzter von ihnen Franz, noch ganz verschlafen, wie Ana lächelnd an seinen kreuz und quer stehenden Haaren feststellte. Die Polizisten öffneten die Stalltür und der Erste blieb stehen. Selma lief zu ihm, doch er begrüßte sie nicht mal. »Hier habt ihr die ganze Zeit geschlafen.« Da es keine Frage, sondern eher eine Feststellung war, antwortete keiner. Der Polizist drehte sich zum Bauern um. »Scheißpack. Ihr habt mehr Platz und mehr zum Fressen als bei uns in der Stadt ein ganzer Stadtteil – und die Frauen und Kinder hier lasst ihr im Kuhstall schlafen.« Er spuckte vor den Füßen des Bauern aus. »Und ihr wollt Christen sein!«

Während der Bauer keine Miene verzog, konnte Ana Franz ansehen, wie entsetzlich ihm das alles war.

Der Polizist wandte sich wieder an Selma, die vor ihm stand. »Ihr seid Familie Vahrenhorst und Familie Piontek?«

»Ja«, nickte Selma.

»Euch ist eine Wohnung in München zugeteilt worden, so wie ihr es als Wunsch angegeben habt. Da habt's ihr ein gscheites Glück gehabt«, erklärte der Polizist mit dem für die Schlesier ungewohnten bayerischen Klang, »mei, weil der Vahrenhorst-Mann ein Richter ist und hoffentlich bald zurückkommt, die anderen Richter sind doch alle raus, sagen die Amis. Und der andere, der Piontek, ist den Heldentod gestorben, das zählt bei den Amis nichts, aber bei uns immer noch was. Kommt's.«

Keiner sagte etwas, aber Ana konnte sehen, dass Selma die Tränen in die Augen traten.

Ana wandte sich um und wollte die zwei Koffer nehmen, die gerade noch hinter ihr gestanden hatten, doch sie erstarrte. »Tante Selma, die Koffer sind fort.« Mit einem Blick sahen Tante Selma und Ana, dass die hintere Stalltür offen stand. Während der Bauer und

Franz noch vorne standen, waren die anderen zwei Buben weg.

Der Polizist hatte Anas Worte auch gehört. »In der Stadt wird euch etwas zugeteilt. Wir haben keine Zeit, wir müssen los.«

Selma und Ana blickten sich an. Die Daunendecken. Aber viel mehr der eingenähte Schmuck, das Geld, der Tabak. Alles war im Koffer. Und die Spieldose, fiel Ana siedend heiß ein. Sie rannte aus dem Stall hinaus, aber weit und breit war niemand zu sehen. Dann hörte sie die Haustür des Bauernhauses zuschlagen.

Als sie zurücklief, flehte Selma den Polizisten an: »Bitte gehen Sie und Ihre Leute ins Haus hinein. Unsere Koffer. Es ist alles, was wir haben.«

Der Bauer rührte sich nicht von der Stelle.

»Ich habe wirklich keine Zeit. Das Bauernhaus ist riesig. Ausgänge nach hinten gibt es auch genug.« Man konnte ihm ansehen, dass es ihm leidtat. »Ich habe keine Zeit. Entweder Sie steigen jetzt in den Laster ein oder Sie bleiben hier. Ob Ihnen dann aber wieder eine Wohnung zugeteilt wird, kann ich Ihnen nicht versprechen.«

»Los«, entschied Selma mit einem bitteren Blick und sie machten sich auf zum Laster. Ana sah sich um, nun war auch Franz verschwunden.

Sie kletterten hinten in den Laster hinein, wo einige andere Frauen und Kinder saßen, die die Polizisten bereits eingesammelt hatten. Der Laster fuhr an.

»Halt, halt, halt«, schrie es von hinten. Ana sah hinaus. Franz kam angerannt, in jeder Hand einen Koffer. Er keuchte. Seine Haare waren noch wilder als sonst. Unter seinem Auge war eine Platzwunde. Es sah nach einer heftigen Prügelei aus. Der Fahrer hatte Franz wohl gehört und hielt an. Franz hievte die Koffer hoch, die Selma und Ana ihm abnahmen. Der Laster fuhr wieder an und Ana sah Franz, dem ein Rinnsal Blut über die Wange lief und der an genau der gleichen Stelle regungslos stehen blieb und dem Laster nachsah, bis sie um die Ecke bogen.

Bei jeder Unebenheit der Straße wurde Ana durchgerüttelt. München. Sie glaubte, während der Zeit in Breslau kaum etwas von dieser Stadt gehört zu haben. München. Vielleicht in Geographie oder Geschichte. Aber sie hatte nicht wirklich Bilder im Kopf zu dieser Stadt. Mittlerweile jedoch hatte sie schon einiges gehört. Es war die größte Stadt im Süden, die Landeshauptstadt Bayerns. Tante Selmas Augen leuchteten, denn sie wollte unbedingt fort vom Land, in die Stadt. Auch München sei zerstört, hatte Ana gehört. Aber nicht verloren, wie Breslau. Ganz ruhig saß Ana da und versuchte, ihre Gedanken zu ordnen. Breslau war verloren, an die Russen. Für immer. Das hatte ihre Mutter mehrfach wiederholt. Tante Selma nicht, sie hatte darüber nicht mehr gesprochen. München zerstört. Wie Bomben zerstörten, das wusste Ana genau. Sie hatte das Nachbarhaus in Trümmern gesehen, das Nachbarhaus, in dem ihr Freund Fritzchen gelebt hatte. Er lag unter den Trümmern. Sie hatten gesucht, aber es war nichts mehr da gewesen. Ana blickte traurig auf die Straße, die sie fort vom Bauernhof brachte. Fort von den Wiesen, hin zum Schutt, hin zu den Trümmern. Fort von Franz.

Auf dem Weg nach München machten sie mehrfach Station und holten Frauen und Kinder aus den ihnen zugewiesenen Unterkünften. Als Ana zu ihrer Mutter blickte, nahm sie sie zum ersten Mal seit Langem als lebendig wahr, fast schon aufgeregt. Ana beobachtete sie genau. Käthe sah nicht nach hinten aus dem Laster hinaus, auf den Weg, den sie hinter sich ließen, wie Ana. Sie sah nach vorne, und beinahe schien sie zu lächeln.

Geredet wurde nicht viel im Laster. Aber in Käthes Augen und in denen der anderen glomm etwas, das Ana schon lange nicht mehr gesehen hatte. Hoffnung.

KAPITEL 2

Lilith
München 2017

Lilith setzte sich auf einen der braunen Lederhocker in der Mitte des großen Museumssaals, um sich in aller Ruhe ein wundervolles Gemälde von Manet anzusehen. Der junge Mann auf dem Bild hatte einen Strohhut auf. Lässig, aber ein wenig zu klein war der Hut, schien Lilith. Sehr jung, fast noch ein Kindergesicht, die Lippen trotzig aufgestülpt, als ob … ja, wie? Zuerst hatte Lilith gedacht, dass er hochnäsig davonschreite und die ebenso junge Dienstmagd in der grauen Schürze und mit dem silbernen Krug in der Hand, aus dem sie vielleicht gerade noch dem jungen Herrn hatte einschenken wollen, hinter sich ließ.

Lilith liebte es, sich in ein Bild hineinzudenken. Lieber nur ein Bild je Museumsbesuch ansehen, aber dies richtig. Figur für Figur, Geste für Geste, Pinselstrich für Pinselstrich. Wieder betrachtete sie das Bild, es zog sie magisch in die Szene hinein, als ob es etwas mit ihr selbst zu tun hätte.

Die Frau, die dem jungen Mann einen unzweifelhaft wehmütigen Blick hinterherwarf, während der bärtige Vater mit einem seltsam unbeteiligten Blick zwischen den beiden hindurchsah. Doch nachdem sie das Bild bei jedem ihrer Besuche in der Neuen Pinakothek studiert, aufgesogen, neu gedeutet hatte, fand sie den Blick des jungen Mannes zwar immer noch trotzig, aber auch traurig-verzweifelt. An wen nur erinnerte sie dieser Mann auf dem Bild? Hatte er vielleicht die Dienstmagd seinem Vater überlassen müssen? Musste er gehen, von einem Vater, der übermächtig war, der mit Sicherheit nicht gezögert hätte, in jeder Art zu beweisen, dass er der Stärkere war? Vielleicht wussten sie das beide, die Dienstmagd und der junge Herr, sie ergaben sich in ihr Schicksal.

»Bella«, flüsterte es plötzlich in Liliths Ohr, und sie spürte, dass er sich neben sie setzte und sich nun mit ihr das berühmte Bild ansah. Sie musste sich nicht zu ihm drehen, um zu wissen, dass er es war, obwohl sie ihn seit Jahren nicht mehr gesehen hatte. Sie roch seinen Duft, den sie sofort erkannte. Robert, die Liebe ihres Lebens. Wann immer er kam, spürte sie ein überbordendes Gefühl in sich aufwallen. Denn sie wusste, er blieb nie, bald würde er wieder fort sein.

»Immer noch dieser Hang zum simplen Pointillismus der Impressionisten.« Dieser ironische Tonfall, der ihr sofort in den Magen fuhr. »Und immer noch dieser Hang zu den Dandys. Du weißt, dass Manet auf diesem Bild seinen Stiefsohn porträtiert hat. Unehelich, Sohn der neuen Ehefrau. Wohl kaum geliebt. Très chic im Paris der damaligen Zeit. Ein Dandy, absolut unzuverlässig. Aber du hast ein Faible für ihn!« Sanft biss er dann in ihr Ohrläppchen und seine Zunge fuhr über die weiche Haut.

Sie lehnte sich zu ihm, ohne sich umzuwenden. »Nein, Robert, er ist verzweifelt, orientierungslos. Er kann nicht anders. Das Einzige, was er kann, ist flüchten. Es ist tief in ihn hineingeprügelt. Flieh. Nie bleiben, fliehen. – Ich glaube fast, ich weiß, an wen er mich erinnert. Aber sie, sie liebt ihn. Sie wartet.«

Wortlos nahm er sie bei der Hand und sie ließ es geschehen. Er führte sie in ein Café gegenüber, ignorierte die Kellnerin, die den beiden einen Zweiertisch in der Mitte anbieten wollte, und zog sie auf die Bank an einen größeren Tisch ganz hinten in der Ecke.

»Danke, Lilith, dass du hergekommen bist. Ich wusste nach unserem Telefonat nicht sicher, ob du wirklich kommen würdest.«

Sie setzen sich nebeneinander. Als ob sie sich nie getrennt hätten, nicht für Jahre nicht gesehen hätten, waren sie kurz danach in eine heftige Diskussion über Kunst verwickelt. Wenn er sprach, gab es nichts anderes als das, über das er sprach. Versunken, absolut in dem, an das er dachte, über das er nachdachte, leidenschaftlich, seine Hände gestikulierend, nicht abwägend, Meinung schreiend, nicht alles beachtend, aber brillant, emphatisch. So da. So da wie kein anderer Mensch, den sie kannte, so strahlend, so kraftvoll.

»Robert, ich habe dich seit sieben Jahren nicht gesehen.«

»Diese Impressionisten, Lilith …«, er tat einfach so, als habe er ihre Worte nicht gehört, »sie sind hängengeblieben, in der Betrachtung der Dinge, Verfeinerung, Verkleinerung, Verhübschung. Nähe und Ferne. Farben, Formen. Aber keine Abstraktion, kein Blick auf etwas, keine Kritik, keine Distanz!«

Lilith hatte Mühe, auf seine Worte zu achten, sie sog ihn in sich auf. Seine unglaubliche Kraft, dieses Leben im Hier und Jetzt, dieser Wille, Stellung zu nehmen, zur Kunst, zum Leben, sich zu positionieren, Meinung zu vertreten, die Welt zum Besseren zu ändern. Nie hatte sie sich seiner Faszination entziehen können. Wollte sie auch nicht. Sie kannte auch seine anderen Seiten. Das Beharrende, wenig Achtsame, das leicht Fanatische, fast schon Cholerische, das Übers-Ziel-Hinausschießen.

Wenn sie es ihm sagte, ging er zurück, hob sie auf, trug sie auf Händen. Und dann wieder dieses Brennen. Das manchmal seine Umwelt und manchmal ihn verbrannte. Aber sie musste auch gar nicht allzu sehr auf seine Worte hören, sie wusste, was er dachte, fühlte, sagte über die Impressionisten. Auch wenn sie ihn über all die Jahre hinweg nach den ersten Monaten der größten Liebe, die sie je gespürt hatte, immer nur Momente, Stunden, wenige Tage lang gesehen hatte, so wusste sie doch mehr über ihn als über jeden anderen Menschen, den sie kannte. Nicht zuletzt auch wegen der Nachrichten, die sie unregelmäßig, aber immer wieder erreichten, Briefe, Mails, SMS, er fand immer einen Weg zu ihr, mal wenige Worte, mal lange Träume.

»Sie fangen die Seele der Dinge ein, sie verwandeln das Gefühl in Farbe. Sie spüren und lassen uns spüren«, widersprach sie ihm.

Sie wussten beide, dass sie nicht nur über Kunst sprachen, vielmehr über sich selbst.

»Ach Lilith, schön hast du das gesagt! Aber falsch! Keine Distanz. Keine Reflexion! Zur gleichen Zeit die Expressionisten: die sahen und Stellung nahmen!«

»Robert, man muss nicht immer schreien. Man kann etwas auch leise sagen.«

Diesmal hielt er inne, mit den großen Brandreden, mit den fuchtelnden Händen. Und sah ihr in die Augen. Lilith kannte ihn so, wenn er einem zuhörte, versank die Welt um sie herum, nie fühlte sie sich so wahrgenommen, so hingenommen wie in dem Moment, wenn Robert ihr mit dieser Intensität, dieser Aufmerksamkeit, die nur er den Menschen schenken konnte, zuhörte.

Sie sprach weiter. »Die Impressionisten, sie wissen, dass alles nur ein Augenblick ist. Nur der eine Moment, in dem das Licht so fällt, wie es fällt. Nie wiederholbar. Keine Vergangenheit, keine Zukunft. Nur Jetzt.«

Er sagte nichts, versank nur in ihren Augen. »Du!« Leise, aber bestimmt. »Du bist die Sammlerin der Augenblicke. Kein Zuvor, kein Danach. Es ist wie früher. Und ich liebe dich immer noch, genau wie damals, Sammlerin der Augenblicke.« Seine Hand glitt an ihren Rücken, der zu den Hockern, zur Wand zeigte. Er fuhr entlang, spürte die Formen unter seinen Fingern, fuhr weiter auf ihrer Haut, streichelnd, tastend.

»Und du? Lebst du noch immer nur in der Reflexion? Holt dich die Vergangenheit immer noch ständig ein?«

»Ja«, er lächelte, »aber du kannst mich retten.«

Sie tat es, in dieser Nacht.

»Lilith«, er hatte die Hand auf ihren Bauch gelegt, der sich noch in tiefen, erschöpften Atemzügen hob und senkte. »Ich bin nun seit über zehn Jahren verheiratet.«

Als ob er ihr dies sagen müsste, als ob sie es nicht wüsste! »*Dich werde ich heiraten*«, hatte er zu ihr gesagt, nachdem sie sich zum ersten Mal geliebt hatten. Sie waren beide achtzehn gewesen. Sie hatte es damals schon nicht geglaubt, denn sie wusste immer, er konnte es nicht, konnte sich nie binden, war immer auf der Flucht. Hatte sie gedacht.

Vor sieben Jahren, als sie wieder eine kurze Affäre miteinander hatten, hatte er ihr von seiner Ehe erzählt. Es war ihr gleichgültig, dass er eine Frau hatte, es war ihr gleichgültig, dass sie deswegen Tobias verloren hatte. Denn sie wusste, was kommen würde, und so war es auch. Eines Tages war Robert wieder verschwunden. Immer auf der Flucht, vor seiner Vergangenheit, die ihn wieder und wieder einholte, auf der Flucht vor sich selbst, auf der Flucht vor allen Menschen, die ihm zu nahekamen. Sie wusste es doch längst. Auch wenn es weiterhin schmerzte wie die offene Wunde eines tödlichen Hiebs, warum musste er es wiederholen?

»Ich habe dich angerufen«, er zögerte. »Nicht, weil ich mit dir schlafen wollte. Sondern weil ich dich etwas fragen wollte. Nein, dich um etwas bitten.«

»Ja?« Sie konnte sich eigentlich nicht erinnern, dass er sie je um etwas gebeten hatte.

»Ich habe ein Kind.« Er zog die Hand von ihrem Bauch, stützte sich auf und blickte sie an.

Das allerdings hatte sie noch nicht gewusst. Plötzlich hatte sie wieder diese Worte im Kopf. Seine Worte.

> *Bald komme ich zu Dir.*
> *Und unsere Liebe wird Früchte tragen,*
> *die weit über uns hinaus gehen.*
> *Wir werden eine Sippe gründen.*
> *Der Liebe wegen.*

Hatte er geschrieben. Damals, zu Zeiten der ganz großen Liebe. Als er ihr so viel schrieb. Gedichte. Poetisches. So viele wundervolle Versprechen. Aber er war nicht gekommen. Nicht zu ihr.

»Er ist dreizehn. Aaron. Eine Nacht. Einmalig. Dann war er da. Ich bin kein guter Vater, das ist dir wohl klar. Nicht da, wenn man mich braucht. Und wenn, sage ich das Falsche. Das meinte zumindest seine Mutter. Und sie hat recht. Ich habe versucht, ihn zu nehmen, aber alles war verquer. Wenn ich ihn erziehen wollte, verweigerte er sich. Wenn wir zusammen in den Urlaub fuhren, vermisste er seine Mutter. Lilith, ich habe es versucht, aber ich war einfach ein entsetzlicher Vater. Ich bin nicht dazu in der Lage, ihm ein Vater zu sein.«

Lilith hätte dies alles lieber nicht gehört. Es hätte sein sollen wie immer. Er verschwand und sie stellte ihn sich als Piraten auf dem Meer segelnd vor, bis er irgendwann wiederkäme und sie mit auf See nähme. Sie hatte seinen Worten nicht geglaubt und doch geglaubt, sie hatte sie geträumt. Wieder und wieder und wieder. Vor allem den einen, den schönsten Traum, den er ihr geschrieben, ihr versprochen hatte.

Wir werden reisen. Zwei Jahre. Wir lassen alles hinter uns, die Berechenbarkeit, die Gleichmäßigkeit. Wir ziehen durch Europa, reisen mit der Fähre von Zypern nach Alexandria. Dann werden wir oben auf dem Deck stehen und in das Endloswasser starren. Kein Zurück ins alte Leben.

In Kairo schlafen wir in einem großen Bett mit

einem morschen Bettrahmen, der bricht, wenn wir uns lieben, nachdem wir auf die leuchtenden Pyramiden gesehen haben. Lachend und krachend wird es zusammenfallen. Aber nie den Boden berühren. Nie.

Wir brechen auf und wollen als neue Menschen zurückkehren. Robert und Lilith, aber ganz anders.

Ich werde die Trümmerstücke meines Lebens hinab in die Wellen geworfen haben. Und Du wirst bei mir sein. Danach werden wir alles in uns wachsen lassen.

Dies war sein wundervollster Brief an sie. Unzählige Male hatte sie ihn gelesen, bis sie die Worte auswendig kannte und in vielen Momenten vor sich hin sprach. Sich selbst versprach.

Nein, sie hätte es nicht hören wollen. Eine Frau hatte er. Und nun auch noch ein Kind.

»Lilith. Nur du kannst mir jetzt helfen.«

Wie das, fragte sie sich, ihm hatte sie noch nie helfen können.

»Du musst ihn nehmen. Aaron.«

Ein Kehllaut von ihr, die einzige Antwort.

»Seine Mutter hatte einen Autounfall. Sie ist dabei gestorben.« Sie merkte zum ersten Mal, dass ihm dies alles sehr naheging. Er rang nach den richtigen Worten, die er nicht zu finden schien. »Es gibt keine Verwandten.« Wieder stockte er, jeder Satz fiel ihm schwer. »Meine Frau kann ihn nicht ausstehen. Und ich bin nicht in der Lage, ein Vater zu sein. Das weißt du.«

»Ach so. Und da hast du an mich gedacht. So in der Art, Lilith war immer für mich da, wenn ich mal zu ihr kam. Die wird jetzt meinen Sohn nehmen.« Empört, sprachlos, entsetzt, sie wusste gar nicht, was sich alles an Gefühlen in ihr aufbauschte.

»Ja.«

»Robert. Das ist kein Spiel.«

»Nein.«

»Du meinst das ernst?«

»Es gibt keine andere Lösung. Das Jugendamt will ihn in ein Heim geben. Termin in vier Wochen. Ich werde mit ihm nun eine Reise durch Amerika machen. Dann kommen wir zurück. Es gibt keine andere Lösung. Ich würde ein Kind zerstören. Du weißt das.«

Am liebsten hätte sie geschrien, ihn angeschrien. Aber sie sprach ganz leise. »Du hast mir schon viel Unmögliches angetan. Aber diese Frage ist zugleich die lächerlichste und unverschämteste Frage, die ich je gehört habe. Ich soll dein Kind großziehen! Ich sage nein. Und du gehst jetzt bitte.«

»Es gibt noch einen Grund, warum du ihn nehmen musst.«

Sie wandte sich ab.

»Er ist der Sohn von Frederike. Du bist seine Taufpatin. Sie war deine beste Freundin. Sie schämte sich so sehr über diese eine Nacht mit mir, dass sie es dir nie gesagt hat.«

Lilith war kaum in der Lage, diese Information aufzunehmen. »Ich habe Frederike und den Jungen zum letzten Mal gesehen, als er fünf war. Sie sind dann nach Südamerika gegangen. Wir haben uns nur noch Briefe geschrieben. Sie hat mir Fotos von ihm geschickt. Aaron. Ja, genau.« Lilith sprach wie abwesend, ratternd. »Ich wusste nicht, dass …«

»In Santiago de Chile. Ein Laster ist in sie hineingerast. Aaron war nicht dabei.«

Robert wollte sanft seinen Arm auf ihren legen, doch sie zuckte zurück. Langsam ließ sie sich auf das Bett sinken und starrte an die Decke, die zu flimmern schien.

»Lilith, ich habe alles in meinem Leben falsch gemacht. Geliebt habe ich immer nur dich. Nur bleiben, Verantwortung aufnehmen, für dich, dann auch für eine Familie, ich konnte es einfach nicht. Ich dachte, du wärest bei einem anderen Mann besser aufgehoben als bei mir.«

Lilith sah ihn an und konnte seine Worte nicht erfassen. Frederike war tot. Ihr Sohn war auch der Sohn von Robert. Es war, als ob sie dies alles gehört hatte, aber es irgendwo außerhalb von ihr stehenblieb. So irreal.

»Meine Frau, weißt du, auf sie muss ich nicht aufpassen, sie ist so unfassbar praktisch, lebenstüchtig, sie passt auf mich auf. Aber du bist der einzige Mensch, dem ich zutraue, mein Kind aufzuziehen.«

Sie hörte ihn, aber die Worte drangen nicht in sie ein.

»Ich kenne niemanden anderen, der es könnte. Mich

am allerwenigsten. Ich bin unfähig. Er ist dein Paten-kind. Und Frederike wusste, warum sie dich dafür aus-wählte. Weil du ihre beste Freundin warst. Weil sie keine andere Familie hatte. Und nur dir wollte sie ihn anvertrauen. Das weißt du.«

Sie wunderte sich nicht, als Robert am Morgen ver-schwunden war. Alles war wie sonst, er verschwun-den, nur ein Traum. Aber es waren Dinge geschehen, die wohl Wirklichkeit waren, die ihr erst nach und nach langsam bewusst wurden, noch weit entfernt von ihrem Gehirn, noch weit entfernt von jeglichem Ver-stehen.

Eine Telefonnummer lag auf dem Tisch. Daneben das Bild eines kleinen Jungen. Dunkle Locken, schmal, zu dünn, ernster Blick, viel zu ernst. Er war Robert wie aus dem Gesicht geschnitten.

*

»Weißt du eigentlich, wie ich aufgewachsen bin?« Anastasia schrie ihre Tochter an. Wut zitterte in ihrer Stimme.

Lilith saß ihrer Mutter in deren Wohnzimmer gegen-über und hatte ihr den Dialog zwischen ihr und Robert erzählt, als sei es der fremder Menschen. Fast erschien ihr dieser Emotionsausbruch ihrer Mutter völlig un-angebracht.

»Nein, das weiß ich nicht.« Lilith antwortete leise, aber ohne die Augen von ihrer Mutter abzuwenden. »Weil du es mir nie erzählt hast, nie. Ich weiß nichts über dich, gar nichts. Nur dass du immer Verantwortung von mir verlangst. Verantwortung und noch mal Verantwortung und noch mal Verantwortung. Ich hätte dir gar nicht von diesem Kind erzählen sollen. Ich war nur so verzweifelt und wollte einmal etwas mit dir teilen. Ich dachte, du findest Roberts Bitte genauso absurd wie ich. Aber was bekomme ich von dir – Vorwürfe! Natürlich, was auch sonst. Nein, meine Entscheidung steht fest. Ich kann den Jungen nicht nehmen. Ich bin dazu gar nicht in der Lage!«

Das Schweigen hing schwer zwischen ihnen. Anastasias Hand flog in einer seltsamen Wellenbewegung durch die Luft, als ob sie Nebelwolken verscheuchen wolle, bevor sie ganz ruhig und sinnierend, wie für sich selbst, sagte: »Gib dir Zeit zum Nachdenken. Und Ruhe. Über einen Menschen kann man nicht schnell entscheiden. Über ein Kind, das keine andere Chance bekommt, schon gar nicht.«

Anastasia kniff die Augen zusammen.

»Deine Großmutter hat alles für ihre Kinder getan. Ich habe alles für dich getan. Und das ist das Einzige, was am Ende im Leben einer Frau wirklich zählt.«

»Aber es ist nicht mein Kind!« Diese Forderungen wurden Lilith zu viel. Alles, was sie immer gespürt und nie gesagt hatte, platzte aus ihr heraus. »Alles für mich getan hast du. Ja. Wäsche gewaschen, Essen gegeben, Schule beaufsichtigt. Aber hast du mich je geliebt?«

Ihre Mutter zögerte lange. »Er ist der Sohn von Robert. Des Mannes, den du als Einziges in deinem Leben je geliebt hast. Und je lieben wirst.«

Lilith sah ihre Mutter entsetzt an. Diese Worte machten sie fassungslos. Was sagte sie da? Wie kam sie dazu, so etwas zu behaupten?

Anastasia starrte lange vor sich hin. Dann gab sie sich einen Ruck, wie um lange in ihr Gehegtes auszusprechen. »Ein Kind von einem geliebten Mann großzuziehen, das ist das Einzige im Leben, das wirklich zählt. Es ist wundervoll.«

»Es ist nicht mein Kind!« Lilith schrie es.

Jetzt vermischten sich Sprachlosigkeit, Unverständnis und Fragen mit Entsetzen und Wut. Sie stand auf und ging.

Nachts um 23.00 Uhr klingelte Liliths Telefon. Verschlafen langte sie danach.

»Lilith?«

»Mama?« Lilith setzte sich sofort auf. Es musste etwas geschehen sein. Um diese Uhrzeit hatte ihre Mutter sie noch nie angerufen.

»Lilith. Ich finde keine Ruhe. Ich weiß, dass du mich so nicht verstehen kannst. Ich weiß, dass du vieles nicht weißt, ich es nicht erzählt habe.«

Lilith hörte zu. Nein, Ana hatte nie erzählt. Nichts.

Die Sprachlosigkeit, das Schweigen hatte immer zwischen ihnen gehangen. Als ob Lilith permanent nur im Nebel gestochert hatte. Bei jedem Gespräch mit ihrer Mutter. Lilith hatte sie nie verstanden.

»Lilith, ich brauche Zeit, um es dir zu erklären. Warum es das einzig Richtige ist. Warum es sein muss. Warum man ein Kind retten muss. Was geschieht, wenn man zu Kindern nicht steht. Was geschieht, wenn man Kinder sterben lässt. Was Kinder des geliebten Mannes für eine Frau bedeuten. Warum es unwichtig ist, ob der Junge dein Kind ist.«

Die Stille hing zwischen ihnen, bis Ana beschwörend weitersprach. »Wir nehmen uns gemeinsam Zeit. Und Ruhe. Wir fahren nach Breslau«, erklärte sie. Keine Frage, eine Anordnung.

Lilith blickte auf. Warum denn das? Was sollte das jetzt?

»Du wirst sehen, die Landschaft ist wunderschön dort. Sie beruhigt. Und lässt dich nachdenken.«

Zweifelnd fragte Lilith: »Wenn die Landschaft so wunderschön ist, warum bist du dann nicht schon lange dorthin gefahren?«

»Weil ich mich dann meiner Vergangenheit hätte stellen müssen. Und das wollte ich nicht. Wir reisen zusammen nach Breslau, und ich erzähle dir alles, was ich weiß. Ich zeige dir, wie ich aufgewachsen bin. Und warum du Verantwortung für dieses Kind übernehmen musst.«

Lilith hatte ihre Mutter noch nie so entschlossen erlebt.

»Lilith, ich liebe dich. Und ich würde dir das gerne beweisen.«

In ganzen neunundvierzig Jahren hatte Lilith von ihrer Mutter noch nie diese drei Worte gehört. So oft hatte sie sich gefragt, ob es daran läge, dass ihre Mutter sie nicht liebte, es nicht sagen konnte oder überhaupt nicht lieben konnte. Mal hatte sie das eine, mal das andere angenommen. Kaum konnte sie sich erinnern, je in den Arm genommen worden zu sein. Auch hier hatte Lilith nie eine abschließende Erklärung gefunden. Weil ihre Mutter sie nicht in den Arm nehmen wollte, weil sie Berührungen, körperlichen Kontakt nicht mochte, weil sie so etwas einfach nicht tat. Keine Antworten. Aber Zweifel, auch an sich selbst, immer diese Unsicherheit, ob sie, Lilith, einfach nicht liebenswert war.

Und nun sagte sie das, was sie noch nie gesagt hatte, ›Ich liebe dich‹. In einem Moment, in dem Lilith eine lebenswichtige Entscheidung zu treffen hatte. In dem Moment, in dem sie sich nicht dazu in der Lage fühlte, ein Kind aufzunehmen, es zu lieben. In dem Moment, in dem ihre Mutter sie bat, auf eine Reise in die Vergangenheit mit ihr zu gehen. Vielleicht die Fragen zu beantworten, die Lilith nie gewagt hatte zu stellen. Eine leise Träne floss über Liliths Wange. Sie würde mit ihrer Mutter nach Breslau reisen. Ana hatte es noch nie gesagt. ›Ich liebe dich.‹

Am nächsten Morgen stand Ana vor Liliths Haustür. Sie bat sie herein und machte ihnen einen Kaffee, mit dem sie sich zu ihr an den Tisch setzte.

»Gut. Ich komme mit.«

»Natürlich kommst du mit!« Ana lächelte.

»Nein. Nicht natürlich. Nur wegen des einen Satzes von dir.«

Sie wiederholte die Worte nicht. Jene drei Worte, die Ana zum ersten Mal gesagt hatte und auf die sie so viele Jahre gewartet hatte.

»Wie werden wir fahren?«

Wie immer, ihre Mutter ging nie auf das ein, was Lilith eigentlich gerne erörtert hätte. Ob es nur so verdammt schwer war, ›Ich liebe dich‹ zu sagen, und wenn, warum, oder ob Ana es eben einfach nicht konnte, das Liebhaben. Egal.

»Mit dem Auto.«

»Ist das nicht weit?«

»Sieben Stunden Autofahrt. Wir übernachten einmal in Dresden. Da wollte ich immer schon mal hin.«

»Wann?«

»Montag.«

»Gut.«

Beide lächelten leise vor sich hin, als sie sich verabschiedeten.

KAPITEL 3

Anastasia
München 1946

Anastasia sah über die Trümmerhaufen, die mal eine Stadt gewesen waren. Die Januarkälte schien ihr eiskalte Nadeln ins Gesicht zu werfen, auch wenn sie sich immer sagte, dass es niemals, niemals, wieder so kalt werden würde wie auf dem Weg von Breslau nach München.

»Ana, komm.« Wolfi winkte seine jüngere Cousine auf einen Schuttberg und begann, an einer Stelle die Steine auf die Seite zu räumen.

Wieder hatte er sie überredet, mit ihm nach Verwertbarem zu suchen. Ana zog nicht gerne durch die Trümmer, aber es lohnte sich immer, mit Wolfi zu gehen.

Wortlos kniete Ana sich hin und half mit. Fast eine Stunde gruben sie, bis eine Holzplatte erschien und Wolfi triumphierend auf den möglichen Schatz klopfte.

»Woher weißt du immer, wo du graben musst?« Ana blickte ihn bewundernd an. Die Lebenstüchtigkeit hatte der Achtzehnjährige von seiner Mutter Selma geerbt, er schlug sich immer durch.

»Na ja, zuerst muss es eine Stelle sein, an der noch keiner gebuddelt hat. Dann darf der Schutthaufen nicht zu groß sein. Bei zweistöckigen Häusern kann man fast nichts mehr finden.« In typischer Wolfi-Art grinste er sie an und flüsterte: »Aber die Wahrheit ist, Cousinchen: Ich kann es riechen. Ich bin der Schuttkönig.« Ana lachte.

Sie arbeiteten weiter und fanden tatsächlich eine nicht allzu sehr eingedrückte Kommode. Hastig gruben sie weiter, bis sie das gesamte Möbelstück freigelegt hatten. Generös bot er ihr dann mit einer Handbewegung an, die Schubladen zu öffnen. Als sie aber klemmten, musste er helfen und die Seitenwand eintreten, bis sie die Schubladen öffnen konnten. Es war ein Schatz. Kleidung. Unfassbar. Ein paar Blusen. Offensichtlich die Kommode einer Frau. Hosen. Mutti würde glücklich sein. Eine Rüschenbluse. Es würde ein Fest für ihre Mutter Käthe werden, die die feine Kleidung, die sie früher in Breslau besessen hatte, so sehr vermisste. Doch dann – erstaunt hob Ana das nächste Teil an. So etwas hatte sie noch nie gesehen. Rote Seide, Spitze, aber so klein. Derb hörte sie Wolfi auflachen. Und ihr wurde klar, dass dies ein Spitzenkorsett war. Sie spürte, wie sie bis über beide Ohren rot wurde. Als ob es sie beißen würde, ließ sie das rote Nichts fallen. Wolfi hingegen hob es sofort auf. »Ana, das ist großartig! Das wird mir richtig was einbringen.« Sie wusste, dass er die meisten seiner Funde auf dem Schwarzmarkt an der Ludwigsbrücke und auf der Museumsinsel verkaufte. Selma und ihm ging es viel besser als Käthe, Lenchen und ihr. »Und weißt du, warum?« Er flüsterte wieder. Ana schüttelte den Kopf und senkte die Augen. Sie wollte es auch gar nicht wissen. »Weil damit eine Ami-Hure jemanden glücklich machen wird!«

Ana raffte die ganze Kleidung zusammen, bis auf das rote Teil, das sie nicht anfasste, Wolfi sich aber mit einem anzüglichen Grinsen in die Jacke schob. Alles war Ana immer noch nicht klar. Keiner sprach ja darüber. Aber mittlerweile wusste sie das, was ihr in Breslau noch unerklärlich war. Auch unverheiratete Frauen konnten Kinder bekommen. Frauen und Männer mussten allein zusammen sein. Und nackt. So viel war ihr mittlerweile aus deftigen Bemerkungen klar, die die Jugendlichen losgelassen hatten, die plötzlich nicht mehr sittsam in Haus und Schule waren, sondern sich hier auf den Schuttbergen herumtrieben. Was dann genau geschah, musste mit den unterschiedlichen Körpern von Männern und Frauen zusammenhängen. Ob sie Wolfi fragen sollte? Der würde es wissen. Lieber nicht.

»So, jetzt wird hier alles sauber wieder zugeschüttet, damit keiner etwas merkt. Und morgen hole ich mit dem Handwagen die Kommodenbretter – gutes Holz. Es wird mal wieder warm werden bei uns. Und dann graben wir weiter.« Ana nickte.

Sie mussten jetzt auch dringend los. Ab vier Uhr durften die Straßenbahnen nur noch mit Berechtigungsschein benutzt werden, damit diejenigen, die eine Arbeit hatten, fahren konnten. Es gab nicht mehr so viele Straßenbahnen, und viele Gleise waren noch zerstört. Wenn sie allein war, ging Ana zu Fuß. Aber für Wolfi kam das gar nicht infrage. Er sprang im letzten Moment vor dem Abfahren einfach zwischen zwei Waggons auf, stellte sich auf das Blech des einen und lehnte sich locker mit dem Rücken an den anderen Waggon. Wolfi war der lässigste Junge der ganzen Umgebung. Und dementsprechend begehrt bei den Mädchen. Auf Ana passte er immer sehr fürsorglich auf. Die gemeinsame Flucht hatte sie zusammengeschweißt, wie ein großer Bruder kümmerte er sich um sie. Außerdem war er oft bei den Vahrenhorsts, gerade auch zum Übernachten. Seine Mutter, Anas Tante Selma, war viel unterwegs. Käthe brachte das Verhalten ihrer Schwester einen weiteren bitteren Zug um den Mund. Einmal hatte sie hinter der Tür ein Streitgespräch zwischen Selma und Wolfi über ihre abendlichen und nächtlichen Ausflüge mitgehört. »Du hast das nicht nötig. Ich kümmere mich um dich!«, hatte Wolfi seine Mutter angeschrien, worauf Selma nur spöttisch erwidert hatte: »Du bist nicht mein Mann. Und ich weiß ganz gut, wie ich in der Welt zurechtkomme. Erzähl du mir nichts von Moral.«

Wolfi zog Ana mit auf das Mittelstück zwischen die

Straßenbahnen und nahm sie fürsorglich in die Arme. In ihm hatte sie den großen Bruder gefunden, den sie sich immer gewünscht hatte. Mit Wolfi war das Leben angenehmer, lustiger und auch aufregender als mit allen anderen. Ana jauchzte auf, als sie durch eine Kurve fuhren und Wolfi sie lachend festhielt.

KAPITEL 4

Lilith und Anastasia
Dresden 2017

»Was für großartige Bauten!« In ihrer Architektur-begeisterung war Lilith hingerissen von Dresden. Keine fünf Stunden hatte die Fahrt von München ge-dauert. Hier sollte die Zwischenstation auf dem Weg nach Breslau sein.

Ana nickte.

»Sah es damals genauso aus?«

»Das kann ich dir nicht sagen. Ich bin doch nie in Dresden gewesen!«, lachte Ana. »Man reiste da-mals nicht einfach so ein paar Stunden in eine andere Stadt.«

Sie schlenderten durch die Straßen.

»Das Blaue Wunder. Die Loschwitzer Brücke.«

Ana und Lilith standen vor der beeindruckenden Hängebrücke, die die Elbe überspannte.

»So blau ist sie eigentlich nicht.«

»Finde ich auch«, bestätigte Lilith.

»Aber beeindruckend. Und schön!«

»Wie alles hier: Semperoper, Zwinger, Frauenkirche. Das ist wirklich alles prächtig.«

»Weißt du etwas von der Dresdner Bombennacht?«, fragte Ana unvermittelt.

»Nein.« Lilith wies auf eine Bank und sie setzten sich mit Blick auf die Elbe.

»In einer Nacht wurde ganz Dresden zerstört. Am 13. Februar 45. Die ganze Stadt in Schutt und Asche gelegt. Wir haben nur davon gehört. Aber es muss grausam gewesen sein. Zehntausende starben in dieser einen Nacht. Die ganze Stadt brannte.«

Lilith hörte zu. Nun brannte die Sonne auf die blaue Brücke, damals die ganze Stadt. Es schien ihr so weit fort. Irreal.

»Die Menschen retteten sich ans Elbufer. Sie standen dort, Mensch an Mensch gedrängt. Dresden war überfüllt mit Flüchtlingen. Hauptsächlich Frauen und Kinder natürlich, die Männer waren im Krieg. Dann, so sagt man, nahmen die Flugzeuge die Richtung zur Elbe auf. Lilith, die Bomber dröhnten so, ich habe es genau im Ohr, der ganze Körper dröhnte dann. In Dresden ließen sie ihre Bomben zuerst auf die Häuser fallen, dann aber auf die zusammengedrängten Menschen am Ufer. Nicht auf Gebäude, einfach auf all diese Frauen und Kinder. So sagt man.«

»Mama, du warst nicht in Dresden, aber du kennst die Bombennächte. Die Geräusche. Die Angst.«

»Natürlich!«

»Du hast nie davon erzählt.«

»Warum sollte ich auch.«

»Weil du es nie vergessen hast.«

»Das ist doch kein Grund, es zu erzählen!«

Das Glitzern der Sonne auf dem Stahl der Loschwitzer Brücke. Es stach in die Augen.

»Morgen werden wir in Breslau sein.«

»Ja, morgen werden wir in Breslau sein. Lilith, ich habe Angst davor. Dann ist es meine Erinnerung.«

KAPITEL 5

Anastasia
München 1946

Ana stand an der Tür und beobachtete ihre Mutter, in deren Gesicht sie lesen konnte wie in einem Buch. Käthe saß am Küchentisch und strich mit ihren Fingern über die hölzerne Tischplatte. Mit weder ganz geradem Rücken noch zusammengesunken seufzte sie leise auf. Es war ein Seufzer, der alles sagte: Endlich in Sicherheit, ein Haus, ein Dach über dem Kopf, ein Tisch, ein Bett für jeden, der Anfang eines neuen Lebens. Und dennoch: ein Leben, das für sie früher nicht lebenswert gewesen wäre, ein Leben, dessen Gegenteil sie einmal angestrebt hatte, ein Leben, das nun wohl ihres war. Sicher war sie schon im Dunklen, um fünf Uhr, aufgestanden, um sich in der Schlange für einen Laib Brot anzustellen. Immerhin war sie nun schon zurück.

Eine Träne floss Ana über die Wange, die zugleich Leid- und Freudenträne war. Leise ging sie einen Schritt zurück, nahm ihren Schulranzen und schloss die Haustür sanft hinter sich. Erst im Treppenhaus begann sie wie jeden Tag die Treppen hinunterzueilen, fast zu springen, denn sie ging in die Schule, ins

Gymnasium, in dem man ihr das fehlende Jahr erlassen hatte. In den Kriegsjahren hatte auch für die Schüler in Bayern die Schule an Bedeutung verloren, der Wissensstand war sehr unterschiedlich und die Lehrer versuchten nun eben je nach Fähigkeiten die Schüler wieder auf ein Niveau zu bringen. Wolfi war nicht zu bewegen gewesen, in die Schule zu gehen. Er kam gut auf der Straße zurecht, auf den Schuttbergen, auf dem Schwarzmarkt. Oft genug war er der Ernährer, nicht nur von Selma und ihm, sondern auch von der Vahrenhorst-Familie, Käthe, Ana und Lenchen, wenn er gefundenes Metall gegen Holz zum Heizen oder gegen Kartoffeln, Rüben, Kohl eintauschte. Ana half mit Zigaretten von der Tabakkarte ihres Vaters, der ja immer noch nicht da war. Für ein paar Zigaretten konnte man einen Sack Kartoffeln oder manchmal sogar ein Pfund Fett, Butter oder Margarine bekommen.

Ana war gut in der Schule, sie fraß den Schulstoff, sie genoss den Schülergeruch, der ihr in dieser wie in jeder anderen Schule entgegenströmte, sie liebte das sichere Sitzen in diesem Klassenzimmer, in dem sie nie Flieger über sich hinwegdonnern gehört hatte, in dem sie nie den Unterricht hatte unterbrechen müssen, um in die Luftschutzkeller zu fliehen, sie liebte die mittägliche Schulspeisung, die mehr auf den Teller brachte, als sie in den Kriegsjahren am ganzen Tag zu essen bekommen hatte. Nun ja, ausgenommen die Schulspeisung waren Rote Bete oder der unvermeidliche Lebertran, den sie zur Stärkung oft bekamen und der gerade den dürren Flüchtlingskindern unter Beobachtung verabreicht wurde.

Das Einzige, an das Ana sich kaum gewöhnen konnte, war diese seltsame Sprache, die sogar die Lehrer hier sprachen und die die Vokale in völlig andere verwandelte, so dass Ana oft genug das Wort nicht verstehen konnte oder bei einigen Ausdrücken, besonders natürlich den Schimpfworten, nicht die Bedeutung erfassen konnte. Aber auch hier lernte sie mehr und mehr zu verstehen, wenn sie es auch nicht so sprechen konnte, was ihr oft ein »Preuß« oder »Saupreuß« einbrachte.

KAPITEL 6

Lilith und Anastasia
Breslau 2017

»Ich wusste nicht, dass Breslau so schön ist!«

»Und ich wusste nicht, dass es wieder so schön ist«, flüsterte Anastasia. Mutter und Tochter hatten sich beieinander eingehakt. Arm in Arm standen sie auf dem zauberhaften Marktplatz Breslaus. Prächtige Bürgerhäuser in allen Farben. Das gotische Rathaus, der große gepflasterte Platz, auf dem jetzt am Abend das pralle Leben sich abspielte. Straßenmusikanten, gut gelaunte Jugendliche, ein paar Touristen. Seit einigen Minuten standen die beiden Frauen vor einem Straßenkünstler, der mit einem Reifen riesige Seifenblasen erschuf, kleinere in die großen Blasen hineinblies, dazwischen winzige Bläschen pustete. Es war ein zauberhaftes Kunstwerk. Ein kleiner Junge lief zwischen all den Blasen herum und versuchte sie zu erhaschen. Sobald eine auf seinen Händen oder auch auf seinem Kopf zerplatzte, kam ein glucksendes Lachen aus seinem Hals.

»Du mochtest auch immer Seifenblasen. Wir hatten natürlich nur diese kleinen Röhrchen. Aber du liebtest sie!«

»Ich weiß, ich kann mich gut erinnern!«

»Du hast genauso glücklich gegluckst wie dieser kleine Junge.«

Sie beobachteten weiter das Kind, das unermüdlich nach den Seifenblasen fischte. Ana deutete wortlos auf eine Frau, die mit blitzend glücklichen Augen dem Jungen zusah. »Diese Momente einer Mutter sind mit nichts aufzuwiegen! Ein Kind großzuziehen, glücklich zu machen, das ist alles, was zählt.«

Es bohrte in Lilith. Natürlich wusste sie, worauf ihre Mutter hinauswollte. Aber das alles war doch eine Lüge, es war so nicht gewesen, es war verklärt.

Lilith löste sich aus Anas Arm.

»Du hast mich großgezogen. Aber, sei ehrlich, dein größtes Ziel war es nicht, mich glücklich zu machen.«

»Ich habe dir Seifenblasen gekauft«, flüsterte Ana.

»Du hast nie gesagt, dass du mich liebst.«

Eine Träne floss aus Anas Auge. »Warum sollte man so etwas sagen?«

Lilith wollte schreien vor Wut, sie war so unerträglich wütend, sie wollte mit den Fäusten auf ihre Mutter einprügeln. Doch dann drehte sie sich nur um und lief allein zum Hotel zurück. Ihre Mutter würde ja doch nichts verstehen, es nicht verstehen wollen oder es einfach nicht verstehen können. Lilith mochte sich jetzt nicht ins gemeinsame Zimmer begeben, also setzte sie sich mit einer Decke umwickelt auf die Stühle vor dem Hotel.

Es wurde kälter, aber Lilith genoss die beißende Luft. Die Wut wurde eingefroren, beiseitegeschoben durch die Kälte.

Ein Gedankenblitz durchfuhr Lilith. Wenn dies Kälte war, wenn dies ihr ins Gesicht biss, wie war dann die Kälte gewesen, die ihrer Mutter auf der Flucht ins Gesicht geschlagen hatte? Wie viel Kälte konnte man ertragen? War es diese Kälte, die sie ausgehalten hatten, die das Unverständnis hervorbrachte, warum Liliths Generation mit lauwarm nicht zufrieden war? War es diese Kälte, die es geradezu unvorstellbar erscheinen ließ, zu seinem Kind ›Ich liebe dich‹ zu sagen?

KAPITEL 7

»Wenn du das noch mal machst, dann fängst du eine.«
Ana war so unfassbar wütend auf Leni – ›Lenchen‹
nannten sie das widerstrebende kleine Mädchen nicht
mehr, Leni passte nun besser.

So etwas hatte sie noch nie zu ihrer Schwester gesagt, auch solch einen Ton noch nie angewandt. Aber
das war jetzt zu viel. Die Siebenjährige zischte zurück:
»Ich tu, was ich will!«

Genau das war das Problem. Das tat das kleine
Mädchen auch. Ana hatte keine Ahnung, wie sie so
hatte werden können. Was sie selbst an Verantwortung
zu viel auf sich nahm, perlte an Leni einfach ab. Die
ging auf die Straße zum Spielen, wann immer sie Lust
dazu hatte. Sie blieb, so lange sie wollte. Und trieb sich
mit den Kindern herum, mit denen es ihr gefiel. Und
ihre Mutter Käthe hatte die seltsame kleine Tochter,
die schon in Breslau immer nur ihren Kopf durchsetzen wollte, nun aber mehr denn je, irgendwie aufgegeben. Oder hatte keine Kraft mehr, ständig gegen die
widerstrebende, immerzu aufmuckende Leni anzuge-

hen, zumal sie deren Ungehorsam nichts entgegenzusetzen hatte. Und Leni am Ende doch meist gewann. Und eben tat, was sie wollte.

Zwischen Ana und Leni war das allerdings ein wenig anders. Vielleicht weil Ana die Mutterrolle übernommen hatte, damals schon, im Zug von Breslau, als Mutti ihren geraden Rücken verloren hatte. Ihre stolze Mutter, deren Wahlspruch der Familie gelautet hatte: »Rücken gerade. Kinn hoch. Contenance.«

Doch im Gegensatz zu Ana konnte sich Leni gar nicht mehr an diese stolze Mutter erinnern. Sie kannte die lethargische Käthe, die meist zu Hause saß, oft genug Ana das Schlangestehen beim Bäcker für ein Brot und auch die meiste Hausarbeit überließ und am liebsten aus dem Fenster starrte. Leni brauchte Ana. Vor allem in der Nacht. Fast jede Nacht. Ana hatte schwarze Augenringe, sie war immer müde. Denn kaum hatte Leni zwei oder drei Stunden geschlafen, ging es los. Sie schrie, laut, schluchzend, in panischer Angst. Ana nahm sie dann in die Arme. Anfangs hatte sie sie mit Schütteln aufzuwecken versucht, doch dann nahmen die grauenhaften Träume kein Ende und zogen sich in die nächsten Stunden der Nacht. Und Leni fand keine Ruhe, lag zitternd vor Angst, immer wieder aufschluchzend in Anas Armen. Zuerst hatte sie auch nach den Träumen gefragt, aber es waren ja doch dieselben. Schwarze Erdhaufen, die über Lenis Kopf zusammenbrachen, Tränen, die so hochstiegen, bis sie daran ertrank, und immer, immer wieder dunkel gekleidete Männer.

Mittlerweile nahm Ana sie sanft in die Arme, wiegte sie leise hin und her, murmelte beruhigende Worte. »Sch, sch, alles gut. Es ist nur ein Traum. Ich bin bei dir.« Wenn sie Glück hatte, schlief Leni dann weiter und fand irgendwann in einen ruhigeren Schlaf. Manchmal aber war der Schlaf so unruhig, kurz vor dem Ausbrechen der Panik, dass Ana sie in den Armen behielt und weiter sanft wiegte, um die bösen Träume aufzuhalten. Manchmal einmal in der Nacht, manchmal zweimal, manchmal dreimal. Ana bekam nicht viele Stunden Schlaf. Und der war wichtig, damit sie in der Schule aufpassen konnte. Leni und sie hatten großes Glück gehabt, einen Platz in einer der wenigen Schulen bekommen zu haben, die bereits wieder den Unterricht aufgenommen hatten. Ana hatte sich aber auch darum gekümmert, war einfach zu den Behörden gegangen. Ein Mann hatte sie bewundernd und mitleidig angesehen: »Du bist also ein Kind, das unbedingt, unbedingt zur Schule will.« Ana hatte genickt. Und einen Platz für sich und Leni erhalten.

Und nun dies. Es war einfach zu viel. Leni hatte soeben die Schulspeisung zurückgehen lassen. Auch wenn der Milchreis etwas pappig war, es war etwas zu essen. Leni mochte keine Milch. Was für ein Hochmut. Sie brauchten doch jeden Krümel Essen. Die Schulspeisung war das größte Geschenk. Und dieses Kind nahm es nicht an. Dabei war sie so dürr, die kleine Leni. Aber, Ana ließ die Schultern sinken, dieses Mädchen tat wirklich nur, was sie wollte. Irgendwie ja auch bewundernswert. Sie selbst tat alles, was sie sollte, und sorgte noch darüber hinaus für alle anderen. Aber wohin sollte das führen mit Leni? Sie war eben doch keine richtige Mutter für sie, nur eine große Schwester. Die Mutter fehlte, der Vater fehlte.

Ganz leise und traurig sagte sie dann: »Leni, du hättest ihn wenigstens nehmen und mir geben können, dann hättet Mutti und du euch heute Abend das Brot teilen können.«

Leni sah sie an, fast zerknirscht. Sie sagte nichts, drehte sich um und lief zum Ballspiel mit ihren Freunden. Aber danach brachte sie Ana immer die Schulspeisung, wenn es etwas war, das sie nicht aß.

*

Der Wettbewerb war Ana egal. Die Klasse, die am meisten Schutt wegräumte, sollte eine Urkunde bekommen. So was von egal war ihr das. Aber sie arbeitete hart, härter als die meisten anderen, schaufelte Schutt um Schutt in die Karren, die Männer fortschoben und in die Loren auf den Gleisen schütteten, damit der Schutt fortgeräumt wurde. Ihre Lehrerin hatte versprochen, dass sie nur noch dieses Areal machen mussten, die Hälfte der Prannerstraße, dann dürften sie zum Unterricht zurückkehren. Und das wollte Ana. Es war ihr Glück, im Klassenraum sitzen zu können und zu lernen. Sie wollte lernen und dann wollte sie, auch wenn sie das noch nie jemandem erzählt hatte, Richterin werden. Wie ihr Vater. Sie vermisste ihn entsetzlich. Wann würde er kommen? Es gab Väter, die nicht mehr kamen, wie Wolfis, von dessen ›Ehrentod‹ sie schon in Breslau erfahren hatten. Nein, ihrer würde kommen, sie war ganz sicher. Und wenn sie zu zweifeln begann, holte sie die kleine silberne Spieldose heraus. Sie zog sie auf und die kleine Ballerina begann zu tanzen. Vor zwei Jahren hatte sie sie zum Geburtstag von ihm geschenkt bekommen. Die Kinderpost und diese Spieldose. Glück, in Zeiten, in denen sie bereits verstanden hatte, dass sich Dunkles über ihr zusammenbraute, doch nicht, wie dunkel es werden würde. Die Kinderpost hatten nun die Russen. Aber die Spieldose, die hatte sie die ganze Flucht wie einen Schatz behütet. Und Franz hatte sie ihr mit dem gestohlenen Koffer zurückgebracht.

Noch einmal zog sie die Spieldose auf, die Ballerina tanzte. Wie sie selbst, im Gasthaus mit Franz. Die Erinnerungen überschwemmten sie. Das Blümchenkleid seiner Schwester. Aber er hatte sie an den Hüften gefasst, als wäre sie eine Prinzessin. Umhergewirbelt, gedreht, wie diese kleine Ballerina. Franz. Und sie hatte gewusst, dass es auch für sie wieder etwas wie Glück geben konnte. Mit all diesen Gedanken musste sie die letzte Stunde geschaufelt haben. Denn plötzlich stand ihre Lehrerin vor ihr und legte ihr die Hand auf die Schulter. »Es ist gut, Ana, wir machen Schluss.« Sie sah sich um. »Fleißig, sehr fleißig, Ana.«

Als Ana nach Hause kam, sah sie als Erstes nach Leni, der die Schule und auf jeden Fall die geforderten Arbeitseinsätze eher unwichtig waren. Wichtig aber war ihr das Ballspiel auf der Straße. Die Siebenjährige machte sich selbstständig, streunte stundenlang in der Gegend herum, spielte mit anderen Kindern, erkundete die Umgebung. Und sie lernte tatsächlich den bayerischen Dialekt so zu sprechen, dass sie meist nicht als ›Saupreuß‹ erkannt wurde – im Gegensatz zu Ana. Leni war ein wildes, lebenshungriges Kind geworden, das sich anzupassen wusste, ihren Vorteil suchte, ihre blonden Locken und ihr offenes Lachen einsetzte und jeden um den Finger wickelte. Leni wusste sich durchzusetzen.

Ana blickte in den Himmel und fürchtete bereits, dass Leni draußen war. Endlich war nämlich die entsetzliche Kälte gewichen. Nun erfror keiner mehr. Es würde warm werden, nach langer eisiger Zeit, in der man gedacht hatte, es würde nie wieder aufhören, so klirrend kalt zu sein. Vom »weißen Tod« hatten die Leute gesprochen, wenn auf den Straßen oder auch in den kalten Häusern wieder einmal ein Mensch gefunden wurde, der sich nicht mehr bewegte, nie mehr bewegen würde, draußen mit einer Eiskruste auf dem erstarrten Gesicht. Nun war es wärmer geworden, und noch weniger würde Leni davon abhalten, sich in die Freiheit zu begeben. Als ob sie die Enge der Waggons, den Angstschweiß in den Luftkellern, die stinkenden Nächte in der Box des Kuhstalls durch die Weite der frischen Luft wettmachen wollte. Wobei sie dies doch kaum bewusst erlebt hatte, als vier- und fünfjähriges Kind. Da konnte man sich doch an gar nichts erinnern, dachte Ana. Leni war tatsächlich wieder nicht zu Hause. Missbilligend schüttelte Ana den Kopf und setzte sich an die Hausaufgaben, über denen sie alles vergaß, erst recht, als sie ihren Aufsatz schrieb. Thema war: Mein schönstes Naturerlebnis. Ana schrieb über das Ausmisten der Kühe im Stall. Sie beschrieb die feuchtwarme Luft, die die großen Körper ausstrahlten, an denen man sich im kalten Stall wärmen konnte. Sie beschrieb die Euter, die man abwechselnd leicht streichelnd ziehen musste, um die warme Milch fließen zu lassen. Sie beschrieb das zufriedene Schnauben der Kühe, die erleichtert waren, wenn die prall gefüllten Euter geleert wurden. Und sie beschrieb die Tätigkeit des Ausmistens. Die Mistgabel, die man ruhig und gleichmäßig unter das verschmutzte Stroh führte, hochhob und in die Schubkarre leerte. Heben, abladen, heben, abladen, in immer gleichen Zügen. Das Verteilen des neuen Strohs, das nun den scharfen Ammoniakgeruch der alten Streu vertrieb und dem

Stall den Duft nach frischem Stroh verlieh. Wie diese Arbeit nicht Eintönigkeit, sondern eine Art meditativer Ruhe verbreitete.

Als Ana hochblickte, hatte sie fast zehn Seiten geschrieben. Minutenlang sah sie aus dem Fenster, bis sie lächelnd die Seiten zerriss. Nein, die Lehrerin hier würde es nicht verstehen, warum dem preußischen Flüchtlingskind die Arbeit auf dem Bauernhof gefallen hatte, als es aus dem Kriegselend dort zwischen den Kühen nach langer Zeit wieder Sicherheit und Essen gefunden hatte. Und einen Freund.

Dann schrieb sie zwei Seiten über einen Ausflug in die Berge. Sie schob die Seiten in den Schulranzen und wusste genau, dass ihre Lehrerin diesen Aufsatz begeistert vor der Klasse vorlesen würde.

Die Erinnerung an den Stall würde ihr bleiben. Sie war nicht für die Lehrerin geeignet. Und sie selbst brauchte keine geschriebenen Zeilen, um sich immer daran zu erinnern.

Sie zuckte zusammen, als es an der Wohnungstür klingelte, als ob sie in einer anderen Welt gewesen war. Als sie die Tür öffnete, seufzte sie und klaubte Leni erst ein paar Ästchen und Blätter aus dem zerzausten Haar, dessen Zöpfe offenbar dem Klettern auf Bäumen nicht standgehalten hatten.

»Leni, es ist bereits früher Abend. Was hast du gemacht in der Zeit von der Schule bis jetzt?« Ana sprach zwar mit mahnendem Ton, als sie Leni die Tür öffnete, aber dennoch so leise, dass Mutti es nicht hörte, denn sie merkte meist nicht, wie lange Leni schon fort war. Und was nützte es schon, wenn Mutti sich auch noch beunruhigte oder wieder einmal das Gefühl vermittelt bekam, dass sie selbst doch eigentlich für das zuständig gewesen wäre, was Ana übernahm. Mutti bekam dann so einen melancholisch-traurigen Blick, den Ana gar nicht mochte. Also lieber Leni nur leise ermahnen, die dies zwar ernst, aber nicht allzu ernst nahm.

»Ich habe eine Drehe gemacht.« Manchmal verwendete Leni noch schlesische Ausdrücke, wobei sie gleich, als ob sie diese Worte nicht nur ihren bayerischen Freunden, sondern auch Ana erklären müsste, hinzufügte: »Ich habe mich umgesehen.«

»Du sollst dich nirgendwo umsehen. Du sollst nach der Schule nach Hause kommen. Sofort.« Ana musste jetzt grinsen: »Auf Schlesisch: ganz fuck. Auf Bayerisch: zack, zack. Auf jeden Fall: schnell!«

Spaßeshalber salutierte Leni vor ihrer großen Schwester und antwortete im lauten Soldatenton: »Fuck – zack, zack!«

Als Mutti bei diesem militärisch ausgestoßenen schlesischen Ausruf überrascht aus der Küche kam, lächelten die beiden sich schon verschwörerisch zu.

»Alles gut, Mutti!«, beruhigte Leni ihre Mutter und umarmte sie so heftig, dass ihre blonden Locken wild umherschwangen.

Ana freute sich über ihre Unbeschwertheit. Leni schien am Tag wirklich alles vergessen zu haben, was sie durchgemacht hatten. Wahrscheinlich war sie eben doch zu jung, um sich an irgendetwas zu erinnern. Ana beneidete sie. Aber sie wusste, nachts, da kamen auch für Leni die verschwommenen Erinnerungen als böse Träume.

Leni schrie. Zuerst leise stöhnend, jammernd, dann ängstlich still, dann laut. Ana hatte sie schon gehört, aber sie war so müde. Sicher war es mitten in der Nacht, und morgen musste sie doch die Mathematikarbeit schreiben. Augen zuhalten, manchmal beruhigte sich Leni auch wieder. Heute Nacht nicht. »In den Keller, wir müssen in den Keller. Schneller. Hört ihr sie denn nicht heranfliegen!« Leni schrie so laut. Wieder einmal fragte sich Ana, ob Mutti es wirklich nicht hörte oder einfach nicht hören wollte, vielleicht in ihrem Bett lag und sich die Ohren zuhielt. Was nützte die Frage. Ana schlug die Decke beiseite, setzte sich auf, seufzte kurz und lief dann die paar Schritte zu Lenis Bett. Sie schlüpfte zu Leni unter die Decke und hielt das schweißgebadete Mädchen ganz fest. »Ist alles gut, Leni, nur ein Traum, nur ein Traum. Wach auf, Leni. Es ist ein Traum. Wir sind in München, ganz sicher. Es gibt keine Flieger, keinen Bombenalarm. Alles ist sicher. Ist alles gut.« Sie wiegte die stöhnende Leni hin und her, die sich wie immer kaum aus ihrem Traum befreien konnte. Die Tränen liefen ihr nun lautlos übers Gesicht und Ana strich sie wieder und wieder fort. »Ist alles gut, Leni, nur ein Traum, wir sind sicher, wir sind in München, ist alles gut.«

Es dauerte lange, bis Leni sich nach diesen Träumen wieder beruhigen konnte. Ana streichelte sie sanft weiter und beruhigte sie flüsternd. Aber ihre Gedanken flüsterten ihr selbst zu: »Nie, nie wird es gut. Es wird wiederkommen, die Flieger, die Bomben, die dunklen Keller, der Hunger. Es wird nie gut. Es wird wiederkommen.« Leni schlief langsam ein, aber nun rannen Ana die Tränen über die Wangen.

»Ist alles gut«, flüsterte sie weiter zu Leni, bis auch sie selbst endlich wieder einschlief.

KAPITEL 8

Anastasia
München 1947

Ana lief schnell nach Hause. Fast ein Jahr lang war sie nun schon in der Schule. Und die Lehrerin hatte sie heute wieder einmal vor der ganzen Klasse gelobt. Ob Mutti sich darüber mit ihr freuen könnte?

An der Haustür sah sie einen Mann stehen. Sehr dürr. Die Haare ein wenig schütter. Irgendwie müde. Er schien zu warten, als ob ihm niemand die Tür öffnete. Sie lief auf ihn zu, wollte ihn fragen, zu wem er denn wolle. Dann eine Handbewegung. Langsam, aber doch, sie erkannte die bekannte und geliebte Art der Bewegung. »Vati!« Er drehte sich um. Über sein schmal gewordenes Gesicht breitete sich ein Lachen. Er lief auf sie zu, sie auf ihn, nahm sie hoch, wirbelte sie herum, drückte sie, fast zu fest. »Lerge, meine Lerge, mein Kind, meine süße, süße Lerge!« Sein Mantel roch schrecklich. Nach Schweiß, nach Angst, nach Tod. Sie hielt die Luft an, als er sie herumwirbelte.

Er stellte sie hin, hörte aber nicht auf, sie wieder und wieder zu drücken. Ihr über die Haare zu fahren. Eine Träne lief ihm über das Gesicht. »Meine Prinzessin, genauso habe ich mir das wieder und wieder vorgestellt, wie ich dich in die Arme nehme, meine Prinzessin, Anastasia, Gott bist du groß geworden, ein junges Mädchen. Meine süße Lerge. Wie habe ich dich vermisst.« Als Allererstes schoss ihr der Gedanke durch den Kopf, dass sie längst keine Prinzessin und auch nicht mehr Anastasia war, ebenso wenig ein Kind, und schon gar nicht seine süße Lerge, aber sie sagte gar nichts, ihre Kehle war zugeschnürt, vor lauter Glück. Sie nahm den so furchtbar schmal gewordenen Vater mit den Falten im Gesicht an die Hand und zog ihn zur Tür.

»Ist Käthe nicht da? Sie hat nicht aufgemacht.«

»Manchmal legt sie sich zu Mittag kurz hin.« Mehr wollte Ana nicht sagen, aber sie klingelte ganz bewusst mehrfach, bevor sie die Haustür aufschloss und Ludwig die zwei Treppen nach oben zog. Auch an der Wohnungstür klingelte sie heftig und als sie die Tür öffnete, rief sie laut mehrfach: »Vati ist da, Mutti! Vati ist da!«

Tatsächlich, sie hatte es wohl geschafft, sie zu wecken, denn Käthe kam aus dem Zimmer heraus und fuhr sich gerade noch über die Haare, bevor Ludwig Ana sanft beiseiteschob und langsam zu seiner Frau lief. »Käthe, meine geliebte Käthe.« Er stand vor ihr und fuhr ihr ganz sanft über die Wange. »Meine geliebte Käthe.« Dann umarmte er sie und begann zu schluchzen. Ana verzog sich in die Küche und wartete, bis die beiden zu ihr kamen. Sie hatte in der Zeit den wenigen kostbaren Bohnenkaffee, den sie noch hatten, herausgesucht und einen Kaffee zubereitet. Dazu eine dicke Scheibe Brot mit Butter. Er sollte ihr Abendessen haben. Sie waren alle dünn, aber er entsetzlich dünn. Irgendwie hatte sein Anblick sie auch erschreckt. Er sah anders aus als früher.

Ludwig setzte sich an den Tisch und sah sich in der bescheidenen Wohnung um. »So lebt ihr also nun.«

Käthe strahlte, fast wie früher, und legte ihre Hand auf seine. »So leben nun *wir*, Ludwig!«

Ana merkte, dass ihr Vater genau beobachtete, wie sie mit routinierten Bewegungen sein Essen herrichtete und ihm hinstellte. Er sah auch, dass sie nichts für sich und Käthe dazustellte. Und als er Käthe eine der noch verwuschelten Locken aus dem Gesicht strich, fürchtete sie, dass ihm klar wurde, dass seine Frau im Bett gelegen hatte, nicht auf die Kinder gewartet hatte, kein Essen zubereitet hatte. Eine Sekunde der seltsamen Stille hing zwischen ihnen. Ein Moment gegenseitiger verwunderter Fremdheit.

»Wo ist das Lenchen?«, fragte er.

Du meine Güte, das nächste Schwierige. Wie nur sollte sie ihm erklären, dass sie nie genau wussten, wann Leni nach Hause kam. Leni, die auch kein behütetes kleines Lenchen im weißen Kleid mehr war. Manchmal direkt von der Schule kam, manchmal eben nicht, weil sie jemanden zum Spielen traf, weil sie durch die Straßen streunte. Meist kam sie nachmittags, manchmal erst in der Dämmerung.

»Sie hat noch Schule.«

Ludwig nickte. Er biss in das Brot. »Herrlich«, sagte er. Und trank sehr langsam einen Schluck Kaffee dazu. »Herrlich.«

Käthe strahlte ihn an. Ana trat einen Schritt zurück, wie um Abstand zu einem Bild zu nehmen. Einem Bild, das schön war. Genau so, wie es sein sollte.

An diesem Abend kam Leni erst in der Dämmerung. Auch dies nahm Ludwig verwundert zur Kenntnis, wie Ana bei einem Seitenblick glaubte zu bemerken. Käthe merkte gar nichts, sie sah Ludwig die ganze Zeit nur strahlend an und hielt ihn am Arm fest. Er hatte sich mittlerweile gewaschen. Und hatte eine andere Hose und ein frisches Hemd an. Ana war zu Tante Selma gerannt, und Wolfi hatte tatsächlich einen Anzug und ein Hemd gehabt, was er sicher auch auf dem Schwarzmarkt gut hätte verkaufen können. Wolfis unendliche Schätze. Ana durchfuhr dennoch ein Schauer, als er ihr die Kleidung in die Hand drückte. Sie wusste ganz genau, dass die Jungen auf den Schuttbergen den Toten und Erfrorenen die Kleidung auszogen. Nun, was sollten sie auch damit. Egal, ihr Vater wusste so etwas noch nicht. Und wer weiß, was er erlebt hatte, dort an der Front. Wer weiß, ob es ihm überhaupt etwas ausmachen würde, wenn er es wüsste. Ana schauderte bei diesem Gedanken. Als ob sie lieber gehabt hätte, dass außer ihr keiner in ihrer Familie all diese Dinge wusste.

Selma hatte sich unglaublich mit Ana und für ihre Schwester Käthe gefreut. »Morgen komme ich vorbei und begrüße ihn. Heute bleibt ihr erst mal unter euch.«

Leni kam herein. Eher hüpfte sie. Offensichtlich hatte sie einen guten Tag gehabt, mit vielen Spielkameraden. Als sie Ludwig am Tisch sitzen sah, stellte sie das Hüpfen ein, sah Ana kurz fragend an und ging dann sittsam auf ihn zu und streckte ihm die Hand hin. Alle drei erstarrten, bis Ludwig aufstand, lachte und sagte: »Lenchen, ich bin dein Vater.«

Leni sah ihn zweifelnd an und ließ sich dann ein wenig starr von ihm drücken. Ludwig setzte sich verunsichert wieder hin. »Ja, es ist lange her, dass wir uns gesehen haben, nicht wahr.«

»Ja, Vati«, Ana versuchte munter draufloszuplappern, »ich weiß es genau, es war im März, März 44.«

Ludwig nickte. »Zu deinem Geburtstag.«

Das war Anas Stichwort. Sie lief schnell in ihre Schlafkammer und holte das wohlbehütete Teil heraus. »Sieh nur«, sagte sie und streckte es ihm hin, »das habe ich immer bei mir gehabt.«

Käthe blickte verwundert auf. »Was, Ana, du hast die Spieldose aus Breslau mitgenommen?«

Ana nickte. Wieder ein Moment fremder Verwunderung auf allen Seiten. Ana hatte das Geschenk ihres

Vaters auf dem ganzen Weg dabeigehabt. Ihre Mutter hatte es nicht gewusst.

»Schön«, sagte Ludwig sehr ernst, »sehr schön.« Er nahm die Spieldose, zog sie auf. Die Ballerina begann zu tanzen und der *Blumenwalzer* von Tschaikowski erklang mit klaren Tönen. Sie hörten alle zu, bis die Tänzerin anhielt und der letzte Ton verklungen war. Ludwig gab Ana das silberne Schmuckstück zurück und wandte sich dann wieder an Leni. »Du bist jetzt sieben Jahre alt, nicht wahr?« Sie nickte. »Nun, junge Dame, dafür kommst du ein wenig spät nach Hause, nicht wahr?«

Im Nachhinein dachte Ana immer, dass dies der einzige Fehler war, den ihr Vater je gegenüber Leni gemacht hatte. Doch Lenis Augen verschlossen sich zu einem dünnen Schlitz, sie kniff den Mund zusammen. Und was sie sich in diesem Moment vornahm, würde sie ein ganzes Leben durchhalten. Ana konnte es förmlich hören: »Du fremder Mann, von dir lasse ich mir gar nichts sagen.« Dann drehte sie sich einfach um und ging in ihr Zimmer.

Die Ballerina hatte aufgehört sich zu drehen. Ana hatte zugleich das Gefühl, die immer tanzende Leni musste vor ihrem Vater damit aufhören. Das war falsch. Das kleine Mädchen hatte sich durch den Krieg getanzt, durch die Flucht, durch das neue Leben. Und das war gut so. Aber Vater verstand es nicht, er wollte nicht, dass sie tanzte.

Drei Tage gönnte Ludwig sich. Er schlief Tag und Nacht. Selma kam mit Wolfi zu Besuch und sie brachten einen Korb voll mit Essen und ein wenig Kleidung. Die beiden waren irgendwie Zauberer. Käthe hingegen bewegte sich kaum, eigentlich nur hinter Ludwig her. Sie folgte ihm wie ein Schatten, hatte immer ihren Arm auf seinem liegen, als ob sie fürchtete, dass er wieder ginge, als ob sie es nicht eine Sekunde ertragen könnte, ihn wieder loszulassen.

Spät an einem Abend lag Ana im Bett und hörte das Getuschel der Eltern in der Küche. Er wollte so viel von Käthe wissen, die dann immer nur lächelte und wenig erzählte. Ja, die Kinder haben Schulplätze bekommen. Ja, sie hätten eine Wohnung zugewiesen bekommen. Bei einem Bauern seien sie in der ersten Zeit untergebracht gewesen. Ja, mit dem Zug seien sie aus Breslau geflohen. Wohl dem letzten.

Ana merkte, dass ihr Vater nicht die richtigen Fragen stellte. Aber wie sollte er auch, er konnte sich ihren Weg nicht vorstellen. Käthe stellte wenige Fragen, die er viel ausführlicher beantwortete. An der Front in Italien sei es nicht so gefährlich gewesen wie an anderen Orten. Nicht schön, aber er hätte sich durchgebissen. Er erzählte von den Wachen, die er nachts schob. Meist ruhig, dann konnten sie Karten spielen. Er hatte von der Ostfront gehört. Nein, kein Vergleich. Dann geriet er in die Kriegsgefangenschaft der Amerikaner und durfte lange noch nicht kommen. Für ihn viel zu lange.

»Die meisten Männer sind noch nicht da«, erklärte Käthe ihm.

Aus dem Getuschel heraus hörte sie dann Ludwigs klare und feste Stimme: »Käthe, dass du die Kinder aus Breslau geführt hast. Dass ihr alle hier wohlbehalten angekommen seid. Das werde ich dir nie vergessen. Niemals.«

Ana dreht sich in ihrem Bett um. Sie hoffte, dass er die ganze Wahrheit nie erfahren würde. Aber wer sollte sie ihm schon erzählen. Beruhigt schlief sie unter ungewohnt wundervollem Getuschel aus der Küche ein.

Als die drei Tage vorüber waren, ging Ludwig aufs Amt und kam nach wenigen Stunden zurück. »Sie suchen händeringend Richter. Und zwar entnazifizierte. Da ich aus gutem Grund als einfacher Soldat an die Front geschickt worden bin, werde ich, so sagt der Beamte, sicher sehr schnell angestellt. Ich solle mich vorbereiten. Viele freie Tage bekäme ich nicht mehr.«

Käthe umarmte ihn. »Alles wird wie früher.«

*

Sie öffnete die Augen und sah die Eisblume am Fenster.

Perfekt in ihrer stählernen Kälte. Die Dezemberkälte erinnerte Ana an die Tage der Flucht. Sie rappelte sich auf und hauchte die wundervolle Blume an, um sie dann zu zerreiben. Schönheit, aber zu kalt. Besser Realität, aber nicht so kalt. Sie blickte hinaus in diesen Winter, in dem Eis und Schnee nie zu enden schienen, nur die Kohlen.

Sie seufzte einmal kurz auf, zog die Decke noch einmal bis zum Kinn, atmete dreimal ein, bevor sie dann mit einem Ruck die warme Decke zurückwarf und sich in die Kälte der Luft begab, die ihre Lungen schmerzhaft erfüllte. Mit ein wenig eisigem Wasser aus der Schüssel genügte eine Katzenwäsche, bevor sie in ihr Leibchen schlüpfte und die wollenen Strümpfe an den Strapsen befestigte. Darüber zog sie die gestrickte lange Unterhose.

Danach betrat Ana die Küche und sah, dass Käthe nicht aufgestanden war und auch kein Frühstück zubereitet hatte. Zwei dünne Brotscheiben schnitt sie mit dem großen Brotmesser vom Laib ab und schmierte ein wenig Margarine darauf, bevor sie Leni sanft weckte. Der schien die Kälte nichts auszumachen. Sie sprang auf, als ob jeder Tag ein wundervolles Abenteuer bedeutete. Nur beim Essen murrte sie: »Die Schnitte ist zu dünn.« Ana schüttelte nur ernst den Kopf und wandte sich dann ab, als Leni eine Schnute zog.

So gerne hätte sie ihrer Schwester mehr gegeben. Immer gab sie ihr die dickere Scheibe. Aber mittlerweile wusste sie, dass auch sie selbst ein wenig Brot brauchte, sonst konnte sie sich in der Schule nicht konzentrieren und nichts mehr lernen. Leni bekam weiterhin die dickste Scheibe, aber für die anderen musste auch noch etwas bleiben, das musste auch ihre hungrige kleine Schwester verstehen.

Nach dem kargen Essen zog sie Leni erst die gestrickten Fäustlinge über, dann achtete sie darauf, dass die kleine Schwester ihre Schnürschuhe ordentlich band, nachdem sie endlich hatte hineinschlüpfen können, da sie noch nass vom Vortag waren. »Leni, pass heute auf deine Schuhe auf, dass sie nicht wieder so nass werden«, mahnte Ana in strengem Ton, den Leni nur mit einem Lächeln quittierte.

Ana wusste, dass Leni heute wieder schlotternd im Klassenzimmer sitzen würde, bis vielleicht der Ofen endlich angeheizt sein würde, doch ihre kleine Schwester würde nie jammern, nie eine Schwäche zeigen. Lieber würde sie sich die Lippen blutig beißen, bevor sie vor Kälte zu zittern begannen. Spontan umarmte sie sie und Leni ließ einen Augenblick los, so wie sie es nur und ausschließlich bei Ana tat, der sie sich hingab, ihrer Autorität und ihrer Liebe. »Pass auf dich auf«, hauchte Ana und drängte sie aus der Tür hinaus.

»Keine Schneeballschlacht! Direkt in die Schule«, erinnerte sie noch, bevor sie auch sich selbst Mantel, Mütze und Fäustlinge anzog, bevor sie losging.

Zügig lief sie durch die klirrende Kälte in die Schule. In den Häuserreihen prangten die Lücken, als wären sie die eigentlichen Herrscher der Straßen. Es war, als ob das Weiß des Schnees mit dem Schwarz der verkohlten Hauswände kämpfte. Doch Ana wusste, der Schnee würde schmelzen, schwarze Häuserwände und aufgetürmte Schutthalden würden bleiben. Mehr Lücken als Bestehendes in der Stadt, im Leben der Menschen. Leni liebte die Schuttberge so wie Ana damals in Breslau die Schlittenberge. Im Winter zum Hinunterrutschen auf irgendetwas, das man im Schutt gefunden hatte. Vor Kurzem erst kam sie mit einer Pfanne nach Hause und wollte sie glatt als Rodel behalten. Käthe und Ana hatten sie nur entsetzt angesehen und sie ihr fortgenommen. Sie brauchten sie dringend zum Kochen. Leni hatte kein Einsehen, war aber immerhin bereit, den Extra-Teller mit Suppe von Ana quasi als Entschuldigung anzunehmen.

Ana schloss manchmal die Augen und ging in Gedanken die Straßen Breslaus entlang. Straßen ohne Lücken, ohne Bauschutt, prächtige Straßen, großartige Gebäude. Käthe hatte behauptet, München habe ähnlich ehrwürdig ausgesehen wie Breslau. Ana konnte es nicht glauben.

Ihr laut knurrender Magen rief sie in die Wirklichkeit zurück. Sie hatte solch einen Hunger. Hoffentlich gab es genug in der Schulspeisung.

*

So kalt der Winter gewesen war, so unerträglich heiß wurde der Sommer. August. Wie in der Sahara trieb der Wind den Staub der zertrümmerten Gebäude durch die Straßen Münchens. Ana war direkt nach der Schule an die Isar gegangen. Hitzevakanz hatte der Lehrer Gott sei Dank angeordnet. Doch der Fluss, der sonst die »Reißende« genannt wurde und nicht ungefährlich beim Baden war, war zu einem zahmen Flüsschen zusammengeschrumpft, das weit von den eigentlichen Ufern entfernt in der Mitte des Flussbetts dahinfloss. Ana hatte ihren Rock hochgehoben und war mit den Beinen in das herrlich kalte Wasser gegangen. Endlich eine Erleichterung in der unerträglich flimmernden Hitze.

Auf dem Weg nach Hause war es ungewohnt still. Die Menschen verließen in der Hitze die Häuser nur noch, wenn es unbedingt nötig war, und die Straßenbahnen fuhren wegen der Stromsperren kaum noch.

Plötzlich begann eine der verlassenen Hausruinen neben ihr zu schwanken. Sie sah kurz hin und rannte dann los. Als sie eine Ecke weiter war, blickte sie zurück. Wie das Skelett eines längst toten Menschen sackte das Gebäude in sich zusammen. Schwarzer Staub erhob sich in einer Wolke. Gespenstisch leise. Oder hatte sie nur jeglichen Ton ausgeblendet? Von der Entfernung aus betrachtete Ana das tonlose In-sich-Versinken. Wäre sie direkt daneben gewesen, hätte einer der herabbrechenden Steine sie tödlich verletzen können, aber hier war sie sicher. Als ob sie diese Einstürze nicht kannte, oft genug gesehen hatte, ein tägliches Spektakel. Die Jungs setzten Wetten darauf ab, welche Wand als Nächstes zusammenkrachen würde. Der Staub senkte sich, ein neuer Schuttberg war entstanden.

Grau waren die Parks, grau die welken Bäume, die überlebt hatten, grau die Straßenzüge, grau die Menschen, von dem Schutt, der da war und sich noch vermehrte durch die einfallenden Bauten. Statt gleich zu bleiben, weniger zu werden, immer mehr wurde.

»Ich bin es so leid«, sagte sie zu einem Jungen, der neben ihr den Einsturz beobachtet hatte und ihr auch nicht antwortete. »So müde.«

*

Beim Abendessen saß Ana sehr still am Tisch. Die Erinnerung an das einstürzende Haus hielt ihre Gedanken immer noch gefangen, der Staub, die vermeintliche Totenstille.

Die Erinnerung zerriss, als die etwas zu schrille Stimme ihrer Mutter in ihre Gräberstille eindrang: »Ich will, dass die Kinder konvertieren.«

Alle drei sahen hoch. Käthe war nie besonders religiös gewesen, auf gar keinen Fall katholisch orientiert. Ein solcher Wunsch kam aus heiterem Himmel.

Ludwig ließ nahezu sein Besteck fallen und sah Käthe unfassbar erstaunt an. »Wie meinst du das?«

»Na, so wie ich es gesagt habe. Ich will, dass die Kinder konvertieren. Sie sollen von Protestanten zu Katholiken werden.« Schon lange hatte Ana nicht mehr ihre Mutter etwas so fest und überzeugt, fast bissig sagen hören.

Ludwig bewegte sich nicht. »Warum?«

»Weil sie hierhergehören sollen. Ganz und gar. Und hier in Bayern sind die Menschen katholisch.«

Leni klatschte mit den Händen und jauchzte auf: »Mama, das finde ich toll!« Alle sahen sie verwundert an. »Ich gehe schon längst fast jeden Sonntag mit Luise von gegenüber in die Kirche. Das ist so schön dort. Die Fenster sind bunt. Und ich kann schon fast alle Gebete und Lieder. Das ist alles heilig dort. Ja, Mutti, ich will katholisch werden.«

Ludwig sah sie fast strafend an. »Heidnischer Kram. Weihrauch. Und Niederknien!« Er war empört. »Immer habe ich euch im Sinne der Aufklärung erzogen. Warum sollte ich unsere Mädchen diesem erzkonservativen Glauben übergeben?« »Vati, dort ist alles schön. Und richtig. Und ich kann dann auch das weiße Kleid zur Kommunion anziehen!«, jubelte Leni.

Bisher hatte Ana höchst verwundert dieser Diskussion zugehört. Das mit dem weißen Kleid aber leuchtete ihr ein, das fand sie auch wundervoll. Die Züge der Kinder in den weißen Kleidern hatte Ana auch bewundert. So ein Feengewand und eine große weiße Kerze in der Hand hätte sie auch gerne gehabt.

»Dann glauben die glatt an die körperliche Himmelfahrt Marias. Niemals werde ich das zulassen!«

»Doch. Weil ich es will.« Käthe stand auf und hinterließ eine sprachlose Familie. Es war das erste Mal, dass Käthe wieder etwas wollte. Ludwig sah ihr völlig konsterniert nach.

Aber Ana wusste, dass ihre Mutter sich in diesem Moment von der Vergangenheit gelöst hatte, von ihren Wünschen und Träumen endgültig verabschiedet, Breslau Adieu gesagt hatte. Und ihren Kindern einen Neuanfang hier ermöglichen wollte. Ana war sich nicht sicher, ob sie das mit den katholischen Kirchen und dem Weihrauch wollte. Sie wusste nur, dass durch diese Entscheidung die Traurigkeit ihrer Mutter fest eingemauert wurde.

Nur Leni strahlte klammheimlich übers ganze Gesicht.

*

Die ganze Familie stand um dieses Ding herum. Sprachlos. Fast ein Jahr hatte Ludwig nun gearbeitet. Seine Bezüge waren monatlich und wohl recht hoch, wie Ana vermutete, denn ihr Leben hatte sich verändert. Die Hilfe der Alliierten machte sich bemerkbar. Natürlich gab es nicht immer alles zu essen, das, was eben verfügbar war und sie auf die Lebensmittelkarten bekamen, aber es gab etwas. Ludwig hatte für alle drei etwas zum Anziehen gekauft. Drei Unterhosen besaß Ana nun. Das war für sie sehr wichtig. Nun konnte sie jeden Tag eine auswaschen. Käthe hielt das für Firlefanz. Leni sowieso, die kümmerte sich gar nicht darum, aber Ana fand es herrlich, jeden Tag in sauber gewaschenen Kleidern sein zu können. Selbstverständlich kochte sie ihre Wäsche selbst im Waschzuber auf und rubbelte sie auf dem Waschbrett. Meist wusch sie Käthes und Lenis Kleidung auch mit, und nun auch Vaters. Wie schön war das, Kleidung einer ganzen Familie. Neuerdings gab es sogar Kernseife. Was für ein herrlicher Geruch. Beim Waschen erinnerte sie sich oft, obwohl sie es nicht wollte, aber es waren Bilder, die in ihrem Kopf auftauchten, die öfter kamen, je mehr sie sie wegschicken wollte.

Leni, am ersten Tag der Flucht, die sich im bitterkalten Bahnwaggon in die Hose machte. Bis sie ausstiegen, war die Wollhose gefroren. Lenis eiskalte Beine hatte Ana an ihrem Bauch erwärmt, als sie abends in einer Bahnhofshalle lagen. Die Wollhose trug Leni auch alle weiteren Tage auf der Flucht. Ana erinnerte sich auch daran, als sie selbst in den Schnee gefallen war, nass bis auf die Knochen, nur weil sie mal hinauswollte aus dem Urin- und Schweißgestank in der Bahnhofshalle, weil sie dem Lokführer beim Wassertanken zugesehen hatte, als ob diese alltägliche Tätigkeit sie aus der Welt herausführen konnte. Als sie zurückkam, nass, wie sie war, den Platz der alten Frau auf den wenigen Holzbänken annahm. Und dann sah sie es wieder und wieder und wieder. Wie die alte Frau am nächsten Morgen nicht mehr aufstand. Auf den kalten Fliesen lag, die Augen geschlossen. Und nie mehr aufstehen würde.

Bei jedem Waschen wusch sie die Erinnerung fort, an den unerträglichen Gestank, an Schweiß und Angst und Tod. Bis die Bilder wiederkamen.

Kleidung hatten sie also alle bekommen. Viel mehr Essen als zuvor. Und nun hatte Ludwig Käthe ein paar Mark gegeben und gesagt: »Kauf dir etwas, irgendetwas Schönes. Was du magst.«

Vermutlich hatte er an einen neuen Rock gedacht, ein Halstuch, vielleicht ein Stück Fleisch. Aber das, das hatten sie alle nicht erwartet.

Käthe hatte sie mitten auf dem Tisch auf einem kleinen weißen Deckchen platziert. Klein, zart, weiß stand sie da und die ganze Familie starrte auf das Figürchen.

Es war eine kleine barock gekleidete Dame. Der weit ausgestellte Blümchenrock wurde von einem weißen Überrock in der Fülle weiter betont, so dass die schmale Taille, zusammengeschnürt mit dem adretten Mieder-Korsett noch mehr betont wurde. Ein ebenfalls geblümtes Jäckchen fiel locker, schöne Falten werfend um die schmale Figur. In der einen Hand hielt die Dame einen Blumenstrauß, in der anderen ein Körbchen mit frischen Blumen. Ein goldenes Kettchen und goldene Ohrringe vollendeten das perfekte Bild.

Mit ihren zarten, grünen Schleifchenschuhen stand die Hübsche auf einem Stück Wiese, umrandet von weißen, wolkenartigen Bordüren.

»Meißner Porzellan!«, rief Käthe mit spitzer Stimme aus. Sie drehte die Figur um und zeigte allen die gekreuzten Schwerter, das Emblem der altehrwürdigen Manufaktur.

»Eine Porzellanfigur.« Ludwig versuchte seiner Stimme zwar einen sachlichen Ton zu geben, aber Verwunderung mit ein wenig Entsetzen war für Ana nicht zu überhören.

Käthe hörte wie immer keine Zwischentöne. Selbstvergessen strahlte sie das Ding wie einen Goldschatz an. »Wir hatten mehrere Figuren, als ich ein Kind war. Natürlich auch das Meißner Porzellan. Das gab es selbstverständlich nur in den guten Kreisen.« Ana bemerkte, dass Käthe wieder diesen näselnden, hochmütigen Tonfall anstimmte. Das jedoch gefiel Ana. Sie wusste, dass ihre Mutter dann in früheren Zeiten war. Keine abgetragenen, grauen, groben Wollkleider mehr anhatte, sondern weiße Kleidchen im Stil der Zwanziger. Dass sie gedanklich dem Hausmädchen winkte, damit es ihr einen Tee bringe. »Wir hatten eine ganz ähnliche Figur zu Hause! Ist sie nicht wundervoll! Dieses weiße Porzellan!«

Leni klatschte in die Hände vor Begeisterung. »Wunderschön!«, stimmte sie einfach in die Freude ihrer Mutter mit ein. »Spielt man damit?«

»Dummerchen«, lachte Käthe, »man stellt sie hin und sieht sie an.«

Ana sagte nichts. Ihr gefiel das Porzellanpüppchen, aber dessen Nutzlosigkeit hing wie eine schwere Wolke im Raum.

»Wie wird Selma staunen!«, rief Käthe aus. »Sie kann sich bestimmt auch noch an unsere Figur damals im Herrenhaus erinnern.«

Anastasia hingegen wusste ganz sicher, dass dieser spöttische Zug um Selmas Mundwinkel erscheinen würde, wenn sie dieses Stück vorgeführt bekäme. Selma würde ebenso wenig Verständnis wie sie und Ludwig dafür haben, warum der Kauf dieser Dame hatte sein müssen. Aber, wie immer, keiner würde etwas sagen. Ludwig nicht, Selma nicht und Ana mit Sicherheit auch nicht.

Vorsichtig fragte Ludwig: »Wo hast du sie denn her?«

»Eine alte Frau hat sie am Straßenrand verkauft.«

Käthe strahlte. Strahlte in einem Glanz aus Herrenhaus und guten alten Zeiten. »Rücken gerade. Kinn hoch. Contenance.«

Seit der Flucht hatte Ana diesen Wahlspruch der Familie nie mehr von Käthe gehört. Aber nun war einer der seltenen Momente, in denen Käthe einmal wieder das Leben genoss und aus allen Poren ihre stolze Herkunft wissen ließ: »Rücken gerade. Kinn hoch. Contenance.«

»Wenn sie doch nur Freundinnen hätte, denen sie ihre weiße Porzellanfigur zeigen könnte«, wünschte sich Ana insgeheim.

Am nächsten Abend schlief Käthe noch, als Ludwig nach Hause kam. Ana hatte wohl über ihren Hausaufgaben vergessen, sie zu wecken, und nun stand Ludwig bereits vor ihr am Küchentisch. Er sah sich um: »Käthe?« – Ein Kopfnicken in Richtung Schlafzimmer von Ana. »Sie schläft also schon wieder?« Ana nickte.

Heute war sie den ganzen Tag schon völlig versunken in ihrer traurigen Wolke gewesen, kaum ansprechbar. Obwohl oder gerade weil sie ständig die Porzellan-Dame betrachtet hatte.

Ludwig seufzte und setzte sich neben Ana. »Warum ist Käthe nur immer so? Weißt du, früher war sie lebenslustig. Und jetzt – es geht uns doch gut! Immer ist sie traurig.«

Ana dachte an Käthes Blick, wenn sie im Zug vom Volkssturmmann zurückkam.

»Vati, der Zug, der Zug hat das aus ihr gemacht.«

»Der Zug?« Ludwig zuckte verständnislos mit den Schultern. Ihm war nicht klar, was an der Zugfahrt so schwer hätte sein können.

»Weißt du, dass wir viele Tage unterwegs waren?«

»Nein.« Er schüttelte den Kopf. »Wie viele denn?«

»Ich weiß es nicht. Sie sind verschwommen. Vielleicht zehn, vierzehn, ich weiß es nicht. Es war entsetzlich kalt.«

Man konnte Ludwig ansehen, dass er sich dachte, dass es bei ihm auch kalt gewesen war. Und er dennoch lachen konnte, zumindest tagsüber.

»Hat Mutter dir nie etwas darüber erzählt?«

»Nein. Nie.« Eher verwundert sah er seine Tochter an. »Aber sie hat euch hinausgebracht. Alle drei unversehrt. Und dafür liebe ich sie!«

Er umarmte Ana liebevoll und doch fest. In ihr hallte es nach: ... unversehrt ... unversehrt ... unversehrt ...

KAPITEL 9

Käthe, Leni und Ana saßen bei Else von gegenüber in der Küche. Ihr Bauch war so riesig, dass sie sich nur noch setzen konnte, wenn sie ihre Beine breit hinstellte, um dem Bauch ein wenig Platz zu lassen. Ana versuchte nicht hinzustarren, aber ihre Augen gingen immer wieder zu dem Bauch, der sich unter der Kittelschürze genau abzeichnete. Eine seltsame Faszination ging davon für sie aus. Ein Baby war darin, richtig lebend. Bald würde sie vielleicht sehen können, wie die Hebamme mit ihren Koffern durch die Straße radelte und bei Else hineinsprang. Dann konnte es kurz oder lang dauern und man hörte manchmal lange Stunden Schreie aus den hellhörigen Mietwohnungen, bis es ganz ruhig wurde und ein babykatzenartiges Krähen erklang und alle Nachbarn wussten: Das Kind ist da. Einerseits hatte Ana vor diesen offenbar unerträglichen Schmerzen eine entsetzliche Angst. Andererseits wusste sie, dass dies das war, was sie unbedingt einmal haben wollte: ein Kind. Ein Baby. Ihr Kind.

»Oma Kunigunde hat alles schon gestrickt und genäht«, strahlte Else und legte den drei Vahrenhorst-Frauen stolz alle Babysachen auf den Tisch. Ein himmelblaues Häubchen, eine weiß-blau gestreifte Strampelhose und ein weißes Jäckchen. »Sie hat gesagt, Blau geht immer, und wenn's ein Mädel wird, fädelt sie überall noch rosa Bändchen hinein. Die hat sie beim Uhlfelder in der Stadt schon vorbestellt, für den Fall der Fälle …«

Ungeniert nahm Leni das winzige Mützchen und setzte es sich wie eine Krone auf den Kopf. »Das passt doch nicht mal meiner Puppe!«

Käthe blickte sie strafend an, aber Else zog ihr lachend das Wollhäubchen vom Kopf und legte den Strampler auf den Tisch, um Leni die Größe zu zeigen. »So klein ist ein Baby. Wahrscheinlich wird der Strampler sogar zu groß sein!« Dann streichelte sie sanft über ihren riesigen Bauch. »Na ja, vielleicht bekommen wir hier aber auch einen großen Max, der den Strampler schon ausfüllt.«

»Max.« Käthe sah Else fragend an. »Soll er wirklich Max heißen wie dein Vater, wenn es ein Junge wird?«

Else nickte. Ihre Augen wurden traurig, aber ihre Stimme sagte dann fast herausfordernd forsch: »Entweder Vater kommt doch noch aus dem Krieg nach Hause und dann haben wir Senior und Enkel-Junior im Haus. Oder er lebt im kleinen Max weiter.«

Ana sah, wie Käthe betreten auf den Boden blickte. Die Familien, in denen die Männer wieder nach Hause zurückgekehrt waren, hatten immer ein diffuses Gefühl von schlechtem Gewissen bei den Familien, die noch ohne Väter lebten. Besonders bei jenen, die nie offiziell einen Todesbescheid bekommen hatten. Dann hoffte man, über Jahre, dass irgendwann der Mann, der Vater, der Sohn doch noch vor der Haustür stünde. Wenn, dann waren es ausgemergelte, zerlumpte Gestalten, die die eigene Familie kaum noch erkannte. Äußerlich nicht, und meist auch nicht innerlich.

»Und das hier«, sie hielt eine Flasche mit Wasser hoch, »ist etwas ganz Besonderes: Isarwasser. Damit wird das Kind getauft werden. Ein echtes Münchner Baby!«

Darauf sagte Käthe nichts. Vermutlich weil ihre eigenen Kinder immer Flüchtlingskinder bleiben würden, nie ›Münchner Kindl‹ werden würden, dachte Ana. Dann betrachtete sie wieder Elses riesigen Bauch. Sie erinnerte sich, dass im Zug auf der Flucht eine Frau war, die in einer Nacht auf einem Bahnhof ein Kind zur Welt gebracht hatte. Sie war so dünn gewesen, dass man ihr die Schwangerschaft nicht einmal angesehen hatte.

Leni ging zum Stubenwagen, der auch schon in der Ecke bereitstand. »In den würde meine Puppe schon hineinpassen!«, beschied sie.

»Ja, da wächst das Zwuzel auch noch hinein!«, lachte Else.

Leni strich über die gehäkelte Bordüre. »Schau mal,

Ana, wie schön!« Ana ging auch hin und bewunderte mit ihr die weiche Plumeaudecke und die gehäkelte Paradedecke darüber aus feinem Garn. Diesem Baby würde es gut gehen. Es würde umhegt und umsorgt werden. Elses Mann war Angestellter bei der Bahn.

Käthe hatte Ana erzählt, dass Elses Mann gerade, ohne dass Else das gewusst hatte, ihre Arbeitsstelle als Schneiderin gekündigt hatte. »Das haben wir nicht mehr nötig«, hatte er zu ihr gesagt, als er es ihr abends mitgeteilt hatte. Auf Anas Frage, ob Else das denn recht sei, hatte Käthe nur abgewinkt, als ob dies keine relevante Frage sei.

Ana fuhr mit dem Finger die Weidenverstrebungen des Stubenwagens entlang. Nein, so sehr sie sich auch ein Kind wünschte, erst wollte sie die Schule machen, vielleicht gar studieren wie ihr Vater, einen Beruf haben, sicheres, eigenes Geld verdienen. Und dann ein Kind. Es in genau solch einen Stubenwagen legen können. Und für immer diesem Kind Sicherheit geben. So wollte sie es.

*

Leni schmiss Schiefertafel und Griffel in die Ecke. »Setzen«, brüllte sie. »Setzen!« Die Jacke flog auch auf den Boden. »Setzen! Zwei Stunden hat er mich heute in der Ecke stehen lassen, bis er nur das eine Wort gesagt hat. ›Setzen.‹ Sonst nichts.«

Ana hob die Jacke auf und hängte sie auf den Haken im Flur. Dann nahm sie Tafel und Griffel und legte sie auf den Küchentisch. »Musst du dich auch immer mit Herrn Müller anlegen?«

»Tu ich nicht, ich mache gar nichts, und der lässt mich jeden Tag stehen. Pah! Aber ich lerne dadurch nur länger zu stehen. Der macht mich nicht klein!«

»Leni, Schule ist eben nicht nur Gummihüpfen in der Pause!«

»Das kann ich aber gut«, strahlte die Zehnjährige. »Heute kam ich bis über den Po! Ich war die Beste!«

Das glaubte Ana sofort. Leni war sportlich und im Gummihüpfen wie eine Gazelle. Aber das war jetzt wirklich nicht das Thema. »Ihr seid immer noch sechzig Kinder in der Klasse. Es gibt eben keinen anderen Lehrer. Wenn du einfach mal ruhig wärst im Unterricht, könntest du auch sitzen bleiben.«

»Bin ich aber nicht«, zischte die kleine Schwester, »bin ich aber nicht. Ich mache, was ich will.«

Das allerdings befürchtete Ana auch. »Lass es doch, Leni, bitte! Demnächst kriegst du etwas mit dem Rohrstock.«

»Und wenn schon!« Wieder blitzten Lenis Augen wütend und triumphierend. Warum war sie nur so? Als ob sie sich irgendwann geschworen hätte, dass nichts und niemand sie brechen könne.

Am Abend hing ein wundervoller Duft in der Küche. Seit Stunden schon. Ana und Leni standen teilweise minutenlang vor dem Ofen und sahen der Ente beim langsamen Krosswerden zu. Ständig fragte Leni mittlerweile, ob sie nicht fertig sei, woraufhin Käthe streng mit dem Kopf schüttelte. Es war Weihnachten. Es würde Geschenke geben. Vermutlich tatsächlich das Gewünschte. Für Leni eine Lederhose, damit sie endlich ungehindert spielen konnte. Und für Ana die gewünschten zwei Paar Strümpfe, drei Unterhosen und vielleicht sogar die blaue Bluse. Diese nur vielleicht, sie wäre aber auch über die Unterwäsche glücklich, denn dann könnte sie diese endlich ohne Schwierigkeiten täglich wechseln. Aber all dies schien zu verblassen vor diesem Gericht. Auch die Klöße zogen nun im Wasser. Es konnte nicht mehr lange dauern. Endlich. Vater zerteilte die ihm von Käthe hingereichte Ente, während sie Klöße und Rotkohl auf die Teller gab. Der Duft. Einer, der Ana für immer in der Nase schwebte und den sie immer an Weihnachten erinnerte.

»Ja«, leitete Ludwig das Gespräch ein, als alles bereit war, »die Währungsreform hat alles verändert. Es wird aufwärts gehen!« Und dann sprach er die erlösenden Worte: »Guten Appetit!«

KAPITEL 10

Lilith und Anastasia
Breslau 2017

Schweigend waren sie eine ganze Zeit lang durch die Straßen der Innenstadt Breslaus gelaufen. Bürgerhäuser, alle neu renoviert, viele junge Menschen, Studenten, ein aufgeschlossenes junges Leben um sie herum, Straßenkünstler, Musiker, Kreidezeichner, Marionettenspieler, freie, offene Fröhlichkeit.

»Denkst du vielleicht, du kannst Aaron nicht aufnehmen, weil Frederike dich betrogen hat?«

»Irgendwie nicht.« Lilith schüttelte nachdenklich den Kopf. »Zuerst war ich einfach nur entsetzt über ihren Tod.« Ein Schauder überlief ihren Körper. Sie registrierte, dass sie eigentlich noch kein einziges Mal über den Tod ihrer Freundin geweint hatte. Aber es war weder mangelnde Trauer noch eine Form von Wut, dass sie ein Kind mit Robert gehabt hatte, ohne ihr dies zu sagen. Ihr Tod war eher etwas so Entsetzliches, dass es nicht zu ihr drang, etwas so Unerträgliches, dass sie es nicht in ihrer Wirklichkeit erfassen konnte.

»Dass sie und Robert einmal miteinander geschlafen haben. Das kann passieren. Ich war damals mit Tobias zusammen.« Lilith zögerte. »Klammheimlich habe ich mich sogar gefreut, dass Robert seine Frau betrogen hat. Denn vermutlich war er da ja schon mit ihr zusammen.«

Ana zog missbilligend die Lippen zusammen.

»Ich kann auch verstehen, dass Frederike es mir nicht sagen wollte. Sie hat sich sicher vor mir in Grund und Boden geschämt.«

»Dass sie dich allerdings als Patin gewählt hat, finde ich doch etwas zu viel«, wandte Ana ein.

»Wen hätte sie denn nehmen sollen? Ihre Eltern waren doch ganz früh gestorben. Keine Verwandten, eine bissige Tante, keine Geschwister. Ich war ihre beste Freundin, wir standen uns sehr nah. Weißt du, es war quasi selbstverständlich, dass sie mich für ihr Kind als Patin genommen hätte. Alles andere wäre verwunderlich gewesen.« Lilith spürte in sich nach, aber so war es. »Die Familie von Robert ist grauenhaft. Ich war wirklich die Einzige. Damals habe ich mich sehr darüber gefreut. Es war so schön, das Baby in den Armen zu halten. Bis sie nach Südamerika ging, waren wir auch sehr eng befreundet, ich habe den kleinen Aaron oft gehabt. Als die beiden dann fortgingen, blieben eben nur Briefe, ein paar Telefonate, da verliert man sich ein wenig. Aber nein, ich nehme ihr das nicht übel.«

»Gut.« Ana dachte nach.

»Oder denkst du, du kannst Aaron nicht aufnehmen, weil Robert eine andere Frau geheiratet hat, eine andere dir vorgezogen hat?«

Spontan flossen Tränen aus Liliths Augen. Ja, das war bitter. Ihr hatte er die Welt versprochen. Eine andere hatte er geheiratet. Aber wollte sie sich damit rächen, dass sie deswegen seinen Sohn nicht aufnahm? Nein, das war es nicht. Sie konnte kein Kind aufnehmen, weil sie keine Mutter war. Wäre sie sonst nicht längst eine geworden? Ihre Freundinnen, die einen wirklichen Kinderwunsch hatten, hatten entweder den richtigen Mann dafür gefunden oder, nun, eben einen genommen, Kinder bekommen und waren dann mehr oder minder oder auch gar nicht mit ihm ausgekommen. Aber sie hatten Kinder bekommen. Sie, Lilith, nicht. Weil sie keine Mutter war, nie diesen Kinderwunsch gehabt hatte wie andere Frauen, diesen Wunsch, der übermächtiger als alles andere war.

Ana umarmte sie plötzlich. Sie streichelte ihren Rücken, bis Tränen und Schluchzen langsam versiegten. Was für ein schönes Gefühl. Lilith konnte sich nicht erinnern, dass ihre Mutter sie je so in den Arm genommen hatte. Warum eigentlich nicht? Weil Ana als Dreizehnjährige bereits die Verantwortung für die Familie übernommen hatte? Weil sie ganz selbstverständlich erwartete, dass Lilith ebenso erwachsen war wie sie damals? Weil sie fand, Lilith habe gar keine Verantwortung zu tragen im Vergleich zu ihr damals? Weil sie Lilith für undankbar hielt, dass sie ihr gesichertes Umfeld nicht als Gnade schätzte, sondern als Natürlichkeit annahm?

Lilith richtete sich auf. »Ja, Mama, so ist es. Ich bin verletzt. Damals wie heute redet er von der großen Liebe zu mir, so viele Versprechungen, aber er heiratet eine andere Frau!«

Die Tränen flossen nicht mehr. Es war keine Wut, die sie überschwemmte, sondern eine dumpfe Enttäuschung, eine Trauer um den für sie Verlorenen, eine dampfende Traurigkeit.

»Lilith, ich habe eine Ahnung. Natürlich habe ich mich das auch gefragt. Aber ich habe Erklärungen dafür. Ich weiß nicht, ob sie stimmen.«

»Sag sie mir.«

»Er hätte es nicht geschafft. Du hättest Verständnis für die ›Dämonen‹ in seinem Inneren gehabt. Das wäre sein Untergang gewesen. Er hätte sich gehen lassen, untergehen in seinen Ängsten und Traumata. Du hast es gerade selbst gesagt, seine Familie war grauenhaft. Wir wissen es beide, er wurde von seinem Vater grün und blau geschlagen. Und seine Mutter hat zugesehen.«

Robert hatte nicht nur Lilith, sondern vor allem auch ihrer Großmutter Käthe davon erzählt. Auch Ana wusste es wohl. Aber deswegen hatte ihre eigene Mutter ihre Verbindung zu Robert nicht befürwortet? »Warum hast du mir das alles nie gesagt, wenn du das so genau gesehen hast? Warum hast du nicht viel früher darüber mit mir geredet?«

»Warum denn? Du hättest sowieso nicht auf mich gehört. Man kann da niemandem reinreden.«

»Vielleicht hätte ich es einfach gerne gehabt? Vielleicht hätte ich einfach gerne mit dir darüber geredet?«

»Ich bin kein Mensch, der alles zerlegt und bespricht, das nützt doch nichts. Auch kein Mensch, der ständig umarmt, wie ihr heute. So etwas gab es bei uns nicht. Ich kannte es nicht. Ich sehe es jetzt bei den jungen Menschen, aber es kommt mir immer noch seltsam vor.«

»Ach Scheiße.« Lilith sagte es nicht vorwurfsvoll, sondern traurig.

In diesem Moment wurde es ihr klar. Bei der Entscheidung, Aaron nicht aufnehmen zu wollen, schwang alles mit, die tiefe Enttäuschung, dass Robert nicht sie, sondern eine andere geheiratet hatte, mit ihrer besten Freundin das Kind bekommen hatte, das er ihr doch versprochen hatte. Doch dass sie selbst nie diesen unbändigen Kinderwunsch empfunden hatte, lag nicht an Robert. Es lag an dem Gefühl, nie von einer Mutter geliebt worden zu sein, und der Furcht, nie wie eine Mutter lieben zu können.

»Aber ich habe dich immer geliebt. Für dich gesorgt«, sagte Ana.

Lilith antwortete nichts darauf. Nun sprach ihre Mutter es aus. Schon wieder. War es jetzt nicht wahr oder hatte Ana das Selbstverständliche nie ausgesprochen, vielleicht nicht aussprechen können? All diese für Lilith undurchschaubaren Konventionen ihrer Eltern. Ihrer Großelterngeneration. Undurchdringbare Verhaltensweisen, Denkweisen, so schien es ihr.

»Magst du mir von Oma erzählen?«

KAPITEL 11

Käthe
Breslau 1931

»Rücken gerade. Kinn hoch. Contenance«, murmelte sie leise vor sich hin. Sie würde jetzt dort hineingehen.

Käthe stand vor dem beeindruckenden Gebäude der Technischen Hochschule, blickte zuerst hoch auf das dreistöckige große Gebäude und dann hinunter auf ihre zitternden Knie. Diesen Termin hatte die Sekretärin des Instituts mit ihr vereinbart. Sie würde ein Gespräch mit Professor Neumann haben. Lothar Neumann war für Käthe wie ein Gott. Er hatte das neue Postscheckamt am Breslauer Stadtgraben entworfen. Diesem großen Architekten würde sie gleich gegenübersitzen. Ihre Knie zitterten immer noch, als sie die Treppe hinaufstieg und das Zimmer von Neumann betrat. Obwohl er das schwarz-weiß-schwarze Band und die Kappe des Corps Borussia trug, lächelte er sie offen an. Corps-Mitglieder waren Männerbündler, nicht interessiert an Frauen in den Universitäten, Frauen ließ man beim Studieren wie beim Feiern lieber draußen. Frauen sollten sich um das häusliche Wohl ihrer Männer kümmern, nichts anderes. Innerlich ließ Käthe alle Hoffnung fahren.

»Fräulein Wieter«, Neumann sah in die Notiz der Sekretärin, »Sie tragen sich also mit dem Gedanken, bei uns Architektur zu studieren.«

Käthe nickte und versuchte, das Knie, das mittlerweile von Zittern in heftiges Klopfen übergegangen war, unter Kontrolle zu bekommen.

»Frau Wieter«, presste sie heraus.

»Frau Wieter, also«, stellte er fest und fragte knapp weiter, »Schule?«

»Gymnasium in einem Internat in Lausanne, Abitur.« Innerlich hörte sie ihre Mutter zu ihr sagen: Käthe Margarethe Alexandra Marie, sprich in ganzen Sätzen!

»Warum interessieren Sie sich für Architektur?«

Was für eine Frage? Was sollte sie darauf nur antworten?

»Weil mir Gebäude gefallen.«

Neumann runzelte die Stirn. Sie war sich klar, dass das eine dumme Antwort gewesen war, aber wie nur hätte sie ihre Faszination beschreiben können, wenn sie vor einem ungewöhnlichen Gebäude stand. Das Bein klopfte mittlerweile unbeherrschbar laut, so dass es ein Geräusch auf dem Parkett machte.

Neumann lehnte sich in seinem Sessel zurück und die Zweifel waren ihm ins Gesicht geschrieben.

»Liebe Frau Wieter. Ein fundiertes Grundinteresse

an der Baukunst verlange ich. – Was ist denn Ihre bevorzugte Stilrichtung?«

Da musste Käthe nicht nachdenken, sie sprudelte einfach los. Sie hatte doch so viel immer über Architektur und Kunst gelesen, sich stapelweise Bücher über die verschiedenen Jahrhunderte aus der Bibliothek geholt. »Die Gotik. Die Höhe der Bauten durch die neue Entwicklung des Kreuzrippengewölbes, die Kuppeln, der Schwung der Spitzbögen.« Sie holte kaum Luft. »Und dann liebe ich den Historismus. Weil er sich einfach an nichts hält. Aus jedem Stil das nimmt, was ihm passt. Einfach spielt. Ach, wir haben so viele wundervolle historistische Villen in Breslau. Und die Neue Synagoge – es gibt kein Bauwerk in Breslau, das ich mehr schätze!« Zwar spürte Käthe, dass ihre Wangen sich röteten, aber aus ihrem Mund flogen die Worte einfach so hinaus. »Aber auch die expressionistische Architektur. Ich mag die runden und gezackten Formen. Das ist so verspielt, plastisch, es holt den Blick und führt ihn von Spielerei zu Spielerei. Deswegen mag ich Ihr Postscheckamt auch so. Backsteinexpressionismus.«

Ihre Mutter fand es, wie die meisten anderen »grauen-haft«, einen Schandfleck Breslaus. Lange hatte Käthe vor dem dreiundvierzig Meter hohen Gebäude gestanden, das das zweitgrößte Hochhaus Europas war – dieser Fakt zumindest machte dann doch den einen oder anderen Breslauer stolz. Nie hätte Käthe es für möglich gehalten, dass man so hoch in den Himmel bauen konnte. Unfassbar schien ihr das Bauwerk in die Höhe zu ragen. Stand man unten und blickte hinauf, hatte man den Eindruck, es schwankte. Vielleicht gab es einen Höhenschwindel, ebenso wie wenn man in große Tiefen hinuntersah, vermutete Käthe. Elf unvorstellbare Geschosse, Eisenbeton-Fachwerk und eine Backsteinfassade, hatte Käthe darüber in der Schlesischen Tageszeitung gelesen. Für sie wirkte es wie ein Drache: der Hochhausturm als speiender Kopf, der den länglichen Gebäudekomplex wie seinen Körper hinter sich herzog. Mutter konnte nichts damit anfangen. Ihr hatte Käthe immer erzählt, sie würde spazieren gehen, wenn sie sich solche Bauwerke angesehen hatte. Mit Vater allerdings hatte sie, wenn sie abends im großen Salon saßen, darüber diskutieren können. Wenn er auch ebenfalls das Postscheckamt für eine Schande Breslaus hielt, so konnte er sich doch an Käthes Begeisterung erfreuen. Ihr Vergleich mit dem Drachen hatte ihn lachen lassen. »Mein Töchterlein, du hast zu viel Phantasie. Aber eine gute Beobachtungsgabe«, hatte er sie gelobt.

»Ja, ich finde es großartig, Ihr Gebäude! Großartig!« Die echte Begeisterung in ihrer Stimme war nicht überhörbar.

»Nun schmeicheln Sie mir nicht.« Doch Neumann nickte wohlwollend bei diesen Worten. »Ich mag enthusiastische Studenten! Reichen Sie Ihre Unterlagen ein! Das Einverständnis Ihres Mannes sollten Sie selbstverständlich auch haben.«

Eiskalte steinerne Treppenstufen waren es, auf denen sie nur Stunden später saß. Dennoch umhüllte sie tröstliche schwarze Nacht und, vor allem, erleichternde Einsamkeit hier auf dem mit dem gedrechselten Geländer umgebenen elegant großzügigen Aufgang.

Käthe war schwindlig, sie hatte fürchterliche Schmerzen im Unterleib. Wieder einmal.

Warum hatte ihr das keiner gesagt. Verschmitzt gelächelt hatten sie, wenn es um die Hochzeitsnacht ging. Immer gelächelt, als ob sie ein riesiges unerwartetes Geburtstagsgeschenk endlich auspacken dürfe. Ungefähr war es ihr klar gewesen, aber doch nicht so, nicht so.

Ihre Mutter hatte ihr etwas gesagt, in der Nacht zuvor. Möglich sei es, dass sie nicht blute, weil sie doch so viel geritten sei. Möglich sei es, und ganz, ganz schlecht. Nachsehen solle sie, während er schlief, und sich dann in den Finger schneiden. Ein kleines, aber scharfes Messer hatte sie ihr dabei in die Hand gedrückt. Aber so war es nicht. Sie blutete. Blutete ohne Unterlass. Nachdem er sich nach stundenlanger Tortur von ihr herunterwälzte, musste sie nicht hinsehen, um zu spüren, wie sie blutete. Lange noch, als er schnarchte. Ob Mutter das gemeint hatte? So viel Blut. Und widerlicher weißer Schleim, der immer und immer noch aus ihr herausfloss. Sie hatte sich mühsam unter grauenhaften Schmerzen ins Badezimmer geflüchtet und dort die ganze Nacht lang übergeben. Das Schneiden in den Finger war nicht nötig.

Sie ließ sich niedersinken auf die Treppe, die ins Kellergeschoss führte. Die Tränen liefen ihr über die Wangen. Sie hörte nicht einmal die Schritte der Köchin, die gerade die Treppe heraufkam, spürte erst die Hände, die sie anhoben, gegen die sie sich aber wehrte. »Gnädige Frau, bitte, hier können Sie doch nicht sitzen bleiben.«

Im Moment wusste sie nur eines, sie konnte nicht aufstehen. »Ich führe Sie in den Salon.«

»Nein!« Da saß ihr Mann Wilhelm beim Frühstück.

»Dann nach unten.« Ihren nur mäßigen Widerstand ignorierend hob die dicke Köchin sie an und zog sie nach unten. Sie war noch nie hier in der Küche gewesen. Es roch nach Schweinebraten und Klößen. Auf einem riesigen Herd köchelte eine Suppe und verbreitete einen Geruch von Gemüse und Ochsenknochen. Beim Herd hingen Messingpfannen und Kochtöpfe, Schöpflöffel und Siebe. Alles war in ein Dämmerlicht getaucht, das jedoch Wärme und Gemütlichkeit verströmte. Nur das Küchenmädchen, das in der Ecke über den Schneidtisch gebeugt war und einen Haufen Zwiebeln und Kartoffeln vor sich zum Schälen hatte, sah sie missmutig an. Die Köchin drückte sie auf die Bank an dem großen Holztisch. Sie goss ihr einen Tee ein und sah zu, bis sie ihn getrunken hatte. Dann nahm sie einen Kloß aus dem Topf, übergoss ihn mit Soße, zerdrückte dann den Kloß in kleine Stücke und stellte alles vor Käthe hin, die den Kopf schüttelte. Undenkbar, auch nur einen Bissen zu essen. Ein Stuhl wurde gerückt und neben sie setzte sich ein Mädchen, vermutlich nicht viel jünger als sie selbst.

»Ich bin Agnes, das Kammermädchen.«

Käthe nickte. Ja, genau. Wenn Wilhelm sie hier erwischen würde, sie hatte keine Vorstellung, was das für Konsequenzen haben würde. Es gab kaum näheren Kontakt mit dem Personal.

»Kleßln tun gut.« Agnes nahm den Löffel und mischte ein Stück Kloß mit Soße. Sie drückte Käthe den Löffel in die Hand und nickte aufmunternd. Der Küchenherd verbreitete Wärme. Köchin und Agnes strömten eine Sicherheit und Geborgenheit aus, die Käthe schon lange nicht mehr gespürt hatte. Sie schob den Löffel in den Mund und schluckte den warmen Kloßbrei. Ja, Klöße taten gut.

Am nächsten Tag hatte sie Wilhelms Lieblingskleid angezogen. Hochgeschlossen, mit leicht gepufften Ärmeln, aber durch den schwingenden Glockenrock, der mit einem breiten Ledergürtel gebunden war, ihre schmale Taille betonend. Seinen Cognac hatte sie ihm heute selbst eingegossen und Agnes kurz zugezwinkert, die sich lächelnd aus dem Salon geschlichen hatte. Agnes und sie waren so etwas wie Verbündete geworden. Sie hatte sie zu ihrem eigenen Dienstmädchen gemacht, das ihr bei allem half. Mit ihr konnte sie manchmal wieder kichern wie ein kleines Mädchen, wenn Agnes ihr von ihrem Schatzl, dem schönen Hans, erzählte.

Geziemend hatte sie die Hände im Schoß gefaltet. »Setz dich hier auf den Sessel«, flötete sie und lächelte Wilhelm an. Kurz hauchte sie ihm einen Kuss auf die Wange und ließ seine gierigen Hände um ihre Taille, bevor sie sich ihm gegenüber niedergelassen hatte.

»Wilhelm, ich war heute in der Stadt.«

»Hast du ein hübsches Kleid gekauft?« Wilhelm sah sie wohlwollend nickend an.

»Nein. Ich war in der Universität, der Technischen Hochschule.«

»Wieso das denn?« Die Augenbrauen zogen sich zusammen.

»Nun, hier im Haus habe ich ja doch recht wenig zu tun.«

»So muss das sein«, unterbrach er sie.

»Ja, das ist ja auch wunderbar.« Sie lächelte ihn an. »Aber ab und zu ist mir doch auch langweilig. Du arbeitest doch auch sehr lange und kommst abends oft spät nach Hause.« Sie lächelte ihn an. »Und da dachte ich, ich könnte mich ein wenig weiterbilden.«

Er sah sie mit zweifelndem Blick an.

»Das ist für eine Frau aus gutem Haus heutzutage wichtig.«

Er antwortete nicht, und Käthe überkam das sichere Gefühl, dass sie das Thema besser nicht hätte anschneiden sollen. »Nun, ich habe mich doch immer für Baukunst interessiert. Und ...« Sie stockte. Wie nur sollte sie das sagen? »Ich dachte, ich bilde mich da weiter.«

»Ja, dann lies halt etwas«, gestand er ihr mürrisch zu.

»Ja, das auch. Aber, ich dachte, ich könnte vielleicht Architektur studieren.«

Donnernde Stille. Dann ein Lachen. »Du? Als Frau?«

»Es gibt Frauen an der Universität.«

Schallendes Gelächter. Langanhaltend und aus vollem Herzen.

»Welche Sottise. Bestimmt nicht meine Frau.«

Als sie später weinend im Zimmer saß, kam Agnes und umarmte sie tröstend. Mehr gab es dazu nicht zu sagen.

*

Seine Hand lag auf ihrem Bauch. Er hatte sie dort platziert, als sei es das Natürlichste der Welt.

Käthe lag neben einem Mann, der nicht Wilhelm war, auf einer Waldlichtung. Fast sah sie es wie von oben aus einem abgehobenen, alles erkennenden Blickwinkel. Aber ein Blick, der nur wahrnahm, nicht wertete, auf jeden Fall nicht nach gesellschaftlichen Maßstäben.

Sie waren spazieren gegangen, scheinbar zufällig in den Wald hinein, immer dichterer Wald, bis sie zu einer Lichtung kamen. Ob er sie bewusst dorthin geführt hatte? Er warf sich ins Gras und blinzelte in die strahlende Sonne. Einige Momente wusste Käthe nicht, was sie tun sollte, doch dann setzte sie sich einfach neben ihn. Er zeigte ihr die Wolken und deutete ihre Formen als feuerspeiende Drachen oder Ritter in enormen Rüstungen. Käthe musste laut lachen über seine phantasievollen Erzählungen. Was dort im Himmel alles passierte. Irgendwann hatte sie neben ihm gelegen, um die Wolken besser betrachten zu können. Er hatte sich auf den Arm gestützt und sie dabei beobachtet. Und nun lag seine Hand auf ihrem Bauch. Wie Feuer breitete sich dort, wo er sie berührte, die Hitze in Käthe aus. So etwas hatte sie noch nie gespürt. Lange lag seine Hand dort. Mit dem Arm hatte er sich aufgestützt und beobachtete sie, während er ihr von Wolken, von der Sonne in Italien, vom Meer erzählte. Von Ländern, von denen er gelesen hatte und in die er irgendwann einmal reisen wollte. Doch sie konnte kaum zuhören, so sehr brannte seine Hand auf ihrem Bauch. Bis sie weiterwanderte, ungehörige Kreise zog. Seine Hand griff fester und bestimmter zu. Es war absolut unmöglich, was hier geschah. Aber das war bereits der heimlich verabredete Spaziergang gewesen. Wo war dann noch eine Grenze? Auch keine Grenze, als die Hand nach oben wanderte, in den Ausschnitt ihrer Bluse hinein, an den

Spitzenbordüren ihres BHs entlang, um sich dann unter den BH zu schieben und auf ihre Brust zu legen. Ein Seufzer entfuhr ihrem Mund. Und diesmal war es kein Schmerzensschrei. Kurz öffnete sie die zuvor geschlossenen Augen, selbst überrascht über diesen seltsamen Ton, der da aus ihrem Mund gekommen war.

Was dann folgte, hätte sie nie geträumt. Nicht einmal vor der Hochzeit mit Wilhelm, als sie noch von Glück mit ihm träumte. Es schmerzte nicht. Käthe war verschwunden, nur noch ein Körper war da, der brannte, diesmal vor Lust. Brennendes Verlangen, in dem Teil ihres Körpers, der bisher nur Schmerz kennengelernt hatte. Lust, die sie nie zuvor gespürt hatte. Wellen, die alles Bisherige fortwischten. Und dann eine unendliche Erlösung.

Als sie danach schwer atmend, beide schweißnass nebeneinander lagen, wusste sie nur eines: Das wollte sie wieder haben. Wieder und wieder. Alles andere war ihr egal.

Fünf Wochen danach kam immer noch kein Blut. Diesmal hätte sie es sich gewünscht. Sie war so oft mit Ludwig spazieren gegangen, denn Wilhelm war drei Wochen lang auf Geschäftsreise gewesen. Käthe war klar, wer der Vater war.

Selma schrie auf und hielt die Hand vor den Mund, als sie es ihr erzählte. »Jeronje!«, sie wiederholte den schlesischen Ausdruck für »Ach du liebe Güte!« wieder und wieder. Obwohl doch ihre ältere Schwester sonst immer ruhig und vernünftig war.

»Ist ja gut, Selma. So ist es nun. Was soll ich tun?«

Selma fasste sich, vernünftig und weitblickend, wie sie war. Menschliches und allzu Menschliches war ihr nicht fern, war sie doch selbst mit einem allzu menschlichen Mann verheiratet, der ihr über die ersten Jahre gezeigt hatte, dass eine Frau ihm nicht genügte, bis sie feststellte, dass sie auch als verheiratete Frau gute Chancen hatte und dies durchaus genoss.

»Es gibt zwei Möglichkeiten.« Sie blickte Käthe an. »Du kannst es wegmachen lassen. Das geht. Meistens jedenfalls. Aber manch eine überlebt das nicht.«

Käthe sah sie zweifelnd an.

»Oder du machst es so wie alle. Wenn es einen Monat zu früh kommt, dann sagen wir, es ist eine Frühgeburt. Isst du eben nicht so viel, dann wird es auch ein kleines Kind. Musst halt gleich wieder mit ihm … aber das wird ja wohl kein Problem sein. Kein Mann merkt es. Sie wollen es ja nicht merken. Babys sehen aus wie Babys. Sieht er denn sehr anders aus als Wilhelm?«

Käthe verglich in Gedanken den schlanken, hochgewachsenen, dunkelhaarigen Ludwig mit ihrem kleinen, dicken Mann. Dessen Haarfarbe wusste sie nicht einmal recht. Grau-Blond-Rotbraun, irgendetwas.

»Ich habe mich ihm die ganze letzte Woche verweigert. Habe gesagt, ich hätte Migräne.«

»Na ja«, lachte Selma, »dann ist jetzt halt Schluss mit Migräne.«

Käthe dachte nach. Sie zögerte, das zu sagen, was alles in ihr schrie: »Ich will nicht mehr mit ihm. Selma, kein einziges Mal, ich will es nicht mehr. Ich kann es nicht mehr ertragen.«

Selma zog ihre Augenbrauen hoch. »Unsinn.«

»Nein, Selma. Ich kann es nicht mehr.«

»Das geht vorbei. Du gewöhnst dich schon wieder an ihn. Die Ehe ist eben kein Zuckerschlecken.« Und dann wieder: »Jeronje, Jeronje!«

Agnes kniete vor Käthes Bett und hielt ihre Hand, die wie leblos auf der weißen Bettdecke lag. Käthe saß auf ihrem Bett und weigerte sich aufzustehen, während Agnes beschwörend auf sie einsprach. »Es gibt ein Heim für uneheliche Kinder. Ich weiß das, weil meine Cousine Henni die letzten drei Monate in ein Heim aufs Land geschickt wurde. Das Neugeborene hat sie dann dort gelassen. Die Leiterin, Paula Ollendorff, kümmert sich sehr um die Kinder. Die gehen dort auch zur Schule. Ich glaube, das Madla hat es dort besser als bei der Mutter.«

»Agnes, ich kann doch keine drei Monate fort, ohne dass Wilhelm das erlaubt. Und das erlaubt er nie.«

»Sommerfrische?«, schlug Agnes vor.

»Es ist jetzt Sommer. Wenn das Kind kommt, dann ist Frühjahr.« Hatte sie gerade Kind gesagt? Fast wurde ihr schlecht. »Ich muss es wegmachen lassen, hat Selma gesagt.«

Agnes kniff die Augen zusammen. »Dabei sterben mehr Frauen, als es überleben.«

»Dann so tun, als wäre es seins.«

»Das geht.«

»Oder zu Ludwig gehen.«

»Das geht nicht.« Agnes schüttelte den Kopf.

Ja, natürlich hatte Agnes recht, es ging nicht. Und wenn sie es sich noch tausend Mal ausmalte. Eine Scheidung. Dann war sie nichts mehr, ein Stück Dreck. Unwahrscheinlich, dass ihre Eltern noch mit ihr reden würden. Oder, Vater doch, vielleicht?

»Sie würden bei uns landen.« Agnes sagte das resignierend.

Bei uns. Was meinte sie damit. Doch, natürlich, Käthe wusste es ganz genau. Keine »gnädige Frau« mehr. Keine feine Gesellschaft. Keine Contenance mehr. Ein Nichts.

»Unterschieben.« Es war fast ein Befehl von Agnes.

»Aber Ludwig, er ist doch auch ein angesehener Mann.«

Die Zweifel, ob Ludwig Käthe nehmen würde, waren Agnes ins Gesicht geschrieben. Außerdem, selbst wenn, dann wäre er auch noch ausgestoßen aus der Gesellschaft. Ihre Cousine Marie würde dann nichts mehr mit ihm zu tun haben wollen, ganz sicher nicht. Und sie wäre eine geschiedene Frau. Keine der

Frauen aus ihrem Freundeskreis, die sie gelegentlich zum Kaffee einlud, würde mehr mit ihr reden. Und könnte Ludwig als Richter eine geschiedene Frau nehmen? Unterschieben. Es blieb doch gar keine andere Wahl. Agnes strich ihr über den Kopf. Die hatte es gut. Bald würde sie ihren Hans heiraten. Einfach aus Liebe.

Lange Stunden war sie durch die Straßen gelaufen, die ihr seltsam unwirklich vorkamen. Als könne sie sie nur noch durch einen Nebel sehen, als löse sich gerade alles um sie herum auf. Und wie bei einem Nebelspaziergang im Wald war dies gleichzeitig beängstigend und auf unwirkliche Art schön. Panische Angst und tiefe Erleichterung mischten sich zu einer seltsamen Melange. Obwohl sie es gar nicht bewusst angesteuert hatte, stand sie plötzlich vor Ludwigs Haus. Sie klingelte und die Hauswirtin öffnete die Tür.

Ein kritisches Zusammenziehen der Augenbrauen: »Ja?«

»Ich möchte gerne zu Herrn Vahrenhorst.«

»Froilleinchen, was sind denn Sie für eine? Dies ist ein ehrenwertes Haus. Hier gibt es keinen Damenbesuch. Das wäre nun sicherlich auch nicht im Sinne des Herrn Richter.«

Ohne sich auch nur zu verabschieden, knallte sie Käthe die Tür vor der Nase zu.

Wie demütigend, das war Käthe noch nie geschehen.

Wohl minutenlang stand sie vor dem Haus und spürte, wie ihr die Tränen über die Wangen rannen. Wenn sie gesagt hätte, sie bitte den Herrn Vahrenhorst hinauszukommen, dann hätte die Alte vielleicht ein Einsehen gehabt? Nein, kaum. Wohin jetzt? Zurück nach Hause?

Plötzlich öffnete sich die Tür einen winzigen Spalt. Ludwig trat, nur mit Pantoffeln bekleidet, heraus, legte seine Finger an die Lippen und zog sie am Arm über den Flur hinein in sein Zimmer. Verschwommen nahm Käthe wahr, dass es zwar klein, aber sehr ordentlich, mit einem schönen Teppich, einem Sekretär und dem Bett wohl hinter einem dunklen Paravent verborgen, war.

Ludwig sah sie bestürzt an und wischte ihr dann die Tränen aus dem Gesicht. Er führte sie zu einem Stuhl und drückte sie sanft darauf. Aus einer Karaffe schenkte er ihr ein Glas Wasser ein, das sie vor Zittern kaum zum Mund führen konnte, so dass er es ihr nach einem winzigen Schluck wieder abnahm und auf die Kommode stellte.

Flüsternd fragte er dann: »Käthe, was ist denn los?«

Sie schwieg. Er kniete sich vor ihr hin und umarmte sie. »Käthe, was denn?«

»Nicht hier.« In diesem Raum, dem Haus der Alten, die sie nicht einmal hereingelassen hatte, wollte sie es nicht sagen.

Ludwig warf sich seinen Mantel über und zog die Schuhe an. Vorsichtig spähte er zuerst auf den Gang, wo immer noch Ruhe herrschte, und zog sie dann hinaus.

»Zum Stadtpark?«, fragte er.

Erst dort griff er vorsichtig nach ihrem Arm.

Unter einer großen Kastanie blieb Käthe stehen und lehnte sich an den Stamm.

»Sag, Käthe«, fragte Ludwig sehr ernst, als ob er es schon ahne.

»Ludwig, ich bin in anderen Umständen.«

»Von mir.«

Käthe nickte. Ludwig sah sie an wie ein weidwundes Reh.

»Ich lasse mich scheiden«, stieß Käthe hervor. »Und dann heiraten wir. Wenn wir Glück haben, schaffen wir es noch, bevor es kommt.«

»Weißt du, was das für dich bedeuten würde?« Zweifelnd sah er sie an. Sie stand im Sonnenlicht, das sanft gebrochen durch die Zweige der Kastanie schien und sie golden beleuchtete. Man konnte ihren roten Augen noch ansehen, dass sie geweint hatte, und dennoch lächelte sie.

Wie sie ihn anhimmelte. Es war schön. Sie hing an seinen Lippen. Welche Verantwortung hatte er da nur auf sich genommen? Ihm war heiß und schlecht zugleich. Er versuchte ihr zu erklären: »Schluss mit der guten Gesellschaft in Breslau. Sie werden dich ausschließen.«

»Pah, die brauche ich sowieso nicht. Dann ziehen

wir eben nach Glogau – dort gibt es ein Amtsgericht! Als Mann und Frau. Und keiner wird es wissen. Und du wirst weiterhin Richter sein! Ob Landgericht oder Amtsgericht.«

Verzweifelt schüttelte er den Kopf. Dieses junge Mädchen hatte überhaupt keine Ahnung. Auch nicht, auf was sie sich da einließ. Und er war daran schuld.

»Wo willst du wohnen? Du weißt, dass meine Hauswirtin dich nie hereinlässt.«

Käthe hatte keine Antwort darauf.

»Also, ein wenig Geld kann ich dir schon geben. Aber ob das auf Dauer für eine Pension reicht? Und wer lässt dich überhaupt allein bei sich wohnen?« Er sah sie verzweifelt an. Sie aber lachte ihn nur an und knöpfte ihren Mantel auf. Als ob sie die Sommerstrahlen der Sonne in sich aufnehmen müsste wie eine warme Dusche. Unschuldig wie ein kleines Mädchen, das sich eben den zu warmen Mantel auszog. Aber ihre schwarzen Augen waren auf ihn gerichtet und blitzten ihn an. Sie wusste genau, was sie tat. Und sie wusste, dass er sie liebte und über ihren Küssen alles andere vergaß.

Wilhelm hob die Hand und schlug ihr ins Gesicht. Das hatte sie nicht erwartet, aber sie wandte ihr Gesicht nicht ab.

»Das tut weniger weh als das, was du jede Nacht mit mir machst. Und ich weiß jetzt, dass es anders geht.«

Das war das Härteste und Verletzendste, das sie jemals zu einem Menschen gesagt hatte. Er sah sie an, kurz zuckte seine Hand noch mal, doch dann wandte er sich um und ging aus dem Zimmer. Es sollte das letzte Mal gewesen sein, dass sie ihn sah. Er holte seine Schwester, die sie noch an diesem Tag das Haus verlassen hieß. Ohne ein Kleidungsstück, ohne ein Schmuckstück, ohne irgendetwas. Agnes durfte ihr nur noch den Mantel reichen. Trotz der missbilligenden Blicke der Hausdame ergriff Agnes Käthes Hand und die spürte ein kleines Stück Papier darin. Als sie es draußen aufpackte, stand darauf nur ›Neue Taschenstraße 37‹.

Als Käthe so, nur mit ihrem Handtäschchen, in dem sich kein Geld befand, vor der Tür ihrer Eltern stand, öffnete diese sich nicht, obwohl sich die Gardine ein wenig bewegt hatte. Sie wussten also bereits von Wilhelm Bescheid. Ja, sie hatte es für möglich gehalten, aber eigentlich nicht wirklich erwartet. Noch einmal klingelte sie. Da hinter der Tür musste jemand stehen und allen Dienstboten gebieten, nicht zu öffnen. Es musste so sein. Minutenlang stand Käthe vor ihrem Elternhaus. Nie wieder hier hineindürfen? Nie wieder in ihr eigenes Kinderzimmer? Nie wieder in den Garten? Das Kind hier unter ihrem Herzen nie auf der Schaukel im Garten? Panik stieg in ihr hoch. Einfach zurück. Um Entschuldigung bitten. Ihn fragen, ob sie das Kind wegmachen solle. Vor ihm niederknien. Zurück.

Selma ließ Käthe zwar hinein, gab ihr Kaffee und Kuchen und sogar ein wenig von dem Geld, das sie immer vom Haushaltsgeld abzweigte. »Aber bleiben kannst du hier nicht. Das würde Manfred nie erlauben.« Ihr kleiner Neffe Wolfi sah sie mit großen Augen an, als sie weinend das Haus verließ. Offenbar verstand er nicht, warum seine Mutter die Tante traurig gemacht hatte.

Mit dem Geld von Selma konnte sie sich zumindest eine Straßenbahnkarte kaufen. Eine Träne blitzte in ihren Augen, als sie vor Agnes' Tür stand, Neue Taschenstraße 37. Es war ein dunkelgraues großes Haus. Mit vielen Klingeln. Zum ersten Mal fiel ihr auf, dass sie überhaupt nicht wusste, wie Agnes mit Nachnamen hieß. Sie ließ sich auf den Stufen der Eingangstür nieder. Ebenso wenig wusste sie, wie lange Agnes noch zu arbeiten hatte. Sie wusste auch nicht, wie es dort drinnen in einem solchen Haus aussehen mochte. Sie wusste gar nichts.

Es waren wohl Stunden, bis Agnes kam. Käthe war mittlerweile nach einer Hausbewohnerin mit hineingehuscht und saß nun auf den Treppen innen. Das kühle Treppenhaus roch nach Fleisch und Sauerkraut. Oben im ersten Stock hörte man durch die geschlossene Wohnungstür hindurch einen Mann und eine Frau sich laut miteinander streiten. Käthe verstand, dass es um Geld ging. Er brachte wohl zu wenig nach Hause und trank zu viel. Bei ihr zu Hause hatte noch nie jemand über Geld gesprochen. Mit ihrem Handtäschchen und in ihrem feinen Kleid, das Käthe hier so unpassend erschien, dass sie den Menschen, die wortlos an ihr vorbei die Treppe hinaufliefen, nicht einmal in die Augen sah, blickte sie Agnes nur flehend an.

Agnes deutete ihr zu folgen. »Ich kann es nur versuchen, nicht versprechen.« Käthe nickte.

Agnes setzte sie in die Küche und winkte ihre Mutter zu sich ins Nebenzimmer. Käthe sah sich um. Ein zerkratzter Holztisch. Die Küche bestand aus nur einem schmalen Küchenbuffet. Da konnte kaum etwas darin sein. Kein Porzellanservice. Geblümte Vorhänge vor den Fenstern. Neben dem Fenster sah Käthe auf der Wand einen großen, grauen feuchten Fleck, der den Putz auf den Boden hinunterrieseln ließ. Obwohl es muffig und feucht roch, war alles sauber. Und karg. Käthe hatte nicht gewusst, dass es so in diesen Häusern aussah. Sie hörte die Stimmen von nebenan in Bruchstücken, wenn eine der beiden Frauen laut wurde. »Henni doch auch ... Wohin soll sie denn ... Kostgeld wird sie schon geben ... Sie schläft hier bei mir ... Vater erkläre ich es ... Er wird froh über das Kostgeld sein ... Helfen kann sie auch beim Kochen.«

»Helfen kann sie auch, vielleicht beim Kochen«. Käthe fiel zum ersten Mal in ihrem Leben auf, dass sie keine Ahnung vom Kochen hatte, das würde sie nicht können. Hatte sie noch nie getan. Niemals eingekauft. Niemals gekocht. Aber sie würde es lernen.

Sie lernte es. Kochen und einkaufen und sauber-
machen. Agnes half ihr. Es dauerte ein paar Wochen,
dann konnte sie es. Und es würde ihr mehr für ihr Leben helfen als alles, was sie zuvor gelernt hatte.

KAPITEL 12

Lilith und Anastasia
Lomnitz 2017

Hier also hatte ihre Großmutter geheiratet.

Ana hatte Lilith vorgeschlagen, die eineinhalb Stunden Fahrt auf sich zu nehmen, um von Breslau einen Abstecher nach Lomnitz zu machen. Sie wollte mit Lilith dort beginnen, wo alles angefangen hatte, bei der Hochzeit von Käthe und Ludwig.

»Die beiden haben zuerst in einer kleinen Kapelle in der Nähe geheiratet, dann hier auf Schloss Lomnitz«, erklärte Ana. »Immerhin. Doch wohl nur in einem sehr kleinen Kreis, der überhaupt wagte, zu dieser unpassenden zweiten Ehe zu kommen. Käthes Eltern sind nicht dabei gewesen.«

Lilith hörte das traurige Zittern in Anas Stimme. Eine Hochzeit ohne Eltern, ohne Einwilligung, mit Missbilligung. Doch, das war schlimm, fand Lilith. Und vermutlich für die damaligen Zeiten noch viel schlimmer.

»Käthe war also schwanger und ihre Eltern ließen sie nicht mehr zu Hause hinein. Sonst konnte sie anfangs auch nirgends hin.« Ana ließ eine Leerstelle, die

Lilith sehr bewusst spürte. Lilith sah in Gedanken ihre Großmutter vor sich. Das Herrenhaus. Die Arbeiterwohnung. Und sie verstand langsam. Käthe hatte Anastasia unehelich bekommen, anders war es nicht zu erklären. Das musste es sein. Käthe hatte dies alles für Ludwig getan, für den Mann, den sie über alles liebte. Und für Anastasia.

»Aber es war sehr berührend, wenn deine Großmutter von ihrer Hochzeit hier erzählt hat.« Ana sah versonnen aus dem kleinen vergitterten Fenster des Nebengebäudes von Schloss Lomnitz, das heute Rezeption und Restaurant eines »Schlosshotels« beherbergte. »Sie schien dann immer richtig aufgekratzt. Und glücklich.«

Kurz kam Lilith der Gedanke, ob dies ein Augenblick zum Sammeln werden würde, doch instinktiv spürte sie, dass es zu viel Unklares gab, das dem Augenblick die Wichtigkeit und Schönheit nahm.

Mutter und Tochter hingen beide in dem dunkler werdenden Licht der Dämmerung ihren Gedanken nach. Lilith fand, es roch ein klein wenig muffig hier, trotz des großen Gebarens des Hotelpersonals. Das Restaurant war mit seinem Wildschweinkopf an der Wand im martialischen Stil eines Jagdzimmers eingerichtet. Drüben im Schloss hatten sie am Nachmittag noch die prächtigen, nun zum Museum gewordenen Säle bewundert: die hohen Stuckdecken, die stilvolle Möblierung, die mit teurem Porzellan gedeckten Tische. Als sie danach zum nahe gelegenen Gutshof der Schlossanlage spaziert waren, hatte Anastasia erklärt, dass man dies früher in Schlesien »Dominium« genannt hatte. »Es war ein tiefer Fall.« Als Lilith dies gesagt hatte, bereute sie es bereits. Eine zu harte Feststellung.

»Ach Lilith, das war doch nichts gegen das, was dann kam.« Anastasia lachte fast. »Später, auf der Flucht.«

Einen langen Augenblick zögerte sie, als ob sie kaum weitersprechen könnte, doch dann nahm sie sich offensichtlich zusammen.

»Aber schon dies war alles sehr schwer für sie. Sie kam aus einem Elternhaus, in dem man Kinder sofort an ein Kindermädchen übergab. Kaum einer machte sich Gedanken, wie man mit Kindern umgeht. Als sie aber mich bekam, hatte sie diese Privilegien nicht mehr. Es war wohl ...«, Anastasia stockte und versuchte offensichtlich einen passenden Vergleich zu finden, »als ob sie plötzlich in einem Flugzeug sitzt und es steuern muss.«

Lilith lachte bei der Vorstellung.

»Weißt du, sie konnte es einfach nicht.«

KAPITEL 13

Käthe

Breslau 1932

In Käthes Armen lag ein kleines verschrumpeltes Wesen. Die Babys, die sie bisher gesehen hatte, waren rund und rosig, aber das hier war winzig, hatte dürre Ärmchen und eine gelbliche Haut. Käthe war ehrlich, es war ausgesprochen hässlich. Kurz flog ihr der Gedanke durch den Kopf, ob das doch nicht Ludwigs Kind sein könnte. Unsinn, es gab keine andere Möglichkeit.

Ludwig war immer noch der schönste Mann, den Käthe kannte, sie hielt sich selbst auch nicht für hässlich, woher kam dieses grässliche Wesen, das eher einer verschrumpelten alten Frau als einem Kind ähnelte? Man hatte es ihr auch erst nach einigen Stunden gegeben, mit der Bemerkung, dass es eigentlich zu klein und schwächlich sei und eine Gelbsucht habe, aber der Arzt sagte, es seien nicht genug Kinderbetten im Krankenhaus frei und sie solle es mit nach Hause nehmen. Käthe besah sich das seltsame Geschöpf und es wäre ihr eindeutig lieber gewesen, es im Krankenhaus zu belassen.

Die Schwester kam herein und brummte: »Stillen oder Flasche?«

Ein Kind an ihren Brüsten? Die dann schlaff und hässlich wurden, hatte Selma gesagt. Niemals. Nie wollte sie hässlich werden. Immer schön sein für Ludwig. In ihren Kreisen stillte man nicht. Ganz kurz schoss ihr durch den Kopf, dass sie bei Wilhelm natürlich eine Kinderfrau gehabt hätte. Mindestens. Mit dem Bild von Ludwig in Gedanken schob sie diese Vorstellung schnell beiseite.

Nun öffnete das Baby den Mund in diesem Kopf, der seltsam in die Länge gezogen war, und schrie. »Ist es nicht gesund?«, fragte Käthe vorsichtig, denn plötzlich schien ihr die seltsame Kopfform eindeutig auf eine Behinderung zu deuten.

»Zu klein, Gelbsucht, ansonsten gesund. Das wird schon werden. Wird noch ein Kletzl«, versprach die Schwester.

Käthe war sich nicht sicher, ob sie sich darüber freuen sollte. Ob sie nun wiederum wollte, dass es noch ein ›Kletzl‹, ein properes, dickes Baby, werden sollte, wusste Käthe auch nicht. Die Schwester hielt ihr die Flasche hin, aber Käthe drehte sich um. Wenn es Ludwig nun nicht gefiele? Dazu noch ein Mädchen.

In diesem Moment ging die Tür auf und schon an seinem geliebten Geruch wusste sie, dass er das Zimmer betreten hatte. Voller Ängste drehte sie sich um, doch er sah sie nicht an, er ging nicht zu ihr. Stattdessen zu der Schwester. Er kniete sich nieder und fuhr mit seinem Finger die winzigen schrumpeligen Finger des Kindes nach. Als er sich umdrehte, blitzte eine Träne in seinem Auge. »Käthe, sie ist das wundervollste Baby, das ich je gesehen habe.«

Käthe sagte nichts mehr.

Er nahm der Schwester ganz vorsichtig das Baby aus den Händen, die aufstand und sich leise aus dem Zimmer schlich. Dann setzte er sich mit dem Baby auf dem Schoß und gab ihm die Flasche. Das Kind fixierte seine Augen auf Ludwigs. Und so saßen sie Minute um Minute versunken, bis die Flasche fast leer war, die Augen des Kindes zufielen und es einschlief.

Käthe hatte die beiden nicht aus den Augen gelassen. »Kommt«, sagte sie. Ludwig stand auf, legte das Baby zwischen sie und setzte sich zu Käthe, die er sanft in den Arm nahm. Käthe wusste, dass sie und Ludwig und dieses Kind das größte Glück dieser Welt haben würden.

»Wir nennen sie Anastasia.«

»Anastasia. Was ist das denn für ein Name? Wie die Zarentochter?«

»Ein ungewöhnlicher Name für ein ungewöhnlich wundervolles Kind. Sie braucht einen besonderen Namen! Wie die jüngste Zarentochter – und dieses Mädchen ist meine Prinzessin! Außerdem heißt du wie die letzte Zarin, die Mutter von Anastasia: Alexandra. Das passt doch wundervoll!«

Käthe war kein besonderer Name. Immerhin Käthe Margarethe Alexandra Marie, anfangs hatte er sie oft schelmisch lachend so genannt und sie danach meist geküsst und, wenn sie allein waren, es nicht bei einem Kuss belassen. Dass sie Alexandra wie die letzte Zarin hieß, war ihr noch nie aufgefallen. Nun gut. Ein besonderer Name also für ihr besonderes Kind. Ludwig wiederholte noch einmal, mit einem seligen Lachen: »Anastasia!«

Ludwig kam nun jeden Tag viel früher vom Gericht nach Hause. Er freute sich, wenn er dem Baby dann das Fläschchen geben konnte. Worüber sie sehr erleichtert war. Da machte es nichts, wenn es vorher ein wenig schrie, weil es Hunger hatte, fand Käthe. Schreien stärkt die Lunge des Kindes und Kinder sollten nicht öfter als alle fünf Stunden etwas zu trinken bekommen, hatte die Hebamme gesagt. Daran hielt sich Käthe absolut, dieses furchtbare Trinken dauerte nämlich bei dem schwächlichen Kind immer so lange. Ein Glück, wenn Ludwig es am Abend übernahm. Überhaupt sang er dem Wesen dann vor, tanzte manchmal mit ihm durch das Zimmer, bis es ihm das erste glucksende Lachen schenkte, woraufhin er weinte.

Käthe schüttelte den Kopf. »Anastasia« also. Seufzend sah sie zu, wie er das Bündel in der Luft umherschwenkte, bis es wieder lachte. »Süße Lerge«, rief er, süßes Kind. Dabei hatte sie fast Bedenken, dass das Kind am Schrank anstieß. Es war grauenhaft beengt in der kleinen Zweizimmerwohnung. Aber sie konnten froh sein, dass sie diese bekommen hatten. Die Scheidung von Wilhelm war noch nicht durch. Wer schon gab einem unverheirateten Paar mit einem Kind eine Wohnung? Nur dieser hässliche, stinkende Hausbesitzer hier. Käthe wusste ganz genau, warum er ihnen die Wohnung gegeben hatte. Er hatte sie angesehen und mit seinem hässlichen zahnlosen Mund gegrinst: »Soso, nicht verheiratet, aber miteinander … So eine Frela.« Das war ein abfälliges Wort für Mädchen. Er sagte es mit einem widerlichen anzüglichen Grinsen. Empört sah Käthe zu Ludwig, doch der schien es nicht gehört zu haben. Oder hatte es nicht hören wollen. Immerhin hatten sie nun eine Wohnung. Und Agnes und ihre Mutter waren auch froh, dass sie nun nicht mehr so beengt zusammenlebten. Obwohl Agnes Käthe fast jede Woche besuchte. Die einzige Freundin, die ihr geblieben war, das Dienstmädchen. Käthe war bitter, wenn sie an alle die Frauen dachte, die sie nun in der Stadt nicht mehr kannten. Aber sie dachte mit Liebe und Wärme an Agnes, die sie als Freundin hinzugewonnen hatte.

Mittlerweile nannte der Hausbesitzer sie »Hadra«, wenn er sie im Treppenhaus sah. Billiges Mädchen, leichtes Mädchen. Und dann begrapschte er sie am Hintern, bis sie wegsprang und so schnell wie möglich in die Wohnung lief, während er ihr hämisch hinterherlachte. Was nur hätte sie tun sollen. Einmal langte er ihr an den Busen, sie holte mit der Hand zum Schlag aus, doch er hielt sie fest und keifte: »Wag das nur, Hadra, dann seid ihr draußen aus der Wohnung!« Und dann kniff er sie in den Po, bis sie sich losreißen konnte und wegrannte. Sie hatte es Ludwig nicht gesagt, es wäre zu demütigend, für sie und ihn. Seit das Kind da war, wurde es weniger. Anscheinend empfand er sie nun mehr als Mutter. Aber bald würde sie das alles hier los sein. Es war ja nicht so, als ob Ludwig schlecht verdiente. Nein. Er war Richter. Ein angesehener. Nun ja, bis auf die Tatsache, dass er unverheiratet mit ihr ein Kind hatte. Nicht viele wussten es, aber eben doch manche. In Breslau kannte sich die gute Gesellschaft. Aber es konnte nicht mehr lange dauern, bis die Scheidung abgewickelt war, dann würden sie heiraten, vielleicht fortziehen. Und alles würde anders werden.

Agnes kicherte laut, als sie Käthe zum ersten Mal beim Wechseln der Windeln zusah. »Käthe, du stellst dich wirklich unmöglich an!«

Dem konnte Käthe nichts entgegenhalten. Wieder einmal hatte sie Anastasias Windeln so schlecht gebunden, dass das in Käthes Nase brennend stinkende Braun oben herausgequollen war. Als wäre das nicht schon genug, denn nun würde sie nicht nur die Windel, sondern auch das Hemdchen im großen Bottich auf dem Herd waschen müssen, hatte sie nun bereits das dritte Tuch verbraucht, und immer noch war das Baby bis zum Rücken hoch braun verschmiert und schrie nun auch noch.

»Geh mal beiseite«, Agnes stupste sie ein wenig. »Sieh mal, du setzt das Tuch hier oben an und streichst mit festen Bewegungen von oben nach unten, dann erwischst du gleich alles. Und die Beinchen musst du mit der anderen Hand hochhalten. So!« Mit einem Handgriff war die Kleine sauber. Agnes prustete ihr auf den Bauch und sofort lachte das Baby unter den noch immer kullernden Tränchen. Sogar Käthe fand sie so glucksend süß. Aber es war alles so schwer.

»Komm, nimm du mal die Beine hoch.« Agnes legte Käthe die Hände zurecht, wie sie ihr Baby halten musste, legte dann ihre Hand auf Käthes zweite Hand und strich mit ihr unter Druck über den Po des zufrieden brummelnden Babys. »So. Verstanden?« Käthe nickte dankbar.

»Ich bin absolut unfähig.« Käthe begann zu schluchzen. »Jetzt habe ich bei dir schon putzen und kochen gelernt, aber das Umgehen mit einem Baby, ich kann gar nichts.«

Agnes nahm Käthe in den Arm. »Nu setz düsch erst mal hin«, sagte sie in ihrem Schlesisch und drückte Käthe auf die Küchenbank. »Du bist fünfundzwanzig Jahre alt. Und hast noch nie geputzt und gekocht. Und du hast es trotzdem gelernt. Und du hast eben auch nie etwas mit den Lergen zu tun gehabt. Die gibt man bei euch doch immer weg, die sind doch kaum mit euch in einem Raum gewesen. Du kennst einfach keine Kinder. Aber du wirst das auch lernen.«

»Du bist neunzehn und kannst das alles. Agnes, ich liebe Anastasia wirklich. Jeden Tag mehr. Aber es kommt mir so unnatürlich vor, dass dieses schreiende Wesen ständig an mir hängt. Ich bin eine schlechte Mutter.«

Agnes wischte ihr die Tränen von den Wangen. »Nein, als gnädige Frau in der großen Villa der Familie Peyinghaus hätten alle dich als eine liebende und gefühlvolle Mutter angesehen, vielleicht sogar mit ein wenig zu vielen Gefühlen. Aber nun, wo du dich um alles selbst kümmern musst, weißt du nicht, was zu tun ist.«

»Manchmal ist mir das alles zu viel.«

Agnes wurde sehr ernst: »Käthe, du hast dich entschieden! Du wusstest, was auf dich zukommt. Vielleicht nicht genau, aber du hast dich ganz bewusst entschieden.«

Käthe nickte. »Für Ludwig.« Sie nahm das ihr von Agnes angebotene Taschentuch und schniefte hinein. »Und ich schaffe das!« Sie stand auf und strich sich den Rock glatt.

Agnes blinzelte ihr zu, denn sie kannte Käthes Familienspruch, und wie aus einem Mund sagten sie beide lachend, und Käthe auch noch weinend: »Contenance!«

»Du machst mir jetzt einen Bohnenkaffee. Und ich wasche hier«, bestimmte Agnes dann. Wieder nickte Käthe nur, sehr, sehr erleichtert. Bei ihr würde das dreimal so lange dauern wie bei Agnes, die den Bottich aufsetzte, die Windeln und Hemdchen vom Gröbsten befreite und dann mit geschickten Händen auswusch.

Fast gleichzeitig waren Kaffee und Windeln fertig. Als sie zusammen die Wäsche in der kleinen Küche auf der Leine vor dem Fenster aufgehängt hatten, setzten sie sich an den Tisch. Käthe fasst Agnes' Hand. »Danke. Was sollte ich nur ohne dich tun?«

»Dafür sind Freundinnen da.« Agnes strich Käthes Dankbarkeit mit einer Handbewegung fort.

»Was macht dein Hans?«

»Er hat die Stelle als Koch bekommen. Ist das nicht großartig?«

»Heißt das, es ist jetzt so weit?« Käthe wusste genau, worauf Agnes die ganze Zeit hinfieberte.

»Genau. Wir passen jetzt nicht mehr auf. Jetzt können wir ein Kind bekommen. Wir können uns das leisten.«

»Und dann bekommst du alle Babysachen von mir«, versprach Käthe.

»Oh ja«, freute sich Agnes, »bis du dann wieder ein Kind bekommst.«

Käthe winkte ab. Das allerdings wünschte sie sich im Moment noch nicht. Dieses eine überforderte sie bereits.

KAPITEL 14

Käthe
Breslau 1943

»Der Krieg, der verdammte Krieg«, fluchte Selma wie so oft.

Der vierzehnjährige Wolfi, der sich zum Komiker der Familie gemausert hatte, über den immer alle lachen mussten, stand hinter seiner Mutter und äffte sie lautlos nach. Offenbar wiederholte er immer wieder still »Der Krieg, der verdammte Krieg«, griff sich dabei theatralisch an die Stirn, lamentierte zum Himmel und brach schließlich wie sterbend zusammen. Anastasia versuchte sich das Lachen zu verkneifen.

Lenchen, Anastasias kleine, vierjährige Schwester, war vormittags nun oft bei Selma, wenn Käthe in der Universität war. In der Ehe mit Ludwig durfte sie studieren, und die Stunden in der Universität waren ihr ganzes Glück.

Anastasia holte Lenchen nach der Schule bei Selma ab und nahm sie mit nach Hause. Anfangs gab Selma den Kindern immer ein wenig Bohnenkaffee mit, denn irgendwie hatte sie immer mehr Vorräte als Käthe. Mittlerweile hatte aber auch Selma kaum noch Bohnenkaffee. Käthe backte auch keinen Streuselkuchen mehr. Unter die Streusel gehörte doch Mohn oder Quark. Beides gab es nicht mehr. Auch kaum noch Butter und Zucker für die Streusel. Dabei hatte Anastasia diesen Streuselkuchen so geliebt. Mutti war nicht die allerbeste Köchin, aber ihr Kuchen war wunderbar!

Selma strich Anastasia über den Kopf. »Hast du etwas, das du Lenchen zum Abendbrot machen kannst?« Anastasia nickte. Sie hatte bei Frau Rosenbaum in der Bäckerei ein Graupenbrot erstanden. Obwohl ihre Lebensmittelkarte nicht genügt hatte und das Geld doch kaum noch etwas wert war, hatte Frau Rosenbaum ihr nicht lange beim verzweifelten Nachzählen zugesehen, sondern ihr das Brot über die Theke gereicht und genickt. Anastasia hatte sie schüchtern angelächelt und nur leise Danke gemurmelt, bevor sie den Kopf gesenkt hatte. Es war nicht das erste Mal, dass Frau Rosenbaum ihr half. Anastasia schämte sich dafür. Viele andere Frauen hatten mittlerweile eine Arbeit angenommen: als Schneiderin zu Hause, in den Fabriken, in denen die Männer fehlten, auf den Feldern rund um Breslau. Mama nicht, keiner hätte es von ihr gefordert. »Contenance. Rücken gerade, Kinn hoch«, sagte sie immer noch. Doch für das Brot sorgte Anastasia. Für den Aufstrich oft genug Selma.

Anastasia nahm ihre kleine Schwester Lenchen an der Hand, die hüpfend hinter ihr hersprang, und winkte Wolfi am Fenster zum Abschied zu. Auf dem Weg nach Hause kamen sie an dem Haus vorbei, das die zwei Schwestern die ›Apfelvilla‹ getauft hatten.

»Anastasia, Äppel holen«, brabbelte Lenchen in ihrer Kindersprache. Anastasia schüttelte den Kopf. Es ging doch nicht mehr. Früher waren sie oft hier in den Garten gekommen, der sich weit um die herrschaftliche Villa erstreckte. An einem Ende des Gartens hatten eine ganze Reihe Obstbäume gestanden. Mit herrlich süßen Äpfeln. Besitzerin der Villa war eine alte Dame, die sehr wohl von ihrer Terrasse aus, wo sie oft beim Kaffee saß, die Kinder sah und ihnen zuwinkte. Offenbar wurden die Äpfel vom Baum fast nur von den Kindern gegessen. Doch letzte Woche war ein hoher, dichter Bretterzaun rund um das Grundstück gebaut worden. Anastasia hatte Mutti danach gefragt, doch die hatte nur gesagt: »Ach, die sind anders. Mischehe.« Danach hatte sie sich von Anastasia fortgedreht. Wenn Mutti so unwirsch war, wollte sie nichts mehr dazu erklären, das wusste Anastasia, da hätte sie so viel nachfragen können, wie sie wollte. Aber sie wusste doch längst aus der Schule, was eine Mischehe war. Die alte Frau war eine Jüdin und hatte bisher ihre Villa nur behalten dürfen, weil ihr Mann Arier war. Vielleicht war der Mann gestorben?

»Es ist doch gar keine Äppelzeit mehr. Und außerdem, die wollen ihre Äpfel bestimmt jetzt allein essen«, erklärte Anastasia ihrer kleinen Schwester überzeugt. Es gab weniger zu essen mittlerweile.

»Der verdammte Krieg!«, sagte Anastasia zu Lenchen. Dabei ahmte sie sogar den Ton von Tante Selma nach und fühlte sich sehr verwegen bei diesem Fluch. Mutti hätte ihr dafür eine Ohrfeige gegeben. Lenchen sah sie verwundert an.

Als sie gerade an der Tür vorbeikamen, die im Bretterzaun war und die nichts mehr mit dem prächtigen, schmiedeeisernen Tor zu tun hatte, das vorher da gewesen war und meist offen gestanden hatte, öffnete sich die Tür und die Dame kam heraus. Anastasia blieb kurz stehen, um sicher zu sein, dass sie sie wiedererkannte.

Im Garten hatte sie meist ein buntes Sommerkleid angehabt und sie hatte immer gelächelt. Nun trug sie einen dunklen Mantel und sah sich um, als ob sie erst klären musste, wer auf der Straße sei. Die Züge um ihren Mund sahen verhärmt aus. Auf dem schwarzen Mantel war ein gelber Stern befestigt. Anastasia zog Lenchen erschrocken weiter.

*

Abends versuchte Ludwig Käthe zu erzählen, was geschehen war. Die Worte fielen ihm schwer. Käthe hatte die Hände im Schoß zusammengelegt, kniff die Augen zusammen und hörte ihm zu, ohne ihn zu unterbrechen. Die Tür seines Büros hatte sich geöffnet, ohne dass jemand angeklopft hatte. Mürrisch sah Ludwig auf, denn er wurde so ungerne bei seinem Aktenstudium gestört.

»Heil Hitler.« Laut polternd und mit vorgestrecktem Arm war ein Mann in Uniform und mit Hakenkreuzbinde hereingekommen. Ludwig stand auf, streckte widerstrebend seinen Arm auf halbe Höhe und brummelte etwas, das man mit etwas gutem Willen als ›Heil Hitler‹ deuten konnte. »Gau Niederschlesien. Ich bin der Stellvertreter des Gauleiters Hanke.« Es klang wie ein militärischer Appell. Ungebeten setzte der Mann sich auf den Stuhl vor Ludwig und begann, ohne sich namentlich vorzustellen, in lautem, forderndem Ton zu sprechen.

»Sie sind also Richter Vahrenhorst, Ludwig Vahrenhorst.«

Ludwig nickte. Ihn überkam ein mulmiges Gefühl, Ekel gemischt mit einer schleichenden Angst, die er versuchte mit dem Zusammenziehen der Augenbrauen weder sich selbst einzugestehen noch den anderen sehen zu lassen.

»Wir sind mitten im Krieg.«

Worauf wollte er hinaus?

»Im Krieg gegen den äußeren und den inneren Feind.«

Ludwig begann etwas zu ahnen.

»Wir Deutschen müssen nun Schulter an Schulter zusammenstehen. Gegen den Feind, gegen den zersetzenden Unrat.«

In Ludwigs Hals stieg ein Würgen auf, das er versuchte zu unterdrücken.

»Bedingungslose Treue gegenüber dem Führer ist gefragt. Oder sehen Sie das anders?«

Diesmal forderten das Schweigen und die vorgebeugte Haltung eine Antwort von Ludwig ein.

»Bedingungslose Treue gegenüber dem Führer, natürlich.«

»Für Volk und Vaterland!« Wieder dieser Blick.

»Für Volk und Vaterland«, wiederholte Ludwig, wenn auch leise und zäh. Er wusste es, er wusste es nun genau, worauf dies hinauslaufen würde. Er hatte etwas zur Entscheidung vorliegen. Ein Hauptsturmführer hatte ein Judenkind einfach zu Tode getreten. Zwar war ab April die ›endgültige Lösung der Judenfrage in Breslau‹ beschlossen worden. Aber es war ein Kind aus einer Mischehe. Ludwig wollte den Prozess aufnehmen, selbstverständlich. Einmal noch zeigen, was Recht und was Unrecht ist.

»Wir haben also einen Richter, der dem Führer die Treue geschworen hat. Diener des Volkes, Diener der Sache unseres Führers – und ...«, er spuckte es geradezu aus, »Ungeziefer.«

»Ein Kind.« Ludwig hatte das ihm im Hals hochkommende Bittere hinuntergeschluckt.

»Kein Mensch. Judendreck.«

Ludwig richtete sich auf. »Ein Kind. Aus einer Mischehe.«

Der Mann beugte sich vor und zischte ihn an, so dass, unabsichtlich oder absichtlich, Ludwig die Spucketropfen ins Gesicht flogen. »Herr Vahrenhorst, ich würde Ihnen raten, dass Sie sehr, sehr genau aufpassen, wie Sie sich äußern und über wen Sie richten.«

»Recht ist Recht.« Obwohl er das nicht wollte, zitterte Ludwigs Stimme.

»Und jüdische Scheiße ist jüdische Scheiße.«

Lachend lehnte sich der Mann in Uniform zurück. »Frau und Kind haben Sie, habe ich gehört. Nun, mein Lieber, ich würde es mir gut überlegen. Sehr gut.«

Er stand auf, die Tür fiel hinter ihm krachend zu.

»Ich mache das nicht.« Ludwig lief im Zimmer auf und ab. So aufgeregt hatte Käthe ihn noch nie gesehen. Nicht einmal Lenchen, die begeistert auf ihn zugelaufen war, hatte er hochgenommen. »Ich mache das nicht. Um nichts in der Welt!«

Nur mühsam konnte Käthe sich zusammenreimen, was er ihr zu erzählen versucht hatte. Von dem aktuellen Prozess hatte Ludwig Käthe fast täglich berichtet, so dass ihr langsam die Zusammenhänge klar wurden.

»Recht ist Recht«, wiederholte Ludwig wieder und wieder.

Käthe hatte sich mittlerweile an den Tisch gesetzt und stützte ihren Kopf auf die Hände. »Wundervoll ist er«, hätte sie noch vor ein paar Monaten gedacht. »Ein

Träumer ist er«, dachte sie jetzt. Während Lenchen anfangs verzweifelt ihrem aufgeregt hin- und herlaufenden Vater gefolgt war und ihre kleinen Ärmchen nach ihm ausgestreckt hatte, damit er sie hochhebe wie immer, hatte sie sich nun ihrer Puppe zugewandt.

Käthe sagte es leise, aber bestimmt. »Ludwig, denk bitte auch an uns!«

»Ich denke an euch!« Er wirkte empört. »So einen Vater wollen Anastasia und Helene nicht haben. So etwas Dreckiges mache ich nicht mit. Hitler kann seine Gefolgsleute haben, wo er will. Bei Justitia findet er seine Grenzen. Ich mache das nicht.«

»Ludwig«, Käthe versuchte es wiederum, »sie geben dir kaum noch Prozesse. Der Richter Wagenbach ist verschwunden, einfach verschwunden, keiner weiß, wohin. Man sagt, abgeholt in der Nacht. Du weißt, dass es Arbeitslager gibt. Selma hat es mir erzählt.«

»Das ist doch Unsinn. Angstmache, damit sie ihm alle blind folgen. Ich nicht. Recht ist Recht. Ich mache das für dich und unsere Kinder.« Mittlerweile wusste Käthe, dass sie nicht weitersprechen musste, es hatte keinen Sinn, er war stur wie ein Ochse, wenn er so sprach. Diesmal aber begann sie zu weinen. »Ludwig, es wird furchtbar werden!«

»Unsinn. Manchmal muss man im Leben durchhalten. Um für das Richtige einzustehen.«

Als es nur wenige Tage danach klingelte, hatte Käthe bereits ein schlechtes Gefühl. Erst recht, als der Briefträger ihr einen Brief überreichte und sie die Annahme quittieren musste. Sie blieb vor Ludwig stehen, nachdem sie ihm den Brief hingereicht hatte. Wehrkreisamt. Mit zusammengezogenen Augenbrauen musterte er den Absender, bevor er nach einem Zögern den Brief öffnete. Als er ihn gelesen hatte, starrte er erst wortlos den Brief an, dann Käthe. Ebenso schweigend stand sie vor ihm, bis er nickte.

»Ein Einberufungsbefehl. Als einfacher Soldat.« Ludwig konnte es nicht fassen. »Das hatte ich nicht erwartet.«

Käthe sagte nichts. Sie verkniff sich, dass das durchaus zu erwarten gewesen war, nach dem, wie er sich den Anweisungen des Gestapo-Manns verweigert hatte.

Ludwig lief nun wie ein Tiger im Käfig im Wohnzimmer hin und her.

»Als einfacher Soldat soll ich an die Front, in den Krieg, den ich nicht haben wollte, angezettelt von denen, die ich verachte.«

»Und nun verachten sie dich«, dachte Käthe, doch sie sagte kein Wort. Zu verzweifelt war er, als dass er gesehen hätte, wie entsetzt und zugleich bitter sie war.

»Mein Gott. Die Schlacht von Stalingrad ist schon verloren.«

Wieder lief er ein paar Bahnen.

»Aber zumindest nach Russland komme ich nicht. Nach Italien. Wollte ich nicht schon immer nach Italien?« Zynisch blickte er zu Käthe, die ihn jetzt wahrscheinlich hätte umarmen sollen. Doch der bittere Zug um ihren Mund zeigte, dass sie ihm seine Mitschuld wohl nicht verzeihen konnte.

Er nahm das schlafende Lenchen aus ihrem Bettchen und drückte sie so lange an sich, bis sie weinend aufwachte. Verzweifelt blickte er zu Käthe hoch, die kein einziges Wort gesagt hatte. »Käthe, das hatte ich nicht erwartet.«

Als es später Nachmittag wurde und er sich ein wenig gefangen hatte, stand er auf und zog seinen Mantel an. »Ich gehe ins Gericht. Jetzt gleich noch mal. Ich möchte meine persönlichen Sachen aus dem Büro holen. Wer weiß, ob es mir morgen noch gestattet ist.«

Er blickte sie an, als ob er auf ein erlösendes Wort von ihr hoffte. Und zog dann die Haustür hinter sich zu. Eine Sekunde lang stand Käthe da und sah ihm nach. Sein Blick, sein Blick zu ihr! Er war nicht liebevoll. Er war – enttäuscht und wütend. Nein, das wollte sie nicht. Ihr Ludwig, bald würde er fort sein. Er durfte nicht enttäuscht von ihr sein, auf keinen Fall. Sie musste ihm hinterher. Ihm zeigen, dass sie an seiner Seite stand. Für immer. Was auch geschehen würde. Schnell warf sie sich ein Tuch über die Schultern, bevor sie die zwei Mädchen bei der Nachbarin vorbeibrachte und mit schnellen Schritten zum Gericht lief. Vor den großen Türen zögerte sie. Sollte sie hier warten, bis er herauskam? Nein, sie würde in sein Büro gehen und dann würden sie beide hoch erhobenen Hauptes, Arm in Arm, gemeinsam und in aller Würde aus diesem Gebäude herausschreiten. Alle sollten sie so sehen. Gemeinsam würden sie alles schaffen. »Rücken gerade, Kinn hoch. Contenance!«, rief sie sich den Leitspruch ihrer Familie ins Gedächtnis. Sie lief die Treppe mit dem verschnörkelten Treppengeländer hinauf, streckte ihren Rücken gerade durch und hob das Kinn so hoch wie schon lange nicht mehr, so dass sie in die wunderschöne Glaskuppel sehen konnte, die das Licht als bunte Strahlen über dem prächtigen Treppenhaus des Gerichtsgebäudes ausschüttete. Stolz schritt sie mit langsamen, selbstbewussten Schritten den langen Gang entlang. Er würde sich freuen, wenn er sie so sah. So mochte er sie. Kurz strich sie sich glättend über die widerspenstig lockigen Haare, bevor sie leise und lächelnd die Klinke niederdrückte und die Tür zu seinem Büro öffnete. Nur einen Spalt. Denn dieser Spalt war genug, um zu sehen. Zu sehen, dass er da stand. Arm in Arm mit einem jungen Mädchen. Blond. Er küsste sie auf den Mund. Verzweifelt. Wie um Abschied zu nehmen. Und sie krallte sich an seine Schultern und man konnte sehen, wie ihr ganzer junger Körper sich vor Weinen schüttelte. Er küsste sie auf den Scheitel ihres Haares, er küsste ihre Tränen von den Augen.

Käthe schloss leise die Tür hinter sich. Als sie ging, war ihr Kinn nicht mehr in die Höhe gereckt.

Sehr langsam ging Käthe zurück über die Brücke, die über den Stadtgraben führte. Kurz hielt sie an und blickte in das Wasser. Dunkel. Nicht tief genug, um zu springen. Aber Anastasia und Lenchen warteten ja auch bei der Nachbarin auf sie. Und wenn schon, Ludwig würde bald fort sein, an der Front in Italien. Dort wäre die Blondine auch nicht. Und dann, wer wusste schon, was dann passierte. Sie war Frau Vahrenhorst. Sie hatte zwei Kinder von ihm. Was konnte das junge Ding ihr schon anhaben.

Käthe lief die wenigen Schritte zur protestantischen Kirche und betrat das, verglichen mit dem Gerichtsgebäude, schlicht gehaltene Gotteshaus. Sie war schon lange nicht mehr hier gewesen. Ludwig hielt nichts von Religion. »Opium für das Volk«, zitierte er dann gerne Marx. Sie schon, aber warum musste sie darüber mit ihm diskutieren. Er und seine intellektuellen Kreise konnten denken, was sie wollten. Jetzt gab es nur einen, der sie trösten konnte. Sie setzte sich in die hinterste Reihe und ließ ihren Kopf auf die Lehne der vorderen Bank fallen.

»Lieber Gott, hilf mir, lass niemanden ihn mir fortnehmen, niemanden.«

Dann ging sie nach Hause. Sie musste Essen für die Kinder machen. Wie so oft würde es nicht viel geben. Heute nur Brotsuppe. Immerhin, es sättigte ein klein wenig. Und sie hatte heute auch Milch, die sie hineingeben konnte. Ob sie nun noch weiterstudieren konnte? Vermutlich nicht.

KAPITEL 15

Lilith und Anastasia
Lomnitz 2017

»Deine Großmutter hat ihren Mann unendlich geliebt. Zu viel.«

Die Kellnerin brachte die bestellten Forellen und schweigend aßen die beiden ihren Fisch. Sie hatten beschlossen, im Restaurant des Schlosses Lomnitz zu essen. Lilith gefiel das imposante, zartgelb gestrichene Schloss, das eher einem großen Gutshaus glich, sehr. Sie lehnte sich auf ihrem gedrechselten Holzstuhl zurück und ließ den Blick über Stilmöbel, große, holzgefasste Spiegel und eine wunderschöne Standuhr gleiten. Die roten Blumen auf den langen, die Stimmen dämpfenden Vorhängen blühten scheinbar frisch und doch sich verwirrend drehend. Vielleicht jedoch waren es nur Liliths wirre Gedanken, die die Rosen auf dem Stoff sich drehen ließen.

»Jetzt frage ich es dich«, Lilith sagte es bestimmt und fordernd. »Warum hat Großvater Käthe nicht studieren lassen?«

»Oh nein!« Anastasia lachte. »Es war doch nicht Ludwig!«

Lilith schüttelte verwirrt den Kopf. »Aber sie hat mir doch erzählt, dass sie das Einverständnis ihres Ehemannes nicht bekommen hat.«

Anastasia seufzte. »Darf ich dir eine längere Geschichte erzählen?«

»Natürlich.«

»Als du geboren wurdest, brauchte ich zum ersten Mal in meinem Leben unser Stammbuch. Darin musste man dich verzeichnen.« Anastasia schluckte. »Käthe gab es mir einfach nicht, erzählte, sie habe es nicht gefunden, zu Hause vergessen … Erst am Tag, nach dem du geboren warst, brachte sie es mit. Wohl oder übel. Was darin stand, überschattete deine Geburt.«

Lilith zuckte zusammen. ›Es überschattete deine Geburt.‹ Wie heftig das klang.

»Natürlich, ich las es. Und las darin etwas zum ersten Mal, das ich zuvor nicht gewusst hatte. Auch Helene nicht, deine Tante. Allerdings ist sie ja auch meine sieben Jahre jüngere Schwester. Niemand, der damals nicht dabei gewesen war, wusste es: Käthe war schon einmal verheiratet. Wilhelm Wieter war sein Name. Zwei Jahre waren sie verheiratet. Dann wurde ich geboren – und zwar noch mit dem Namen Wieter!« Sie brauchte einen Moment, um sich zu fassen und weiterzusprechen zu können. »Ich war völlig erstarrt, war kaum noch in der Lage, dich in meinen Armen zu halten, ich wartete die Stunden bis zum nächsten Tag, als Käthe kam.«

»Ich schrie ihr, noch als sie an der Tür stand, entgegen: ›Ich bin also nicht Ludwigs Kind!‹«

Nun erstarrte Lilith. Natürlich. Wie schrecklich.

»Aber Käthe schrie sofort zurück: ›Nein! Aber nein, natürlich bist du das! Sieh dich doch nur an! Deswegen habe ich mich doch von Wilhelm getrennt! Wegen dir und Ludwig!‹«

»Ich fing damals vor Anspannung und Erleichterung zu weinen an. Doch, ja, ich war Vater wie aus dem Gesicht geschnitten. Hatte die gleichen langen Finger wie er, die gleiche Haarfarbe, einfach alles. Käthe kniete neben meinem Wochenbett nieder. ›Kannst du mir verzeihen?‹ – ›Was?‹, fragte ich unter Tränen. ›Dass ich in zweiter Ehe war. Dass ich dich bekam, als ich noch mit Wilhelm verheiratet war …‹ Ich habe in diesem Moment verstanden, dass mein Problem war, ob ich wirklich Vaters Kind war. Während ihr Problem nur gewesen war, dass sie geschieden, in zweiter Ehe war und mich in der Ehe mit dem ersten gezeugt hatte. Und das war mir in diesem Moment nun völlig egal«, erklärte Anastasia und zögerte dann.

»Also, warum ich zuerst ›Wieter‹ hieß. Jedes in einer Ehe geborene Kind galt als Kind des Ehemannes. Er muss mich dann zur Adoption freigegeben haben. Und Ludwig hat mich adoptiert.«

Der bestellte Kaffee kam nun und sie tranken, obwohl Lilith die dürre Plörre scheußlich fand.

»Warum hast du mir das nicht längst erzählt?«

»Weil Käthe es nicht wollte.«

»Und du auch nicht.« Keine Frage, eine Feststellung.

Anastasia antwortete nicht. Für Lilith wäre das doch nichts gewesen, was sie verschwiegen hätte. Aaron könnte sie auch ohne Vater aufnehmen. Oder?

Nein, moralische Bedenken hatte sie keine, ein Kind allein großzuziehen. Unverheiratet. Aber sie wollte es nicht. Sie hätte gerne einen Mann an ihrer Seite gehabt. Ihn. Er gehörte zu ihr. Und zu seinem Kind. Und wenn er auch nicht einfach war, wenn sie eine Familie geworden wären, das hätte ihn geheilt. Sie wusste es genau. Es sollte eben nicht so sein. Nichts sollte bei den Frauen ihrer Familie wohl so sein, wie sie es sich gewünscht hätten. Vielleicht wünschten sie sich eben immer zu viel.

Als die beiden das Schloss verließen, warf Lilith einen Blick zurück auf das große Haus, das in der Nacht grau geworden war. Hier also hatte alles begonnen. Freud und Leid.

KAPITEL 16

Käthe
Breslau 1944

Käthe seufzte und sah in die Schublade. Keine einzige Lebensmittelkarte mehr. Auch keine Kleiderkarte, aber das war schon lange egal. Sie hatte gelernt, was sie nie zuvor gekonnt oder benötigt hatte: das Nähen. Vielmehr das Flicken, denn neue Stoffe gab es natürlich auch nicht mehr. Sie hasste es, wenn die Kinder wieder mit einem Loch in der Kleidung nach Hause kamen. Gestern erst hatte sie Anastasia dafür angeschrien. Bei dem Gedanken daran ärgerte sie sich selbst furchtbar. Als sie Anastasia noch im Bauch trug, da wusste sie genau, wie es werden würde. Sie würde auf der Terrasse sitzen und auf den grünen, schön gemähten Rasen blicken, auf dem die Kinder spielten. Vielleicht ritten sie auf einem bunt gescheckten Pony. Ihre Tochter trug natürlich ein weißes Rüschenkleidchen. Und wenn sie hinfiel und mit grünen Flecken auf dem weißen Kleid und blutigen Knien zur Mutti lief, dann würde sie sie trösten: »Sch, sch, das macht doch nichts, meine Kleine. Geh schnell hinein, die Kinderfrau wird dir ein neues Kleidchen geben.«

So hätte das sein sollen. »Rücken gerade, Kinn hoch. Contenance!« So hätte das sein sollen. Aber nun schrie sie ihre Tochter an, wenn ein Loch im Rock war. Weil es kein neues Kleid gab. Weil sie es flicken musste. Weil ihre Hände schon ganz rau waren, vom Abspülen, von den Nadeln, die ihr in die Finger stachen. Weil nichts, nichts so war, wie sie es damals erträumt hatte.

Sie streckte ihren Rücken. Doch, eines war so, genau so, wie sie es sich erträumt hatte. Sie hatte Ludwig. Das war alles, was sie wollte. Irgendwann würde dieser schreckliche Krieg aufhören. Dann würde Ludwig zurückkommen, wieder ein angesehener Richter sein, ihr ein Haus kaufen. Fräulein blonde Haare würde es lange schon nicht mehr geben, längst vergessen. Und dann würden sie gemeinsam auf den grünen Rasen sehen, wo ihre zwei Kinder spielten. So würde es sein. Sie nahm eine Tabakkarte aus der Schublade. Diese waren mehr wert als jede Lebensmittelkarte, als jede Kleiderkarte. Tabak konnte man gegen alles tauschen. Es war fast wie Gold.

Käthe warf sich das dicke, mittlerweile auch mehrfach geflickte Tuch um die Schultern und lief in die Stadt. Irgendwie war sie heute glücklich. Weil sie an Ludwig gedacht hatte und daran, dass alles wieder gut werden würde, nach dem Krieg. Sie lief fast schon beschwingt. Beinahe musste sie lächeln über all die grauen, tristen Gesichter, die sie überall auf der Straße sah. Sie war eine junge Frau, mit zwei gesunden Kindern und einem Mann, einem wundervollen Mann. Wenn er wiederkäme, dann würde er die Hände auf ihre schmale Taille legen. Oh ja, die war wieder schmal, auch nach dem zweiten Kind. Es war nicht schwer, in dieser Zeit dünn zu bleiben. Und seine Finger würden entlang ihres Rückens streichen und sie würde sein Begehren spüren. Allein der Gedanke ließ sie innerlich brennen. Sie bemerkte, dass nun tatsächlich ein Lächeln auf ihrem Gesicht lag, doch keiner der an ihr Vorbeilaufenden nahm es wahr. Es war keine Zeit, um sich umzusehen oder die anderen Menschen zu beobachten. So wie sie es doch früher alle ständig getan hatten, zumindest in ihren Kreisen.

Egal, mit hochgestrecktem Kinn und geradem Rücken, als ob sie das Charleston-Kleid von früher anhatte, ging sie in den Tabakladen und löste ihre Karte gegen Tabak ein. Nur wenige Meter weiter standen bereits mehrere Männer, entweder noch jugendlich oder älter, die sie fragend ansahen. Sie zeigte ihren kleinen Tabakvorrat und gab ihn dem Höchstbietenden.

Dabei drehte sie sich zwischen den Jungen und den alten Männern lächelnd umher. Fast kokett, fast wie im Charleston-Kleid. Käthe wusste, dass viele junge Frauen sich nun das Geld, das sie sonst nicht bekamen, über andere Wege holten. Aber nein, das war undenkbar. Käthe wollte niemals einen anderen Mann als Ludwig haben, wenn sie auch die Blicke genoss wie ein Glas Champagner. Beinahe spürte sie ein Prickeln im

Magen, als sie die Geldscheine in ihre Tasche steckte und davonging. Mit kleinen grazilen Schritten, mit einem ganz leichten Schwung in der Hüfte, denn sie wusste genau, dass die Augen der Männer ihr folgten.

Um die Ecke war der Bäcker. Er hieß nun Bäckerei Müller. Käthe wollte nicht wissen, was aus den Rosenbaums geworden war. Sie erinnerte sich, dass Frau Rosenbaum Anastasia früher immer einen ›Eckekuchen‹ zugesteckt hatte, ein kleines, dreieckiges Hefeküchlein. Nachdem sie den Stern tragen mussten, war Frau Rosenbaums Gesicht eingefallen. Nicht einmal mehr Anastasia hatte sie angelächelt, dabei musste wirklich jeder lächeln, der Anastasia sah. Selten gab es ein so wunderhübsches Mädchen wie Anastasia. Ihre wilden, dunklen, kaum zu bändigenden Locken trug sie meistens in zwei Zöpfen, die Käthe ihr jeden Morgen flocht. Nur wenige Minuten nach dem kunstvollen Flechtwerk sprangen oben bereits die ersten frechen Locken aus dem Zopf und kringelten sich an ihrer Stirn. Kam sie vom Spielen, so gab es mehr Locken als Zöpfe, die ihr niedliches Kindergesicht umrahmten, von dem man schon jetzt vermuten konnte, dass es bald einer bildhübschen jungen Frau gehören würde. Ja, was war aus der hässlichen Lerge, aus dem hässlichen Entchen geworden – ein wunderschöner kleiner Schwan. Käthe war stolz auf ihre Tochter, die mittlerweile schon eine Menge Verantwortung mittrug. Wenn der Mann nicht da war, mussten eben die Frauen mehr machen, auch die Kinder. Anastasia stand Käthe beiseite, riet ihr bereits, wenn sie mal wieder nicht weiterwusste. Anastasia war so unfassbar praktisch und vernünftig. Käthe schüttelte den Kopf, vielleicht zu vernünftig für ein zwölfjähriges Kind.

Sie streifte die Gedanken ab und betrat den Laden, die Klingel läutete. Nicht viel war in der Theke. Schwarzbrot, zwei Weißbrote und wenige Streuselkuchen ohne Obst. Käthe erschrak, als sie die Preise sah. »Das war doch gestern noch weniger!«, fragte sie verzweifelt die Bäckerin, die nur mit den Schultern zuckte. »Wird halt jeden Tag teurer. Je länger der Krieg, desto teurer. Aber bald wird der Führer den Endsieg erringen!«

Käthe hätte nun einstimmen müssen. Sie war sich bewusst, dass es irgendwann jemandem auffallen würde, der Einfluss hatte, dass sie nichts zu all diesen Bemerkungen sagte. Aber sie wollte nicht. Nichts gegen den Führer, nichts für den Führer. Früher kam sie doch auch ohne Politik durchs Leben. Verzweifelt kramte sie das eben erworbene Geld heraus und zählte es nach. Du meine Güte, es reichte gerade eben für einen Laib Schwarzbrot. Wenn sie gewusst hätte, dass die Preise sich von gestern bereits verdoppelt hatten, hätte sie mehr für den Tabak verlangen sollen. Sie hatte sich betrügen lassen. Wieder einmal. Wahrscheinlich hatten die Männer hinter ihrem Rücken gegrinst und sich den wundervoll billig erstandenen Tabak geteilt.

Käthe schämte sich. Beim letzten Tausch war Anastasia bei ihr gewesen und hatte sie zuerst zum Bäcker gezogen, um die Preise zu sehen, und dann erst den Tabak getauscht. Wie dumm sie war. Hätte sie nur heute auch Anastasia dabeigehabt. Sie lächelte nicht mehr, als sie all ihr Geld über die Theke reichte und dafür ein Schwarzbrot erhielt. Ein Laib Schwarzbrot. Es würde für die ganze Woche reichen müssen.

Als sie aus dem Laden trat, spürte sie ihren Magen. Nein, sie spürte das Loch, das früher ihr Magen gewesen war. In Krämpfen zog es sich so schmerzhaft zusammen, dass ihr schwarz vor Augen wurde. Es duftete aus dem Zeitungspapier, in das das frische Schwarzbrot eingewickelt war. Es duftete so verführerisch, so unfassbar verführerisch. Ihr wurde schwindlig und sie lehnte sich an eine Hauswand. Nein, es war doch nichts dabei, es war doch ihr Anteil. Sie wickelte das Brot aus dem Papier und aß ein Stück vom Kanten. Der Sauerteig floss in ihrem Mund zusammen wie Ambrosia. Sie schmeckte die Süße. Es war unglaublich gut, das beste Brot, das sie je gegessen hatte. So süß, so salzig, so wundervoll. Noch einen Bissen und noch einen Bissen nahm sie. Sie blickte in den Himmel und sah eine Wolke. Ein Ritter, lachte sie, Ludwig hätte einen Ritter gesehen. Und noch einen Bissen nahm sie. Vollendetes Glück.

Doch dann fiel ihr Blick auf den Boden. Der grau war. Grau wie die Realität. Sie hätte nicht so viel von dem Brot essen dürfen. Sie aß ihren Kindern etwas fort. Einmal seufzte sie tief auf, dann packte sie das restliche Brot ein und lief nach Hause.

Die Mädchen saßen am Tisch. Um diese Uhrzeit warteten sie darauf, dass es irgendetwas zu essen gab, Plinsen, Kartoffelsuppe, Brot. Mehr gab es eigentlich nie. Begeistert nahm Anastasia ihr das immer noch duftende Brot aus der Hand und packte es aus wie einen Goldschatz. Dann sah sie darauf, was sie dort ausgewickelt hatte. Ein Blick zu Käthe: »Es ist angebissen. Nur noch halb da.« Käthe wandte sich ab und zuckte mit den Schultern. »Mutti!« Es war so vorwurfsvoll, von diesem kleinen Kind. Trotzdem, Käthe musste es sagen: »Jede von euch nur eine Schnitte. Es muss bis zum Ende der Woche reichen.«

Käthe ging hinaus auf den Flur, als die Mädchen das Brot aßen. Erst als sie in den Spiegel sah, merkte sie, dass sie weinte, einen unstillbaren Fluss von Tränen. Sie hatte das Gefühl, dies sei der schwärzeste Moment ihres Lebens. So tief gefallen. Tiefer ging es nicht. Sie ging einfach schlafen, Anastasia würde die Kleine schon ins Bett bringen.

Sie wusste nicht, dass sie noch viel tiefer fallen würde. Tief, tief, bis der Boden unter ihr verschwand, bis nichts mehr übrig blieb von ihr, bis das Loch schwarz und schwärzer und schwärzer wurde, in das sie fallen würde.

KAPITEL 17

Anastasia und Käthe
Breslau 1944

Der Jungmädelbund hatte heute noch länger als sonst gedauert. Wieder diese rhythmische Gymnastik, die sie nicht ausstehen konnte. Anastasia rannte nach Hause. Aus vielfachen Gründen. Erstens hatte sie Hunger, wie immer. Zweitens war es so kalt, dass ihre Hände fast zur Bewegungslosigkeit gefroren waren. Obwohl es doch schon März war, gab es immer noch Temperaturen um den Gefrierpunkt. Sanft rieselten leicht schräg vom Wind getriebene Schneeflocken vom Himmel. Schön anzusehen wären sie von innen aus dem Fenster hinaus, aber Anastasia blickte grimmig in die sich verdichtenden Flocken, die ihr einfach nur Kälte und vielleicht sogar Nässe bescherten. Den ganzen Winter spielten die Kinder nicht im Freien, sondern meist in den Treppenhäusern. Anastasias Mantel hielt sowieso nicht viel von der Kälte ab, aber heute hatte Peter sie auf dem Schulhof geschubst und sie war hingefallen. Als sie aufgestanden war, klaffte ein handgroßer Spalt im Stoff. Mutti würde furchtbar schimpfen. Und ihre Handschuhe hatte sie Lenchen überlassen, damit deren kleine Finger nicht ebenso rot wie ihre eigenen waren. Wenn sie rannte, wurde ihr wärmer, und das war wirklich nötig.

Außerdem aber war heute ihr Geburtstag. Letztes Jahr hatte sie ihren geliebten Mohnstreuselkuchen bekommen. Nein, sie wusste ja, es würde dieses Jahr keinen geben. Oder vielleicht doch? Aber der allerwichtigste Grund war: Vater war da. Heimaturlaub. Gestern hatte er vor dem Haus gestanden, und Anastasia musste zweimal hinsehen, bis sie ihn wiedererkannt hatte. Er sah anders aus als früher. Furchtbar dünn. Und traurig. Aber als er sie erkannte, rannte er los. Und sie flog ihm in die Arme. Er hob sie hoch und wirbelte sie durch die Luft. »Lerge, meine Lerge! Meine große, große Lerge.« Als sie Vater ins Haus hineinzog, hatte Mutti aufgeschrien und war ihm um den Hals gefallen. Sie hatte ihn geküsst und sie alle waren durch das Zimmer getanzt. Vati war da!

In der Nacht war es nicht leise gewesen im Zimmer von Vater und Mutter. Anastasia hatte sich die Ohren zugehalten. Was auch immer es war, die beiden mochten es. Obwohl es schmerzhaft klang.

Als sie zu Hause ankam, hatte Anastasia ganz rote Wangen. Sie öffnete die Tür und konnte nicht fassen, was da auf dem Tisch stand: ein Kuchen. Ein Streuselkuchen. Ohne Mohn. Ein bisschen klein. Aber es war ein Kuchen. Und darauf steckten zwölf brennende Kerzen. Vati und Mutti standen dahinter Hand in Hand. Und Lenchen daneben. Alle strahlten sie an und sangen ein Geburtstagslied. Anastasia meinte vor Glück zerspringen zu müssen.

Sie setzten sich an den Tisch. Jeder bekam ein kleines Stück Kuchen und Anastasia das größte von allen. Sie aß ihn nicht einfach, sie ließ ihn auf der Zunge zergehen, sie kostete jeden Krümel davon aus. So süß wie früher war er nicht, aber so süß wie seit Langem nichts mehr, was sie gegessen hatte. Nie vorher und nie nachher hatte sie so lange an einem Stück gegessen, aber alle blieben mit ihr sitzen. Geredet wurde nicht viel. Vater mochte nichts sagen, das war gestern Abend schon klar. Als sie endlich den letzten Streusel gegessen hatte, blickte sie auf. Ludwig lächelte sie an und streckte ihr ein kleines Päckchen hin. Ein Geschenk. Damit hatte sie nun wirklich nicht gerechnet. Sanft packte sie das dünne, pergamentene Papier auf, ohne es zu verletzen. Eine Dose war darin. Anastasia erkannte es sofort, eine silberne Spieldose. Darauf stand eine Ballerina, die sich in einem winzigen Tüllröckchen zu einer sanften Musik zu drehen begann, nachdem sie die Uhr mit dem Schlüssel an der Seite aufgezogen hatte. »Das ist der *Blumenwalzer* von Tschaikowski«, sagte Ludwig. Es war das Schönste, das sie je in ihrem Leben bekommen hatte. Sie flog ihrem Vater in die Arme und ließ ihn nicht mehr los.

Am nächsten Morgen war er fort.

KAPITEL 18

Käthe
Breslau 1944

Selma saß am Küchentisch und stützte ihre Hände auf, während Käthe an der Tasse mit dem wundervollen Bohnenkaffee nippte. Einmal hatte sie ihre Schwester gefragt, woher sie ihn habe. Selma hatte gelächelt und geantwortet: »Wenn du noch mal fragst, bekommst du nie wieder einen.«

Käthe fragte nicht mehr.

»Ich habe etwas über Wilhelm gehört«, sagte Selma wie nebenbei.

Käthe blickte hoch und sah Selma verwundert an. »Was denn?«

»Willst du es wirklich hören?«

Käthe zuckte gelangweilt mit den Schultern.

»Er ist nach Hannover gezogen. Hat alles hier verkauft. Und wohl schon längst vorher sein Geld fortgeschafft. Gold, munkelt man. Jetzt besitzt er eine neue Fabrik in Hannover. Sein Hauptwerk hat bei einem Bombenangriff etwas abbekommen, aber er hat noch zwei Nebenwerke am Stadtrand, die wohl prächtig produzieren. Kein Spielzeug mehr, sondern Reifen,

Gummireifen. Und er verkauft an die Wehrmacht –
enormement!«

Käthe blickte aus dem Fenster hinaus, wo die Bäume
vor spätsommerlicher Stärke strotzten. Sie konnte vor
sich selbst nicht behaupten, dass diese Nachricht sie
kühlließ. Mit Wilhelm hätte sie den Blick von der Terrasse aus auf den Garten gehabt.

Nein, oh nein, aber die Nächte wären gekommen.
Nein, auf keinen Fall. Lieber Hungern hier in Breslau,
aber bei Ludwig sein, als das von damals. Nein.

»Komm, wir hören Feindsender.« Selma klopfte ihr
aufmunternd auf die Schulter. »Wir haben nur noch
eine halbe Stunde, dann kommen die Kinder.« Käthe
schaltete den Volksempfänger an. Schon lange hörten
sie nur noch Radio, wenn die Kinder in der Schule waren. Man wusste nie, was sie sagten. Sie setzten sich
vor den Volksempfänger, aus dem die Stimme des
Nachrichtensprechers den Gauleiter Erich Koch an-
kündigte, der dann mit scharfer Stimme eindringlich
und zischend von sich gab: »Kein Meter deutschen Bo-
dens wird preisgegeben. Ostpreußen ist deutsch und
wird immer deutsch bleiben.«

»Siehst du!«, rief Käthe triumphierend, doch Selma
schüttelte nur den Kopf und brummte mit zynischem
Ton: »Volksempfänger – Goebbels-Schnauze!«

Die zischelnde, eindrückliche Stimme befahl weiter:
»Wenn nötig, werden Mann, Frau und Kind die Heimat mit nackten Fäusten verteidigen.«

»Faflatsch«, befand Selma, »Schwätzer«, und drehte den Sender weiter. »Wir verteidigen gar nichts mit nackten Fäusten. Ich nicht. Du nicht. Und unsere Kinder erst recht nicht.«

Nun drehten sie das Radiogerät zuerst so leise, dass fast nichts mehr zu hören war, und wechselten dann den Sender. BBC strahlte längst in deutscher Sprache aus, schon vor dem Krieg, damals hatte man es nur kaum gehört. Die Berichte dort lauteten ganz anders als jene in der *Schlesischen Tageszeitung*. Während von der deutschen Presse immer wieder erzählt wurde, dass die Wehrmacht auf dem Vormarsch sei, unaufhaltsam, berichtete die BBC von erbitterten Kämpfen, von Rückzügen besonders in Russland. Vor allem aber waren laut BBC die Russen auf dem Vormarsch, in Richtung Breslau. Eigentlich wollte Käthe es nicht glauben. »Die erzählen das nur, weil sie ihren eigenen Soldaten Mut machen und uns demoralisieren wollen«, hatte sie zu Selma gesagt, die nur den Kopf schüttelte und erwiderte: »Unsinn, Käthe.«

Dabei beließen sie es und hörten gemeinsam Feindsender. Auch heute gab es wieder ungeheuerliche Nachrichten: »Die Front steht auf ostpreußischem Boden. Gestern hat die Front sich bis zur Reichsgrenze vorgeschoben. Die Russen rücken gegen Deutschland vor.«

Unter den letzten Brief hatte Ludwig geschrieben »Bis bald in München«. Zuerst war Käthe verwirrt, bis ihr klar wurde, was er hiermit verschlüsselt hatte sagen wollen. Falls sie jemals aus Breslau gehen musste, sollten sie sich in München wiedertreffen. Sie war doch noch nie in München gewesen. Käthe schüttelte den Kopf. Dumpfe Angst kroch in ihr hoch. Aber nein, Ludwig sorgte eben nur für alle Eventualitäten vor.

Kurz bevor die Kinder nach Hause kamen, drehten sie das Radiogerät wieder auf den Großdeutschen Rundfunk.

»Nicht mehr lange«, erklärte Selma. »Dann müssen wir weg.«

Käthe wandte sich ab und tat so, als ob sie Selmas Worte gar nicht gehört hätte. Selma war die Einzige, die immer das Schlechteste befürchtete. Unsinn. »Ich muss kochen«, stöhnte sie. »Plinsen, immer nur Plinsen, seit Tagen gibt es nichts anderes.« Früher hatten die Mädchen Plinsen immer gemocht, mit Zimt und Zucker, oder mit Marmelade. Seit es aber nichts anderes mehr gab, kaum Fleisch, wenig Gemüse, waren die Augen traurig, wenn es wieder nur Plinsen gab, Plinsen mit wenig Ei, mit wenig Mehl, ohne Zucker und mit viel Wasser. Immerhin war es leicht zu kochen, wo Käthe doch so ungerne kochte. Fleisch verdarb meistens bei ihr, zu wenig oder zu viel gekocht, doch dieses Problem hatte sie schon lange nicht mehr gehabt.

Selma zog ein Beutelchen aus ihrer Tasche. Es war Zucker darin, nicht viel, aber es war Zucker. »Gib den Mädchen das heute dazu, dann sind sie glücklich.«

»Danke!« Käthe umarmte ihre Schwester.

Als sie die Tür hinter Selma geschlossen hatte, schüttelte sie kurz den Kopf. O nein, sie wollte es sicher nicht wissen. Weder, woher der Bohnenkaffee kam, noch woher der Zucker. Manfred war schon lange nicht mehr zu Hause gewesen. Er war in Russland. Seine letzten Briefe, die durchgekommen waren, waren nur noch geschwärzt, es konnte nichts Gutes daringestanden haben. Aber Selma ließ Käthe oft abends auf ihren Jungen aufpassen. Nein, Käthe fragte nicht, wohin sie ging.

Als Selma nur wenige Stunden später schon wieder bei ihr klingelte, war Käthe sehr verwundert. Was wollte ihre Schwester denn schon wieder bei ihr?

»Der Todesbote war bei mir: ›Er starb den Heldentod für Führer, Volk und Vaterland.‹« Selma stand noch vor der Tür und spuckte die Worte geradezu aus. Käthe sah sie wie versteinert an. »Manfred?«

Selma nickte.

Käthe begann zu wimmern, bevor sie ihre Schwester umarmte, ihr Gesicht verzweifelt zu streicheln begann und laut schluchzte. Selma bewegte sich nicht. Dann schob sie Käthe beiseite, ging in die Küche und setzte sich an den Tisch. Sie schob der weinenden Käthe den Brief hin. Manfred sei durch einen Granatsplitter am Oberschenkel verwundet worden und im Feldlazarett der Verwundung erlegen. »Wundbrand, nehme ich an«, sagte Selma und las weiter vor: »Manfred Piontek wurde auf dem Ehrenfriedhof in Tosno, an der Rollbahn Leningrad–Moskau im Grab Nr. 1250 beigesetzt.«

»1250«, wiederholte Käthe entsetzt.

Selma schüttete den Inhalt eines Umschlags auf den Tisch: Manfreds Uhr, den Ehering und Briefe von Selma. Dazu eine Kette mit einem Medaillon, das Selma aufklappte und Käthe darin ein Foto von ihr und Wolfi zeigte. Käthe schluchzte laut auf. Schließlich schlug Selma den Wehrpass auf und deutete auf den letzten Eintrag. Sein Todesdatum war ordnungsgemäß verzeichnet.

»Diese Schweine«, sagte Selma.

Käthe sah zum ersten Mal hoch und blickte ihrer Schwester in die kalten Augen. »Warum weinst du nicht?«

»Das kann ich mir ab jetzt nicht mehr leisten.«

KAPITEL 19

Käthe
Breslau 1945

Lenchen kicherte ausgelassen. Fritzi, ihr Freund von gegenüber, habe es der Alten aus seinem Haus mal so richtig gegeben. Käthe und Anastasia konnten nicht anders als mitlachen. Die alte Martha stand immer mit bitterbösem Blick im Hausflur von Fritzis Haus und beschimpfte jeden Hausbewohner. Frau Mahlsen habe die Treppe nicht geputzt, obwohl sie eingeteilt war, Herr Bormann sei gestern Abend schon wieder so unerträglich laut durch das Wohnzimmer gelaufen. So könne sie nicht schlafen. Warum sich der Herr nicht die Straßenschuhe ausziehen und Hausschuhe anziehen könne. Worauf Herr Bormann immer erwiderte, er sei gestern Abend nicht zu Hause gewesen und wahrscheinlich sei sie nur vom permanenten Klopfen mit dem Besen an ihrer Stubendecke wach geblieben. Die Kinder aber piesackte sie am meisten. Die Gründe waren beliebig: zu laut, zu dreckig, unverschämt. Und wenn sie die Kinder erwischte, setzte es eine Backpfeife.

»Der Fritzi und ich haben also die Maus gefangen. Der Fritzi hat die Mausefalle vom Keller geholt. Und wir haben sie drüben auf der Wiese aufgestellt. Mit Margarine. Käse und Speck gibt's ja nicht mehr. Aber es hat funktioniert! In der ersten Nacht!«

Lenchen triumphierte sichtlich. Für eine Fünfjährige und einen Achtjährigen war der Fang einer Maus nun tatsächlich auch eine ordentliche Leistung.

»Ich hab sie auch mal in der Hand gehabt, Mama! Die ist ganz weich.« Nun verzog Käthe doch missbilligend den Mund.

»Und dann habe ich die alte Martha abgelenkt.« Sie zeigte auf ihre Backe, die noch leicht gerötet war. »Habe die Schuhe extra voll Schlamm gemacht! – Aber das war nachher die Backpfeife wert!« Anastasia strich ihr sanft über die gerötete Backe. Dieses Kind. Ließ sich problemlos eine verabreichen, um den Streich gelingen zu lassen, um der Alten eins auszuwischen. Lenchen war ein Wildfang. Wo würde das hinführen?

»Der Fritzi hat die Maus in ihren Flur laufen lassen. Sie stand ja vor der offenen Tür. Dann ist sie reingegangen, um den Putzlappen zu holen. Und dann haben wir sie schreien gehört.«

Lenchen stand immer noch begeistert in der Mitte der Küche, wo sie ganz aufgelöst stehen geblieben war, um zu erzählen. Nun begann sie herumzuhüpfen und grell zu schreien, um die Alte nachzuahmen. Käthe und Anastasia schütteten sich mit ihr vor Lachen aus. Lenchen hüpfte, schrie und lachte. Alle drei gönnten es dem bösen Weib.

Dann gingen die Sirenen los. Sofort erstarb das Lachen und das Hüpfen. Für einen Moment, für einen winzigen Moment hatten sie vergessen, dass Krieg war. Für einen kurzen Moment. Anastasia erschien es fast wie eine Strafe für ihre Ausgelassenheit. Wer durfte jetzt, wo es nur noch Angst und Hunger gab, so lachen.

»Ich geh nicht in den Keller.«

Käthe war schon aufgestanden und drehte sich erbost zu Lenchen um. »Natürlich gehst du in den Keller.«

»Nein.« Bockig verschränkte Lenchen ihre Kinderarme und starrte ihre Mutter mit zusammengekniffenen Augen an.

»Helene! Jetzt nicht!« Käthe funkelte sie böse an. »Du machst jetzt nicht schon wieder Ärger!«

»Ich geh da nicht runter. Ich hab da unten Angst. Ich will hier oben bleiben.«

Anastasia sah, wie Käthe wütend wurde. Jetzt bloß keine Auseinandersetzung. Noch eine Backpfeife, und Lenchen würde nie mit hinunterkommen.

»Lenchen, bitte. Es ist zu gefährlich. Bitte, wir müssen schnell machen«, sagte Anastasia.

Käthe machte einen Schritt auf Lenchen zu. Sie würde sie sicher gleich mit Gewalt die Treppen hinunterziehen. Anastasia stellte sich dazwischen. Sie kniete sich vor Lenchen hin und fasste sie um die Arme. »Lenchen, bitte. Ich brauche dich. Dir darf nichts passieren.« An ihrem Gesicht sah Anastasia, dass die Kleine weich wurde. »Tu es für mich, bitte.« Sie streckte ihrer Schwester die Hand entgegen, die diese mit einem nur kleinen Zögern erfasste. »Wir nehmen auch die Puppe mit. Und ich spiel mit dir die ganze Zeit. Versprochen.«

Sie spielten nicht. Anastasia hätte es getan. Aber Lenchen konnte nicht. Sobald sie da unten im Luftschutzkeller gedrängt mit den anderen aus dem Haus saßen, erstarrte sie vor Angst.

Die dumpfen Motoren der Flieger ratterten über ihnen. Dieses Brummen, das Vibrieren. Das Geräusch von Angst und Tod für Anastasia. Mal weiter entfernt. Einer sehr nahe. »Die Fenster«, sagte ein Nachbar. Sonst herrschte Stille.

Und dann kam ein großer Knall. Ohrenbetäubend. Die Kellertür sprang auf von dem heftigen Luftdruck. Ein Ziegel löste sich und Kalkstaub rieselte überall auf. Mehrere Leute schrien. Anastasia dachte nur: »Oben ist nichts mehr. Wenn Lenchen dort geblieben wäre, wäre sie jetzt tot.« Die Ersten rannten hinaus. Käthe zog ihre beiden Kinder, die wie erstarrt wirkten, an den Händen hinaus. Sie keuchten. Staub und Asche drangen in die Lungen. Spreng- und Brandbomben. Die Treppe war geblieben, stellte Anastasia verwundert fest. Sie konnte kaum noch atmen. Endlich draußen. Doch auch dort, die Luft nicht klar und schön

und frisch. Staubig, dunkel-neblig, kaum etwas zu erkennen. Lenchen hustete. Käthe sah sich um. Ihr Haus
stand noch. Langsam lichtete sich der tödliche Nebel.
Anastasia konnte bis zur anderen Straßenseite sehen.
Das Haus gegenüber war nur noch Schutt und Asche.
Sie spürte Lenchens Arme um sich. Sie atmeten beide
ein und aus, rangen um Luft. Dann erst sah Lenchen
sich um. Sie nahm jetzt erst den Schuttberg gegenüber
wahr.

»Fritzi«, schrie sie. Und brach dann zusammen.

Fritzi. Und die alte Martha.

KAPITEL 20

Lilith und Anastasia
Breslau 2017

Es war Nacht geworden auf der Fahrt zurück nach Breslau. Lilith fühlte sich nicht mehr in der Lage, irgendetwas zu sagen. Seltsamerweise war die Stimme ihrer Mutter zuletzt immer ruhiger geworden. Fast sachlich. Als ob sie einen fremden Tatsachenbericht zitiere, vorlese. Nichts, das mit ihr zu tun hätte. Nichts, das die Dreizehnjährige hätte deuten können. So viele Jahre. Zwei Leben lang. Schweigen. Nun war es abgespalten. Von Käthe. Von Anastasia. Eines anderen Menschen Lebensbericht. Als einzige Überlebensstrategie. Und doch war dieses Leben immer da gewesen. Im dunklen Schleier. Über Käthe. Über Anastasia. Über ihr. Hatte Anastasia sie wegen all diesem nie ganz leidenschaftlich umarmen können, war sie wegen all diesem immer so distanziert gewesen? Wäre sie selbst auch solch eine Mutter? Dann hatte Aaron bei ihr ebenso nichts verloren. Aber Aaron war ein Kind. Im Moment ein verlorenes Kind ohne Mutter. Wie Lilith selbst in gewisser Weise auch ein verlorenes Kind ohne Mutter gewesen war. Könnte sie ihm nicht viel-

leicht doch die Liebe geben, die er brauchte, ihn umarmen, ihm offen zeigen, dass er liebenswert war. Sie
dachte an seine traurigen Augen auf dem Foto. Und er
war mit Sicherheit liebenswert.

Sie wusste es nicht, sie wusste es einfach nicht.

KAPITEL 21

Käthe

Breslau 1945

»Die Russen sind in Krakau.« Selma hatte sich noch nicht einmal den Mantel ausgezogen, bevor sie sich an Käthes Tisch niederließ.

Käthe schüttelte den Kopf. Sie wusste genau, was Selma ihr damit sagen wollte. Selma hatte es immer wieder erklärt: Wenn die Russen in Krakau stehen, würde sie Breslau verlassen.

»Keine Widerrede! Ich werde gehen. Mit meinem Sohn. Und ich lasse dich nicht allein hier.«

Käthe wollte nicht gehen. Breslau war ihre Heimat. Weiter als ins Riesengebirge zur Sommerfrische war sie nie gekommen, und sie wollte es auch nicht. »Ludwig hat mir immer wieder geschrieben, alles wird gut. Wir werden gewinnen. Die Festung Breslau wird niemals fallen.«

»Ludwig kämpft in Italien. Er hat keine Ahnung. Ich habe die ganze Zeit Feindsender gehört, BBC und Radio Moskau und Radio Vatikan. Mir erzählen die nichts. Die Russen kommen. Und es wird furchtbar. Die waschen ihre Köpfe in unseren Kloschüsseln. Und davor und danach nehmen sie jede Frau, egal ob lebend oder tot. Die Mädchen nehmen sie auch.« Selma warf einen Blick auf Anastasia, die an der Tür stand. »Wir gehen jetzt. Pack deine Sachen. Geh zur Bank und heb alles Geld ab. In einer Stunde hole ich dich ab und wir gehen zum Bahnhof. Zieht alles übereinander an. Näh den Schmuck und das Geld in deine Unterröcke. Nimm Pässe und alle wichtigen Unterlagen mit, und denk vor allem an die Daunenbettdecken. In einer Stunde!«

Bevor Käthe widersprechen konnte, war Selma wieder draußen. Käthe saß wie erstarrt in der Küche. Nein, sie war noch nie weit von Breslau fort gewesen. Ludwig würde wieder hierherkommen. Sie würde hier bleiben. Keine Ahnung, wie lange sie da saß. Panik, die sie wie ein Kaninchen erstarren ließ, stieg in ihr hoch. Ein Rumoren im Nebenzimmer ließ sie hochblicken. Als sie hinüberging, traute sie ihren Augen nicht. Da war Anastasia und hatte nahezu alles, was Kinder und Mutter an Kleidung besaßen, in den braunen Koffer gepackt. Und die Daunendecken danebengelegt. Fassungslos starrte Käthe das zwölfjährige Mädchen an.

»Wenn Tante Selma sagt, dass wir gehen, dann gehen wir.« Diese fest zusammengekniffenen Augen sagten Käthe, dass das Kind keinen Widerspruch dulden würde. Wahrscheinlich würde sie eher ihre kleine Schwester nehmen und allein losziehen. Dann zuckten beide zusammen. Geschützdonner war wieder zu hören. Obwohl sie zitterte, riss Käthe sich zusammen. Selma hatte recht, Anastasia hatte recht. Die Front war nahe. Und sie musste ihre zwei Mädchen in Sicherheit bringen. Ach, wenn die Russen zurückgeschlagen waren, würde sie wiederkommen. Sie nähme dies einfach als Reise, als Reise, die wohl ein wenig weiter fort führen würde als jene zur Sommerfrische. Aber nur eine Reise. Käthe lief schnell zur Dresdner Bank.

»Alles Geld? Frau Vahrenhorst, wir sind die Festung Breslau! Sie wollen doch nicht …«

Plötzlich brach der alte Stolz der Familie Peyinghaus durch. »Rücken gerade, Kinn hoch. Contenance!« Sie würde sich doch nicht von irgendeinem Bankbeamten einschüchtern lassen. »Ich will mein Geld abheben. Jetzt. Alles.« Das ›mein‹ Geld hatte sie so gezischt, dass kein Zweifel daran blieb, dass sie ihm keine Rechenschaft darüber geben werde, was sie mit ihrem Geld tun würde. Kurz kniff er die Augen zusammen, dann zuckte er leicht mit den Schultern und zahlte ihr das Geld aus. Ob es wegen ihrer Ausstrahlungskraft war, oder ob auch er wusste, dass längst alles egal war, es machte für Käthe keinen Unterschied, sie hatte das Geld.

Auf dem Rückweg hatte Käthe das Gefühl, sich wieder gefangen zu haben. So viel hatte sie nun schon geschafft, so viel für sie früher Unvorstellbares. Auch dies würde sie bewältigen. Für die Mädchen. Und für Ludwig. Für Ludwig könnte sie alles schaffen. Fast lachte sie, wer putzen lernen konnte und Windeln wechseln, der würde auch aus Breslau gehen können. Und wiederkommen. Putzen und Windeln, Agnes fiel ihr ein. Die Zeit drängte, sie wusste das, aber nein, Agnes war für sie da gewesen, in der Notzeit, sie musste bei ihr vorbei. Zehn Minuten, das musste möglich sein für ihre Freundin, die beste Freundin.

»Agnes«, sie stand in der ihr wohlbekannten kleinen Küche, die ihr nun sogar eine Geborgenheit ausstrahlen schien, die ihr begehrenswerter als die Flucht erschien, »ich gehe, mit den Mädchen und mit meiner Schwester und Wolfi. Geh mit mir.«

Agnes lachte. Es war ein bitteres Lachen. »Ich bitte dich, Käthe, ich habe doch kein Geld. Wie sollte ich da irgendwo durchkommen? Peter und ich, wir würden verhungern. Außerdem ist Peter noch in der Kinderlandverschickung.«

»Selma sagt, die Russen machen Furchtbares. Mit allen Frauen.«

»Vielleicht. Aber ich bin stark. Der Hausknecht bei euch damals, der wollte mich auch immer mit Gewalt zwingen. Hat er nicht geschafft!« Agnes stemmte die Hände in ihre Hüften.

»Ja, wahrscheinlich hast du recht. Du schaffst alles. Eigentlich will ich doch auch nicht gehen.«

»Du geh mal. Du hast das Geld dafür. Und dann kommst du wieder. Und wir trinken Kaffee. Und lachen miteinander. Wie immer.«

Fast schob sie Käthe hinaus. Nach einer langen, festen Umarmung drehte Käthe sich um und lief schnellen Schrittes nach Hause. Sie musste sich beeilen.

Seufzend nahm Käthe das ihr von Anastasia entgegengestreckte Nähzeug entgegen, als sie nach Hause kam. Viel Zeit hatte sie nicht mehr, Schmuck und Geld in die Unterröcke einzunähen. Was Käthe nicht gesehen hatte, war, dass Anastasia einen einzigen Gegenstand für sich außer der Kleidung eingepackt hatte: die kleine silberne Spieldose, das Geburtstagsgeschenk von Papa. Sorgfältig hatte sie es in ihr Jäckchen eingewickelt und vorsichtig in die Mitte des Koffers gepackt, nachdem sie es einmal sanft wie ein Püppchen gestreichelt hatte. »Und Vati kommt auch bald nach«, versicherte sie sich und der Ballerina mit einem kräftigen Kopfnicken.

Als Selma mit Wolfi kam, sagte sie nur »Schnell!« und »Nimm alle Tabakvorräte von Ludwig mit«. Dass ihr diese weit mehr helfen sollten als alles Geld, wusste sie da noch nicht.

Käthe trottete unwillig Selma, Wolfi und ihrem Mädchen hinterher aus dem Haus heraus. Sie drehte sich um und warf einen letzten Blick auf das Haus.

Auf den Straßen hetzten die Leute sich, trugen Koffer in den Händen oder zogen Handkarren, in denen sie ihr wichtigstes Hab und Gut verladen hatten. Käthe fragte sich kopfschüttelnd, ob manche tatsächlich vorhatten, zu Fuß die Stadt zu verlassen, und dies bei minus dreißig Grad in diesem bitterkalten Januar. Die Menschen eilten in alle Richtungen. Einige von ihnen weinten. Sie gingen nicht mehr heimlich, wie früher, in der Nacht.

Vor dem Bahnhof herrschte ein Tumult. Wieder Weinen. Schreien. Schon von Weitem wurde ihnen klar, was los war. Es waren viel zu viele Menschen da für einen Zug.

»Na, dann nehmen wir halt den nächsten«, sagte Käthe achselzuckend, als sie auf dem grauenhaft überfüllten Bahnsteig standen.

»Blödock«, zischte der Bahnwärter neben ihr sie laut und unwirsch an. »Es ist der letzte Zug, zumindest erst mal! Die Nachricht kam gerade aus dem Morseapparat. Es wird wohl keinen mehr geben!«

Selma zögerte nur kurz, dann zog sie die Kinder und Käthe weiter, gegen den Strom der Frauen und Kinder, die ihnen weinend und klagend entgegenkamen.

»Selma, dann müssen wir eben wieder nach Hause gehen.«

»Unsinn. Käthe, es gibt kein Zuhause mehr.«

Am Bahnsteig angelangt lief sie den Zug entlang. Sowohl geschlossene Waggons wie offene Güterwaggons waren dabei – alles vollgequetscht mit Menschen. Viele klagende Frauen standen am Bahnhof und flehten die im Zug Sitzenden an. Doch die Türen waren geschlossen. Meist auch die Fenster. Die drinnen wollten sich das Schreien und Weinen wohl gar nicht mehr anhören. Die Scheiben waren beschlagen, denn der Zug war absolut überfüllt.

»Ihr bleibt hier. Ihr rührt euch keinen Zentimeter. Ist das klar?«, zischte Selma Käthe plötzlich an.

Den fünfzehnjährigen Wolfi, den alle immer als schelmischen Filou kannten, der nur selten das tat, was Selma ihm sagte, bat sie mit ungewohnter Schärfe und Ernsthaftigkeit: »Wolfgang, du bist mir dafür verantwortlich, dass ihr vier exakt hier, an dieser Stelle zusammenbleibt. Ist das klar?«

Wolfi, ernst wie sonst nie, nickte. Er hatte seine HJ-Uniform an. Anastasia fragte sich nicht, warum. Der hochgewachsene Junge wurde oft angesprochen, warum er nicht im Volkssturm war wie alle ab sechzehn. Mit seiner Uniform hielt man ihn eher für einen jüngeren Pimpf. Es war nicht selten geworden, dass Jungen, von denen man vermutete, dass sie sich um Wehrpflicht oder Volkssturm drückten, inhaftiert oder zumindest unter Prügeln befragt wurden.

Dann fuhr Selma sich durch die Haare, straffte ihren Rücken, öffnete die obersten Knöpfe ihres Mantels und lief zu einem der Volkssturmmänner, der die hinteren Waggons bewachte. Ganz eng stand sie bei ihm, sprach mit ihm, flüsterte ihm etwas ins Ohr. Er grinste sie an und gab dem Soldaten neben ihm einen Wink, auf seine Position mit zu achten. Dann nickte er ihr zu und beide verschwanden in einem Waggon mit Ladegut. »Rücken gerade, Kinn hoch. Contenance!«, schoss es Käthe durch den Kopf. Obwohl Selma den Rücken sehr gerade gehalten hatte, hatte Mutter Peyinghaus dies mit Sicherheit nicht so gemeint.

Wenige Minuten später kamen sie wieder heraus. Selmas Mantel war offen. Käthe starrte sie entsetzt an, aber folgte ihrem Winken. Der Soldat ließ Käthe, Selma und die Kinder in einen der offenen Waggons, in denen die Menschen dicht aneinandergedrängt standen. Bevor er die Tür schloss, deutete er auf Käthe und sagte: »Auf der Fahrt will ich die. Sonst schmeiß ich euch alle wieder raus.«

KAPITEL 22

Lilith und Anastasia
Breslau 2017

Kurz vor Breslau wachte Ana auf der Fahrt von Schloss Lomnitz zurück im Auto auf. Während Lilith mittlerweile sehr müde war, schien sie nun wie aufgekratzt.

»Jetzt erzähle ich dir etwas Schönes«, erklärte sie. »Nicht immer nur die alten Geschichten.«

Dann holte sie eine Kindheitsgeschichte nach der anderen hervor. Wie Lilith Fahrrad fahren gelernt hatte, weil Ana mit ihr auf der Straße, sie immer hinten am T-Shirt haltend, hin- und hergerannt war, denn Lilith konnte zwar fahren, nicht aber anhalten und wieder losfahren. Angestrengtheit, Müdigkeit und langsam aufsteigender Ärger stritten in Lilith miteinander.

Dass Liliths erste Worte ›Mama‹, ›Opa‹ und ›Nuda‹ – für Nudeln – gewesen seien. Lilith mochte diese plötzliche, fröhliche Aufgesetztheit ihrer Mutter nicht. Es erschien ihr gekünstelt, in keiner Weise die Mutter ihrer Erinnerung. Wie Lilith mutig in den Kindergarten gestapft sei und ihr noch zugewinkt habe. Der erste Schultag, das begehrte Holzpony, die erste Liebe.

Jede Bemerkung reizte Lilith nur noch mehr. Die

›erste Liebe‹ jedoch ließ sie platzen. »Nein. Mama, nein. Ich habe es damals nicht mit dir geteilt. Denn du hast es nicht gewollt, damals. Du wolltest nicht, dass Tobi und ich zusammenkommen.«

Beleidigt antwortete Ana gar nichts und nickte kurz darauf wieder ein. In Lilith jedoch bauschten sich die Erinnerungen an ihre Kindheit und Jugend auf. Die sie ganz anders in Erinnerung hatte als ihre Mutter.

KAPITEL 23

Lilith war acht Jahre alt, als sie eine Sammlerin der Augenblicke wurde.

Sonnenuntergang. Jochen und Ana, ihre Eltern, saßen nebeneinander auf der Terrasse. Ein verführerisch in roten, orangen, violetten und blauen Schlieren strahlender Abendhimmel. Beide sahen in die sich ausbreitende Röte hinein. Beide waren zufrieden, vielleicht sogar mehr, vielleicht sogar glücklich. Es war ein wundervoller Augenblick. Die Farben, die Gesichter, das Schimmern in den Augen. Selbst die Holzstühle schienen sich zu wiegen im Glück. Aber keiner der beiden sprach. Und dies bereits seit Minuten.

Sie hatten Lilith nicht bemerkt, die hinter sie getreten war, irgendetwas hatte sagen wollen und dann verstummt war, weil der Augenblick so schön war. Doch er verflüchtigte sich. Zuerst wusste Lilith nicht, warum. Der rote Abendglanz war noch da, auch der Ausdruck auf den Gesichtern, aber die Schönheit des Moments war vergangen. Weil die beiden nicht miteinander sprachen. Nicht mit Worten, nicht mit Gesten, nicht mit dem Herzen, verstand Lilith plötzlich. Sie waren glücklich, aber nebeneinander glücklich, nicht miteinander, sondern allein. Und plötzlich schien dies Lilith unendlich traurig. Trauriger, als gemeinsam unglücklich zu sein.

So war es immer gewesen. Es gab großartige Momente. Manchmal perfekt. Aber davor und danach waren sie es nicht. Und immer schien Lilith dieses Davor und Danach unerklärlich. Sie verstand es nicht, wenn die Misstöne in das perfekte Bild eindrangen. Selbst wenn sie lange überlegte, selbst wenn sie ihre Mutter manchmal dazu befragte, wurde alles eher noch unklarer. So entschied sie sich, nur Momente einzufangen. Zu speichern in ihrem Gedächtnis, detailgetreu, die Formen, die Farben, die Schwingungen, alles. Und nicht zu fragen nach dem Davor und dem Danach, nicht das Unverständliche und Traurige in die Momente einlassen, die doch so kostbar waren.

Manchmal, später, erzählte sie Menschen von solchen Augenblicken, beschrieb sie wie eine Fotografie. Und erlebte, dass keiner sie verstand. Die Menschen fragten ›und dann?‹ oder ›warum?‹ oder sie sagten ›ach‹ oder ›hm‹ oder ›schön‹ und drifteten dann ab zu einem ihrer Probleme.

Nur mit Robert war es anders. Er ließ sie von diesen Momenten erzählen. Auch er fragte nach, jedoch ganz anders. »Welches Blau hatte der Schrank?«, »Waren es geschliffene Karaffen oder glatte?«, »Die Frau strich tatsächlich immer erst mit ihren Händen um den Stiel des Glases, bevor sie es ergriff?«

Indem er fragte und Lilith antwortete, wurden die Momente noch klarer. Und phantastischer. Robert und sie konnten zusammen hineinfallen in diese Momente und danach Hand in Hand liegen und das Glück spüren. Robert bewertete die Dinge nicht. Er nahm sie auf. Er war es, der sie so nannte: »Sammlerin der Augenblicke«. Und sie wusste, dass dies ihr Name war, ihr einzig wahrer.

KAPITEL 24

Lilith
München 1984

»Das wirst du nicht tun.«

»Doch.«

Ana und Lilith blitzten sich wütend an. »Lilith!« Offensichtlich war Ana verärgert über das widerborstige Verhalten ihrer Tochter.

»Doch!« Lilith stand vor Ana wie eine Festung. »Immer habe ich alles für dich gemacht. Mich dafür oft genug lächerlich gemacht vor meinen Freundinnen. Diesmal gehe ich zu dieser Party. Ich bin siebzehn!«

Noch einmal versuchte Ana es mit ihren vernünftigen Argumenten. »Du musst zwanzig Minuten mit dem Rad nach Hause fahren, davon zehn Minuten durch den Wald. Das ist viel zu gefährlich.«

Lilith hasste es, dass bei ihrer Mutter überall Gefahren zu lauern schienen. Vor allem in der Dunkelheit, unbekannte Männer, die unvorstellbare Gräueltaten im Kopf hatten. Phantasierte Gefahren aus dem Nichts, fand Lilith. Das Schlimmste aber war der Wald, in dem alles Dunkle stattfand. Und offensichtlich waren es immer Männer, von denen das Böse ausging. Wenn sie ihrer Mutter gesagt hätte, dass Tobias versprochen hatte, sie nach Hause zu begleiten, wäre dies die absolute Katastrophe für ihre Mutter gewesen. Dann wäre sie wahrscheinlich, statt zu dem für sie beruflich so wichtigen Abendessen mit dem Vorsitzenden des Oberlandesgerichts zu gehen, zu Hause geblieben, um zu überwachen, dass ihre Tochter nicht zur Party ginge. Lilith sah ihre Mutter an wie ein fremdes Wesen. Wer war sie? Woher kam diese Angst? Wovor hatte sie Angst?

»Mama, alle Mädchen werden gemeinsam um elf Uhr nach Hause fahren. Wir haben das verabredet.«

Das war eine Lüge. Egal. Die anderen Mädchen würden länger bleiben, obwohl manche Eltern dies auch verboten hatten. Aber die meisten von ihnen waren schon achtzehn. Alt genug, um auch mal die Anweisungen der Eltern zu ignorieren. Nur Lilith nicht. Sie konnte die Angst in den Augen ihrer Mutter nicht ertragen. Aber heute, heute wollte sie dorthin. Sie wollte Tobi treffen. Sie wollte mit ihm nachts durch den Wald nach Hause radeln. Genau das wollte sie. Und vielleicht sogar noch ein bisschen mehr.

»Mama, hab einmal ein bisschen Vertrauen. Alles wird gut. Bitte, ich will dorthin.«

Etwas wie ein dunkler Schleier trat in die Augen Anas, als sie nickte: »Gut. Vertrauen.«

Kurz bevor sie hinausging, drehte sie sich noch einmal um und sagte: »Lilith, pass auf dich auf, bitte.«

Als die Party noch in vollem Gang war, ließ Lilith ein Blick auf die Uhr erschrecken. Es war halb elf. Tobias sah ihren Blick und fragte: »Willst du aufbrechen?«

Lilith nickte, dankbar dafür, dass er nicht wie die meisten anderen Jungen sie zu überreden versuchte, länger auf der Party zu bleiben. Sie waren die Ersten, die gingen. Schweigend fuhren sie durch den Wald. Dennoch genoss Lilith die Anwesenheit von Tobias. Ihr schien es, als ob er immer wieder Anlauf nahm, etwas zu sagen, doch kein Wort kam aus seinem Mund. Lilith hörte die Geräusche des Waldes, das Rascheln von Tieren am Wegrand, die sie offensichtlich durch ihre Fahrradbeleuchtung aufgescheucht hatten und die schnell dem ungewohnten Knirschen der Räder auf dem Waldweg zu entkommen suchten. Als sie die Lichter der Stadt sahen, fand Lilith dies schade. Sie hätte noch unendlich lange mit Tobias durch den Wald fahren können. Weitere zehn Minuten brauchten sie noch durch die Stadt, die in der Nacht seltsam ruhig erschien. Vor ihrer Haustür stieg Lilith vom Fahrrad ab. »Danke«, sagte sie. Tobi hatte sein Fahrrad bereits abgestellt und sah ihr nach, als sie zur Haustür ging.

»Lilith!«

Sie drehte sich um: »Ja?«

»Lilith, ich habe dich gerne nach Hause gebracht.«

»Danke.«

Noch einmal drehte sie sich zur Tür, als sie wieder abgehalten wurde von dem Ruf: »Lilith!«

Diesmal war Tobias die Schritte zu ihr hingelaufen und stand nun wie ein kleiner Junge mit hängenden Armen vor ihr.

»Ich weiß nicht, wie ich das sagen soll.«

»Ja?« Lilith lächelte ihn weiterhin an, denn in diesem Moment glaubte sie das erste Mal, dass er doch das gleiche Gefühl hatte wie sie. Das Gefühl, das man mit den großen drei Worten beschrieb, die doch zu groß schienen, um sie auszusprechen. Immer noch stand er sprachlos vor ihr.

Da war es wieder. Sie sammelte diesen Augenblick. Er stand vor ihr und sein Gefühl für sie war absolut. Es war dunkel und seine Augen noch dunkler, aber versunken-dunkel, ängstlich-dunkel wie die eines Kaninchens, das einem Hund begegnet und instinktiv weiß, dass dies gefährlich sein könnte, und doch hofft, dass er Kaninchen mag. Ein traurig-sehnsüchtiger und sich hingebender dunkler Blick. Wundervoll. Ein Augenblick zum Sammeln.

Lilith ging einen Schritt vor und, selbst verwundert über diese Tat, küsste ihn. Plötzlich fiel alle Scheu von ihm ab. Seine Hände hielten sie fest, wunderbar fest.

Sie ließ sich fallen. Und er ließ sich fallen. Und dass sie die dunkle Ecke neben dem Haus fanden, schien das Selbstverständlichste der Welt. Ein gesammelter Augenblick: Tobias, ihre erste Liebe.

KAPITEL 25

Lilith
München 1985

Ihre Mutter sah sie mit diesem Blick an. Eine stille Verzweiflung. Gemischt mit Unverständnis. Lilith konnte sehen, wie sie sich zurückhielt, um nicht loszuplatzen, wie sie einatmete, um ruhig zu bleiben.

Sie beobachtete, wie die Hand ihrer Mutter sich in die Lehne des Sofas krallte. Es wunderte sie nicht, Verständnis hatte sie von ihrer Mutter nicht erwartet für ihre Entscheidung, Architektur zu studieren. Deswegen hatte sie sie gebeten, sich gemeinsam ruhig ins Wohnzimmer zu setzen. Doch dann kam plötzlich dieses Zurückweichen, wenige Sekunden, in denen sich Anas Gesichtsausdruck änderte, der harte Blick verschwand. Lilith wusste das nicht zu deuten.

Weitere seltsame Sekunden des Schweigens.

»Der Traum deiner Großmutter«, sagte Ana leise.

Alles hatte Lilith erwartet, das jedoch nicht. Mit einer für sie seltsamen Geste setzte sie sich zu ihrer Mutter und nahm ihre Hand. »Ja. Architektur studieren. Der Traum von Großmutter Käthe. Aber auch mein Traum.«

»Sie konnte ihn sich nicht erfüllen.« Ana schüttelte traurig den Kopf.

»Ja«, bestätigte Lilith leise.

»Aber du.« Eine seltsame Mischung von Verwunderung und Erkenntnis lag in Anas Stimme. Ihre Hand entkrampfte sich und lag nun ruhig auf der Lehne.

»Ich hatte auch Träume«, sagte Ana dann.

Lilith sah sie an. Was mochte jetzt kommen? Sie dachte nicht, dass ihre Mutter ungewöhnliche Träume gehabt hatte, die nicht zu realisieren gewesen waren.

»Aber ich konnte sie auch nicht leben. Vielleicht hätte ich es ja doch tun können. Im Rückblick. Aber damals nicht.«

Lilith hatte Ana selten so offen erlebt.

»Aber ich hatte Träume, die ich mir erfüllt habe.« Anas Stimme wurde wieder fest. »Eine Familie. Ein Mann. Ein Kind.«

»Mama«, Lilith lachte, »jetzt sagst du gleich noch: ein Haus, ein Auto, ein Sparkonto.«

Ana lachte nicht. »Ja.«

Lilith biss sich auf den Mund, um nicht höhnisch zu grinsen.

»Lilith, ich habe mir als Kind zu Weihnachten Unterhosen gewünscht.«

»Ja, Mama, aber ich nicht. Ich hatte immer genug. Von allem. Und ich will Architektur studieren. Nicht, um ein sicheres Einkommen zu haben, sondern weil es mich schon lange interessiert. Und wenn ich kein Geld damit verdiene, wird eine andere Lösung kommen. Ich will das studieren. Du musst mir auch kein Geld dazugeben. Ich kann nebenbei als Kellnerin arbeiten.«

Ana sah auf. »Das wirst du auf keinen Fall!«

Sie stand auf und lief eine Runde durch das Wohnzimmer, ließ dabei ihre Hand über die Stuhllehnen und das lederne Sofa gleiten. »Mach das. Studiere Architektur.«

Lilith wollte ihre Mutter umarmen, doch die drehte sich bereits um und verließ das Zimmer. Lilith blickte ihr hinterher. Das war nun ganz anders als erwartet. Sie hatte sich auf einen Kampf eingestellt. Auf Wüten, auf vielleicht das Ende ihrer bereits schlechten Beziehung. Was nur war das jetzt gewesen?

Sie verließ das Haus und zog leise die Tür hinter sich zu. Im Vorgarten blühten die Hortensien. In diesem Vorort von München war auf den Straßen nicht viel los. Es war leise. Weit entfernt hörte Lilith ein Kinderlachen. Was für unerfüllte Träume hatte ihre Mutter? Ja, ihre Großmutter Käthe, die hatte eine Menge unerfüllter Träume, alle Lebensträume waren geplatzt, das verstand Lilith. Aber ihre Mutter, die konnte doch tun, was immer sie wollte, hatte alles bekommen, was immer sie wollte. Mann, Haus, Sicherheit, Beruf, ein gutes Einkommen. Auch wenn Liliths Vater früh gestorben war, als sie sieben Jahre alt war, ging dennoch alles weiter seine geregelten Bahnen. Ihre Mutter verdiente gut als Richterin. Und Ana war immer noch eine ausnehmende Schönheit. Eine Schönheit. Lilith blieb stehen. Sah man die Fotoalben von Ana als junger Frau, konnte man sehen, dass sie der Mittelpunkt jeder Party gewesen war. »Jeder Mann wollte sie haben. Die schönste und klügste Frau überhaupt«, hatte Jochen immer gestrahlt. »Aber ich, ich habe sie bekommen. Meine wundervolle Frau.« Daraufhin hatte er sie geküsst. Daran konnte Lilith sich genau erinnern. Lilith schritt die Straße entlang und spürte die warmen Sonnenstrahlen auf ihrer Haut, die sie dennoch heute nicht zu erwärmen schienen. Dann blieb sie stehen, es durchzuckte sie wie ein Blitz. Wenn Papa das gesagt hatte und dann Mama geküsst, hatte sie es sich nur ganz kurz gefallen lassen, ein wenig unterschwellig widerwillig. Dann hatte sie sich abgewandt. Immer. Liliths Blick schweifte unstet an den Häusern der Vorortsiedlung entlang. Ein Mann, es war ein Mann gewesen, von dem ihre Mutter geträumt hatte.

KAPITEL 26

Lilith und Anastasia
Breslau 2017

»Sieh nur, das ist für mich perfekte Harmonie!«, rief Lilith begeistert aus. Sie standen vor einer großen Fotografie der Synagoge Breslaus, auf dem Platz, auf dem früher das jüdische Gotteshaus gestanden hatte und heute ein jüdisches Museum errichtet worden war. Nach dem Abend auf Schloss Lomnitz und der langen Rückfahrt hatten sie heute ein wenig länger geschlafen und sich erst am späten Nachmittag auf einen Rundgang durch Breslau aufgemacht.

»In der Begeisterung für Architektur habt ihr zwei euch gefunden. Käthe und du. Das war noch einmal ein großes Glück für sie. Ich glaube, zu dir empfand sie mehr Verbundenheit als je zu mir.«

Lilith hatte den letzten Satz ihrer Mutter nicht wirklich wahrgenommen. »Diese vier Ecktürme umrahmen in absoluter Harmonie den Zentralbau. Und die Kuppel – sie streckt sich bis in den Himmel! Eklektizismus, Historismus – hier dürfen verschiedene Baustile zitiert werden, herrlich spielerisch.«

»Von hier aus wurden die Juden deportiert. Zu Tausenden.« Anastasia las von einer Steintafel vor, die auf dem Platz hing. »Von diesem Platz sind in den Jahren 1941 bis 1944 die Breslauer Juden durch die Nationalsozialisten in die Vernichtungslager deportiert worden. Wir wollen es niemals vergessen!«

Lilith hatte sich zu ihr umgedreht. Nun leuchteten ihre Augen nicht mehr.

»Ich glaube, ich kann mich daran erinnern. Wir haben es gesehen.«

Lilith setzte an, ihre Mutter mehr zu fragen. Aber plötzlich hing doch wieder dieses Tabu in der Luft. Sie schwieg.

»Komm, lass uns in die Ausstellung hineingehen. Über die Breslauer Juden.«

Anastasia folgte Lilith, offenbar froh, dass sie diesmal nicht weiter nachhakte.

Liliths Begeisterung über die dortigen Fotos der schönen neuen Synagoge wurde sofort getrübt, denn neben den alten hingen die Fotografien der bis auf die Grundmauern abgebrannten Synagoge.

»Ich habe es da erst richtig verstanden. Vorher nicht. Nicht wirklich. Aber in dieser Nacht. Der Reichskristallnacht«, murmelte Ana.

»Man nennt es heute die Novemberpogrome, weil Reichskristallnacht so schön, verklärend klingt. Verharmlosend. Zynisch«, berichtete Lilith ihre Mutter.

»Sieh mal her, hier wird ganz viel über die Gesellschaft der Breslauer Juden erzählt. Intellektuelle,

Künstler, Maler, Architekten, Wissenschaftler«, Anastasia rief sie in die andere Ecke der Ausstellung. »Edith Stein, Fritz Stern, die Nobelpreisträger Fritz Haber, Max Born, Alfred Kerr – es waren die Intellektuellen Breslaus.« Anastasia wandte sich zu Lilith um: »Wir kannten Paula Ollendorff. Sie war eine Freundin Käthes. Eine wundervolle Frau.«

Die beiden hatten sich danach einen Italiener in der Innenstadt gesucht und dort hervorragende Pasta gegessen. Ana hatte Lilith über die Intellektuellen Breslaus erzählt, wie sie sie in ihrer frühen Kindheit noch bei den Abendgesellschaften ihrer Eltern erlebt hatte. Früh waren sie ins Hotel zurückgekehrt, aber Lilith konnte nicht schlafen. Sie nahm sich eine Decke, schlang sie fest um sich und saß nun draußen, ein Glas Weißwein vor sich, und sah in den dunkler werdenden Himmel hinein.

Sie versuchte ihre Gedanken zu ordnen. Käthe hatte also, trotz aller Widerstände, den Mann geheiratet, den sie über alles geliebt hatte. Bis zu seinem letzten Tag geliebt hatte, über alles. Er jedoch, nun, er liebte sie auch, aber wohl nicht über alles, manch einer Versuchung konnte er nicht widerstehen, manch einer weiblichen Versuchung. Wen er mit Sicherheit über alles liebte, waren seine Kinder. Die immerhin Käthe vor dem sicheren Untergang gerettet hatte.

›Vor dem sicheren Untergang gerettet hatte.‹ –

Aaron. Wieder durchschoss Lilith solch ein Gedankenblitz. Unsinn. Es waren Käthes Kinder. Aber Aaron war nicht ihr Sohn. Nicht das Kind, das sie gerne mit Robert gehabt hätte. Robert, der mit einer anderen Frau verheiratet war. Das Kind, war es nicht ein wandelnder Vorwurf? Das Kind, das sie von Robert so gerne gehabt hätte. Das Kind einer anderen. Das Kind ihrer Freundin, der eine einzige Nacht mit Robert genügt hatte, um dieses Kind von ihm zu bekommen.

Wie musste Käthe sich damals gefühlt haben? Käthe hatte ihren Mann vermutlich mehr geliebt als ihre Kinder, auch wenn sie für ihre Kinder ihr Leben eigentlich hingegeben hatte. Nie hatte sie Anastasia eine mütterliche Zuneigung geben können. Ebenso wenig wie Ana Lilith diese ungetrübte mütterliche Liebe hatte offenbaren können. Wollte Anastasia als Wiederholung, als Wiedergutmachung, dass ihre Tochter nun ein fremdes Kind rettete?

Mama. Wie war das eigentlich mit ihr und den Männern?

Sie hatte Jochen geheiratet, die Stabilität an sich.

Plötzlich sah Lilith es sehr neutral. Die große Liebe? Nein, nicht wirklich da zwischen ihren Eltern.

Vielleicht wollte Anastasia dieses Erbe von Käthe nicht antreten. Sich nicht in einen Mann so verlieben, dass sie ihn über alles stellte, dass sie darüber sich selbst vergaß.

Wie nur sollte dann sie selbst eigentlich etwas in ihren Beziehungen richtig machen, fragte Lilith sich. Hatte sie überhaupt je eine Chance gehabt? Hatte sie Robert nur deswegen gewählt, weil er sowieso unerreichbar, weil ungeeignet für Beziehungen, ungeeignet als Vater war? Wollte sie lieber für die Scheinfigur schwärmen, als einen realen Mann nehmen?

Lilith blickte in den klaren Sternenhimmel. Sie wusste gar nichts mehr. Aber sie wusste, wie die Minute gewesen war, in der sie ihn zum ersten Mal gesehen hatte.

KAPITEL 27

Lilith
München 1986

Er lag da auf dem Boden, als ob er schon immer dort gewesen sei. Nie woanders gewesen, genau hier hingehöre, ins Wohnzimmer von Liliths WG. Ein schlaksiger junger Mann im engen weißen T-Shirt. Die Arme lässig hinter dem Kopf verschränkt, als ob nichts in der Welt ihn aus der Ruhe bringen könnte. Der Mund schmal, zu keinem Lächeln verzogen. Klugheit in seinem Blick, Intelligenz, durchdringen und verstehen wollen, ein Suchen, ohne zu werten.

Seine Augen blitzten sie durch die runde Nickelbrille an, als habe er vor, sie in dieser Sekunde bis zur tiefsten verborgenen Seite ihrer Seele auszuziehen.

Lilith kannte ihn. Letzte Woche hatte er als Assistent des Professors das Propädeutik-Seminar für Germanistik gehalten, was sie neben Architektur als Nebenfach studierte. Eigentlich eine dröge Angelegenheit. Was bedeutet Rhetorik, Poetik, Ästhetik? Was ist ein Zeichen, was ein Text? Wie zitiert man korrekt in einer wissenschaftlichen Arbeit? Solche und viele andere Grundbegriffe des Studiums mussten geklärt werden. Wer wie Lilith bereits eine Ahnung von Literatur und Literaturwissenschaft hatte, sollte diese Begriffe eigentlich kennen. Aber was tat dieser junge Assistent? Er erklärte diese Grundideen wie eine Philosophie. Er sah dahinter, versuchte zu erklären, warum zwischen Text und Zeichen so eindeutig unterschieden werden musste, dass ein Autor niemals mit der handelnden Person zu verwechseln sei. Er verwandte Zitate von Aristoteles über Umberto Eco und Ferdinand de Saussure bis zu Adorno, Foucault, Deleuze, Derrida. Er brachte Beispiele von Sophokles, Goethe und Brecht. Was er sagte, wie er es sagte, es war brillant. Er sprach voller Feuer und Begeisterung, voller Wissen und Differenziertheit.

Im Seminar herrschte ungewohntes Schweigen. Lilith hing an seinen Lippen. An dem, was er sagte, aber auch an seinen blitzenden Augen, an seinen feingliedrigen Händen, die durch die Luft fuhren und seine Emphase unterstrichen, an der Unruhe, dem Suchen und Fragen in seiner Stimme. Robert Balan, hatte sie nachgelesen, war sein Name. Er dozierte, mit einer Begeisterung, die Lilith so noch nie erlebt hatte. »Platon noch lehnte alle mimetischen, alle erzählerischen Darstellungen ab – nur ein verzerrter Schatten an der Höhlenwand sei die Poetik.« Lilith schmunzelte, sie kannte das Höhlengleichnis. Er fuhr fort: »Doch mit Ende des 19. Jahrhunderts gilt die zerbrechende Wirklichkeit als Selbstverständlichkeit. Wo soll dann noch ein Unterschied bestehen zwischen nur vermeintlicher Realität und Literatur, Kunst? Walter Benjamin sieht den ›Flaneur‹, den Träumer, den Umherwandelnden, als einzige Möglichkeit zu Erkenntnis.«

Bei Walter Benjamin ging wie von selbst Liliths Arm hinauf. Fast verwundert sah er sie an, er unterrichtete frontal, hatte um Fragen nicht gebeten. Er nickte ihr zu.

»Auch wenn Platon die Differenz zwischen Mimesis, der Literatur, dem Erzählten, betont, so ist doch sein eigenes Werk mimetisch, poetisch – er erzählt. Ich finde ihn damit gar nicht so entfernt von den modernen Philosophen wie Walter Benjamin.«

Er sah sie an. Er nahm sie wahr in einer Art, die Lilith nie erlebt hatte, er durchdrang sie. Eine Gänsehaut überzog ihre Arme.

»Ja«, sagte er dann. Sonst nichts. Eine kurze Pause, in der seine Augen, ohne zu blinzeln, auf ihr ruhten, dann fuhr er fort in seinem Vortrag.

Und nun lag er also im Wohnzimmer von Liliths WG auf dem Boden.

»Hey«, sagte Lilith.

Ein unverständlicher Augenblick entstand für Lilith, den sie ungläubig in sich aufsog. Schwer zu sammeln. Als ob um diesen Augenblick ein Zauber läge, magisch, unerklärlich. Als ob er sie ansähe und annähme, wie nie zuvor ein Mensch sie angenommen hatte. Als ob sie für immer wusste, dass sie bei ihm sein konnte, wie immer sie war. Mit Stärken, mit Schwächen, er würde sie annehmen, wertschätzen, würdigen. Als Lilith, die einzigartig war.

Er antwortete nicht. Sah sie an.

»Was zu rauchen dabei?«, fragte sie den schweigsamen jungen Mann, der da im Wohnzimmer lag und den ein für Lilith eindeutig zu riechender Marihuana-Nebel umgab. Nach einer kurzen Sekunde des Überlegens drehte er sich auf den Bauch, wobei Lilith seinen Rücken betrachtete, kramte in seinem Rucksack, der ihm soeben noch als Kopfkissen gedient hatte, und streckte ihr ein wenig Gras entgegen. Ebenso schweigsam nahm Lilith das kleine Tütchen, holte ihre Papiere aus der Tasche und klebte sie sorgsam zu einem Dreieck zusammen. Sie gab Tabak darauf, krümelte das Gras unter, schloss langsam den Joint und drehte ihn behutsam zusammen.

Er hatte wieder seine alte Position auf dem Rücken eingenommen und beobachtete sie mit seinem eindringlichen Blick. Behutsam fackelte sie den Rand des Joints ab, legte die Hände darum und nahm einen langsamen, tiefen Zug.

»Dich heirate ich mal«, sagte er.

»Ach so.«

»Wer Aristoteles und Walter Benjamin gelesen hat und so einen Joint drehen kann, die heirate ich mal.«

»Ach so.«

Als der Joint kaum abgebrannt war, lag er über ihr und küsste sie.

»Ey, ich habe dich gerade mal zehn Minuten alleine gelassen.« Niels war in das Wohnzimmer gekommen. »Robert, könntest du dich mal von Lilith herunterrollen und mir mein Gras geben?«

Der kümmerte sich kein bisschen um Niels und küsste weiter.

»Jetzt sag nicht, dass ihr das Gras alleine geraucht habt.« Niels schien wütend. »Ey, das kotzt mich jetzt voll an. Ich bin nur kurz weg, du kiffst mein Zeug und machst dich an Lilith ran. Wir wollten doch unsere Seminararbeit machen.«

Robert stand auf und nahm Lilith an der Hand. »Wo ist dein Zimmer?«

Sie führte ihn hin und war gerade noch klar genug, ihm ein Kondom in die Hand zu drücken, bevor sie sich im Rausch von Gras und Sex verlor.

Bevor sie einschlief, hörte sie ihn noch raunen: »Dich werde ich heiraten.«

Am nächsten Morgen war er fort.

Doch er kam wieder.

*

»Hallo«, rief Lilith, als sie die Haustür aufschloss. Ein vielstimmiges »Hallo« klang zurück. »Oh«, sagte sie, als sie das Esszimmer betrat, denn die ganze Familie saß dort. Anastasia, Käthe und Ludwig. »Ich wusste nicht, dass Oma und Opa zu Besuch sind!« Sie gab allen einen Kuss auf die Wange.

»Und wir wussten nicht, dass du uns mal wieder die Ehre eines Besuchs machen würdest«, antwortete Ana ihrer Tochter lächelnd, aber doch ein wenig spitz.

»Ich wollte eigentlich nur ein Buch holen, das ich noch hier habe«, sie stockte, »ich brauche es für das Studium.«

»Na, für einen Kaffee wirst du ja wohl Zeit haben«, sagte Ana und deutete auf den freien Stuhl am Tisch.

»Nein, eigentlich nicht.«

»Lilith, es ist Sonntag, und ich habe dich schon so lange nicht mehr gesehen. Bitte bleib doch wenigstens einen kurzen Moment und erzähle vom Studium«, bat Käthe. Lilith wusste nicht, was sie sagen sollte. Ihrer Großmutter schlug sie sonst nie einen Wunsch ab. Also, raus mit der Wahrheit.

»Unten an der Tür wartet jemand auf mich.«

»Oha«, rief Ludwig in seiner ganz speziellen Art. »Der Galan wartet unten auf Mylady.«

Anastasia sah Lilith verwundert an.

»Oha«, wiederholte Ludwig laut. »Und Frau Mutter weiß noch nichts davon! – Der Fall liegt klar. Entweder du, Lilith, holst ihn herauf. Oder ich werde es tun. Der junge Herr hat hier erst mal seine Aufwartung zu machen, bevor wir ihn mit dem jungen Fräulein spazieren gehen lassen.«

Lilith verzog den Mund. »Opa, bitte!«

Ludwig ließ sich nicht beirren. Natürlich spielte er ein Spiel, aber dass er es auch ernst nahm, war nicht zu übersehen. »So, also soll ich ihn heraufbitten?«

Ana mischte sich ein. »Lass sie doch bitte.«

Käthe hatte sich hingestellt und flüsterte Lilith ins Ohr: »Ist es etwas Ernstes?« Ein wenig hilflos zuckte Lilith mit den Schultern. »Verliebt?«, flüsterte Käthe weiter. Liliths Mundwinkel zuckten nur, aber Käthe stellte fest: »Sehr ernst also. Liebes, ich würde ihn gerne sehen. Wer weiß, ob ich noch oft die Gelegenheit haben werde, zu sehen, in wessen Hände wir dich geben werden.«

»Oma, ich bin erst neunzehn. Ich heirate morgen noch nicht.«

»Aber ich will den jungen Mann sehen, der deine Augen so leuchten lässt.«

Lilith gab nach und holte Robert herauf, der selbstbewusst den Raum betrat, sich brav mit »Robert Balan« vorstellte und jeden mit Handschlag begrüßte. Anastasia bot ihm Kaffee und Kuchen an.

»Der ist von mir. Mohnstreusel. So wie man ihn früher in Schlesien gebacken hat«, betonte Käthe.

Robert nahm einen Bissen, lachte Käthe an und erklärte: »Das ist der beste Kuchen, den ich je gegessen habe.« Es war nicht zu übersehen, dass er Käthes Herz damit gewonnen hatte.

Eine seltsame Stille breitete sich aus. Offenbar

wusste keiner so genau, wie die Konversation fort-
zusetzen war. Da blickte Robert auf, sah Ludwig an
und sagte: »Und Sie sind also der Streunersammler?«

Lilith seufzte innerlich.

»Der Streunersammler?« Ludwig war verwundert.

»Lilith hat mir erzählt, Sie sammelten Streuner.
Manchmal auch Tiere, Hunde, Katzen, kranke Vögel.
Aber vor allem Menschen. Die Menschen noch mehr
als die Tiere. Es konnte sein, so hätte ihre Mutter Lilith immer erzählt, dass man nach Hause kam und es
saßen am Tisch ein Maler, ein Musiker und ein Bau-
arbeiter. Sie hätten sie aufgesammelt, auf dem Weg
nach Hause.«

Käthe kicherte wie ein junges Mädchen. »Das hat
Ana erzählt. Genau so war es bei uns!«

Ludwig räusperte sich etwas pikiert: »Streuner. Hm,
es waren interessante Menschen. Ich mag interessante
Menschen.«

»Wir haben sie Streuner genannt«, kicherte Käthe
wieder. »Jedenfalls, wenn du nicht da warst.«

»Ich kann mir das sehr gut vorstellen. Ich mag auch
interessante Menschen«, erklärte Robert. Nun hatte er
auch Ludwigs Herz gewonnen.

»Ich erinnere mich an eine Situation. Nur, damit Sie
sich vorstellen können, wie das bei uns war, Herr …«,
begann Käthe.

»Robert, nennen Sie mich ruhig Robert.«

»Käthe. Ich bin Käthe.« Sowohl Lilith wie Anastasia sahen ein wenig verwundert in der Runde umher. Käthe war sonst wahrlich nicht jene, die sich früh befreundete. Auch Ludwig schien etwas irritiert, schloss sich dann jedoch an: »Ludwig, mein Name ist Ludwig.« Er machte eine angedeutete Verbeugung.

»Anastasia, oder: Ana.« Liliths Mutter konnte nun ja auch nicht anders, als ebenfalls nur ihren Vornamen zu nennen.

»Darauf trinken wir nun erst mal ein Glas Sekt«, entschied Ludwig. Wie ferngesteuert stand Ana auf, holte Sektgläser und einen Sekt. »Gekühlt ist der jetzt aber nicht.«

»Nehmen wir am Nachmittag auch ungekühlt«, wischte Ludwig diesen Einwand mit einer Handbewegung fort.

Der zimmertemperierte Sekt schäumte über, als Ludwig ihn öffnete. Ana seufzte und wischte schnell die Pfütze vom Tisch. Dann verschränkte sie die Hände übereinander. Offensichtlich schien ihr dies alles seltsam.

Käthe trank einen Schluck und kicherte schon wieder.

»Also, Robert, damit Sie – du«, verbesserte sie sich, »dir das vorstellen kannst. Ungefähr so wie jetzt hier war dann plötzlich mein Haus voll. Und eine Geschichte fällt mir sofort ein. Eines Tages brachte mein Mann – der Streunersammler – eine wunderschöne, aber verrückte alte Dame mit nach Hause. ›Heute haben sie mir doch tatsächlich Hundefleisch zum Frühstück gegeben‹, erklärte sie nach einer Tirade auf ihre undankbare Familie, die in ihrem großen Haus wohne und sie nun behandle wie ein altes Pferd auf dem Gnadenhof.«

»Ah, ich erinnere mich«, bestätigte Ludwig und erläuterte dazu: »Ich kannte ihre Familie, die, wenn auch etwas genervt von der zunehmenden Demenz der alten Dame, doch fürsorglich und liebevoll war. ›Das kann doch gar nicht sein‹, erklärte ich ihr also daraufhin sanft.«

Nun entspannte sich zum ersten Mal Anastasias Gesicht. »Das vergesse ich auch nie. Robert, diese alte, ein wenig demente Dame überlegte kurz und antwortete meinem Vater: ›Ja, Sie haben recht, Herr Vahrenhorst!‹ Erleichtert lehnte mein Vater sich dann zurück, dass sie nicht weiterhin solchen Unsinn über ihre Familie verbreitete.«

»Und dann«, Käthe hörte einfach nicht mehr auf zu kichern, so dass sie kaum die Geschichte zu Ende bringen konnte: »Mit einem Strahlen erklärte die alte Dame dann: ›Genau! Sie haben recht, jetzt fällt es mir wieder ein: Den Hund gab es zum Mittagessen!‹«

Alle lachten.

Lilith atmete tief ein und sammelte den Augenblick. Alle waren ausgelassen, befreit, fröhlich. Es war wundervoll. Robert, der Zauberer, hatte bei ihrer ganzen Familie das geschafft, was er auch bei ihr konnte. Er bezauberte und verzauberte, er brachte die Menschen zum Erzählen, er brachte sie zum Ausgelassensein. Die ganze Familie fühlte sich wohl, er akzeptierte jeden von ihnen so, wie er war, und alle spürten dies sofort. Er gab jedem Raum, betrachtete jeden wie ein Wunder, das es zu würdigen galt, in seiner Gesamtheit, mit Stärken und mit Schwächen. Und die Menschen ließen los, wenn er da war. Sogar ihre Familie, die doch sonst nie loslassen konnte, dachte Lilith. Robert, mein Zauberer, Robert, ich liebe dich. Was für ein Augenblick.

Jedes Gesicht prägte sie sich ein. Käthe kichernd. Ludwig, der sich daran erfreute, seine Frau unbelastet zu sehen. Ana, die in guten Erinnerungen schwelgte.

Ein Familienaugenblick. Tief und fest speicherte sie ihn.

Anastasia erinnerte sich weiter: »Als ihr Sohn sie längst abgeholt hatte, saßen wir noch ewig zusammen und lachten. Und wenn jemand etwas völlig Absurdes behauptete, so war unser familiäres Codewort dafür: ›Genau. Es war das Mittagessen.‹ Und wir wussten Bescheid.«

Lilith lächelte: »Das stimmt, der Spruch galt auch noch für mich!«

Als Lilith und Robert in der hereinbrechenden Dunkelheit das Haus verließen, hielt er Lilith an: »Du hast eine wundervolle Familie.«

»Manchmal. Öfter aber nicht.«

»Lilith, du bist undankbar. Für diese Familie hätte ich alles gegeben.«

Irgendwie ärgerte Lilith das.

»Ja, mein Großvater ist der wundervollste Unterhalter. Aber in der Nacht schreit er oft stundenlang und man kann ihn nicht aus seinen Träumen herausreißen. Meine Großmutter liebe ich über alles, aber meist sitzt sie da, mit abwesendem Blick, und ist die tiefste Traurigkeit in Person. Selten ist sie so präsent wie heute. Du hast irgendetwas in ihr berührt.«

Robert wollte etwas einwenden, doch Lilith ließ ihn nicht zu Wort kommen. »Weißt du, was ich glaube? Du hast sie an Ludwig erinnert, als sie sich in ihn verliebt hat. Manchmal erzählt sie mir davon. Er war der schönste Mann weit und breit. Galant, unterhaltsam, charmant, klug.«

»So wie ich eben auch bin«, grinste Robert.

Das provozierte Lilith noch weiter.

»Aber – er war ein Filou! Er hatte immer einen Blick für schöne Frauen. Das weiß ich von meiner Mutter. Und sie hat sich geschworen, jemand Verlässlichen zu nehmen. Keinen, dem man nie vertrauen konnte, wenn er abends fortging. Keinen, der die eigene Frau, und vermutlich auch die anderen, immer in Traurigkeit und Wehmut zurückließ.«

»Ach, und so bin ich auch?«

Lilith zog nur ihren Mund zusammen.

»Und deswegen wird deine Mutter mich vermutlich auch nie mögen.« Er sagte das sehr traurig.

»Ach Unsinn.«

»Doch, irgendwie hatte ich das Gefühl, dass sie etwas distanziert war.«

»Nimm das nicht so ernst. So ist sie immer. Abtastend. Mag schon sein, dass es ihr lieber wäre, ich würde einen Betriebswirt als einen Philosophen mit nach Hause bringen. Weißt du, Sicherheit bedeutet ihr sehr viel.«

»Und ich bin also unsicher.« Es schien ihn zu bedrücken, als ob er plötzlich erkannte, dass er nicht der Richtige, nicht gut genug, nicht beständig genug für Lilith sein könnte.

»Robert, nimm es nicht persönlich. Das ist ihr Problem. Sie ist immer distanziert. Zu allem und jedem. Vielleicht höchstens zu kleinen Kindern nicht.« Lilith hielt inne. »Ich erinnere mich nicht, dass sie mich je auf den Schoß nahm. Nein, sie hatte immer zu tun. Die Arbeit. Die Küche. Das Essen. Was weiß ich. Sie musste ständig nur Verantwortung tragen. Mich nicht. Mich nie.«

»Aber sie hat dich nie geschlagen.«

»Bist du geschlagen worden?«

»Ja.«

Lilith wollte die plötzliche Wehmut aus der Situation nehmen. Sie zog seinen Kopf zu sich und gab ihm einen Kuss auf die Nasenspitze. »Nun ja, auch wenn du es schon mal versprochen hast. Wir heiraten ja nicht morgen.«

Er lachte nicht, nahm sie ernst in den Arm und sie liefen schweigend nach Hause. Diese Nacht liebte er sie mit einer seltsamen Ernsthaftigkeit.

KAPITEL 28

Lilith
München 1988

»Du willst dein Studium hinschmeißen.«

»Ja.«

»Einfach so, obwohl du schon fünf Jahre studiert hast.«

»Ja.«

Lilith starrte ihn entsetzt an. Eigentlich hätte es sie nicht überraschen sollen. Er hatte nie wirklich ernsthaft studiert. In ihren wenigen Semestern, die sie nun hinter sich hatte, hatte sie wahrscheinlich mehr Prüfungen absolviert als er in seinen fünf Jahren. Aber er war brillant, er verstand alles, er las so viel, nur Prüfungen, die richtige Zielstrebigkeit waren nicht seine Sache.

»Robert, du bist begnadet. Du bist der geborene Geisteswissenschaftler. Schmeiß doch nicht alles hin.«

»Seien wir doch mal ehrlich. Ob ich nun examinierter Soziologe, Germanist und Philosoph bin oder nicht. Mich will doch so oder so keiner.«

»Das weißt du doch jetzt noch gar nicht.«

Stille breitete sich aus.

Lilith war enttäuscht, traurig, wütend auf ihn. Warum hielt er es nicht einfach aus. Warum brachte er es nicht zu Ende. Warum verschwendete er all sein Talent.

»Und was willst du stattdessen machen?«

»Ich will in den Nahen Osten. Reisen. Mindestens ein Jahr.«

»In den Nahen Osten?« Verblüffung, Entsetzen, Verwunderung mischten sich in Liliths Stimme.

»Ja. Das alte Osmanische Reich. Syrien, Jordanien, Iran, Irak, Israel und Palästina. Ägypten. Türkei. Wir werden nach Akaba reisen – wie Lawrence von Arabien, durch die Wüste. – Wir beide!«

»Wunderbar. Durch die Wüste. Ein Jahr lang. Du bist ja verrückt!«

Robert zog sie eng an sich: »Es gibt einen Ort, der für uns geschaffen ist. Er heißt Göbekli Tepe. Jungvermählte hängen dort ihre Wünsche an einen Maulbeerbaum. An einen Wunschbaum.«

Lilith sah ihn an. Kein anderer sprach mit solcher Ernsthaftigkeit bei jedem Wort wie Robert. War es ein Traum? Bei ihm war jeder Traum wahr. Sie sammelte den Traum.

»Es ist die älteste Tempelanlage der Welt, unvorstellbare zwölftausend Jahre alt. Einzig aus schamanischen Gründen wurde der Ort gewählt. Hier, zwischen Euphrat und Tigris, so sagen die Heiligen Schriften, war das Paradies.«

Er beugte sich zu ihr. »Wir werden davorsitzen. Und den Zauber des magischen Ortes einfangen. Und uns dann küssen. Wünsche haben wir dann keine mehr.«

Lilith war verzaubert von seinen Worten.

»Und du wirst zu Hause sein, Göttin Lilith! Weißt du, dass die Kanaaniter Lilith die Ba'lat, die ›heilige Gebieterin‹, nannten? Auf einer uralten Tafel aus Ur, diesem Ort Göbekli Tepe, nennt man sie Lillake. Lilith, Lillake, Ba'lat, meine heilige Gebieterin, meine Göttin.«

»Robert. Ich kann doch nicht mein Studium für ein Jahr unterbrechen. Einfach fortfahren. Meine Mutter würden mir nie einen Pfennig dazugeben. Robert, ich will auch nicht. Ich will nicht in den Nahen Osten. Ich will hier studieren. Vielleicht später mal.« Sie fing seinen traurigen Blick auf. »Vielleicht, wenn wir wirklich Jungvermählte sind.«

Robert sah sie lange an. Und Lilith wusste, was sie nun gerne von ihm gehört hätte. Und er wusste es auch. *Heirate mich.* Aber er sagte es nicht. Und sie wusste es, er konnte sich nicht binden. Es würde sein wie nach ihrer ersten Nacht.

»Irgendwann bist du wieder fort.«

Jetzt könnte er doch widersprechen. Ihr sagen, dass er immer bei ihr bleiben würde. Sich binden würde. Verantwortung tragen. Bleiben.

»Ja, das mag sein.«

Er konnte es nicht. Wieder auf der Flucht. Vor alten Dämonen.

Drei Wochen später war er fort.

Lilith war froh, als sie kurz darauf Tobias wiedertraf. Die erste große Liebe mit siebzehn. Er stand nun kurz vor dem Abschluss seines Betriebswirtschaftsstudiums.

KAPITEL 29

Anastasia und Lilith
Breslau 2017

»Ein Herrenhaus nannte man es«, korrigierte Anastasia Lilith. Sie standen vor einem Haus, das Lilith riesig erschien. Eine breite, sich verjüngende Treppe führte zu der doppelflügeligen Eingangstür. Daneben waren im Erdgeschoss jeweils vier Fenster rechts und links, während im Obergeschoss neun längliche mit Sprossen versehene Fenster prangten. Der mittlere Vorbau war leicht nach vorne gesetzt.

»Das war wirklich das Elternhaus von Großmutter Käthe?« Man konnte Liliths erstaunte Begeisterung aus der Frage heraushören.

»Aber ja! In der unteren Etage war nach dem Entrée der große Salon. Dort wurde getafelt, getanzt, wenn es einen Hausball gab.«

»Hausball – das klingt phantastisch!«

»Das klingt nicht nur so, Lilith, das war es! Dann gab es noch den kleinen Salon, für die Herren zum Rauchen. Und oben waren die Schlafräume und die Badezimmer.«

»Da hatte aber jeder genug Platz!«

»Allerdings nicht die Dienstmägde, die schliefen unter dem Dach in sehr kleinen Kammern.«

»Und die Männer, also männliches Personal?«

Anastasia dachte nach. »Es gab wohl einen Gärtner. Aber ich glaube nicht, dass er im Herrenhaus schlief. Nein, undenkbar. Ich weiß nicht, wo er schlief. Vielleicht im Dorf? Vielleicht auch im Stall.«

Die zwei Frauen standen weiterhin in einigem Abstand vor dem großen Haus und jeder nahm es für sich wahr.

»Wie heruntergekommen es ist.« Anastasia klang traurig empört. »Die Farben sind auch falsch. Das hat jemand noch mal angestrichen, mit Weiß und Beige um die Fenster herum. Aber es war gelb, ein wunderschönes Sonnengelb – und Weiß um die Fenster! Es sieht schrecklich aus, so.«

Lilith besah sich ebenfalls die Villa mit dem abblätternden Putz, die dennoch von früherer Pracht erzählte und auch im jetzigen Zustand sehr malerisch war. »Die unteren Fenster sind vernagelt, es wohnt wohl niemand mehr darin.«

»Es liegt doch ein ganzes Stück außerhalb von Breslau. So ein Bauwerk aufrechtzuerhalten kostet Millionen«, erklärte Lilith fachkundig. »Eigentlich gehört es unserer Familie.«

Anastasia schüttelte ärgerlich den Kopf. »Hör bloß damit auf. Die Generation deiner Großmutter hat ihr Leben damit verbracht, darum zu kämpfen und sich in Wunschträumen zu ergehen. Dieses Land ist Polen.«

»Aber wir haben gezahlt.« Anastasias Stimme klang ungewohnt bestimmt und bitter. »Für alles, was das gesamte Deutsche Reich getan hat. Wir hier oben im Osten. Die unten nicht. Nicht so wie wir.«

»Du hättest es also schon gerne noch, dein Elternhaus?«, fragte Lilith.

»Aber nein, es war doch nicht mein Elternhaus! Das Elternhaus deiner Großmutter. Käthe hat mich vorbeigeführt, es mir gezeigt, mir davon erzählt. Ich durfte nie hinein.«

Fragend sah Lilith ihre Mutter an, die aber nur mit den Schultern zuckte. Abrupt drehte Anastasia sich um und lief durch den verwilderten Garten zum Haus hin. Lilith hatte das Gefühl, dass sie auf dieser Reise gar nichts verstand.

Als Anastasia zurückkam, holte sie tief Luft. »Ich werde es dir erzählen. Alles. Für das Kind.«

KAPITEL 30

Anastasia
Breslau 1945

Anastasia bekam keine Luft mehr. Vor ihr stand eine Frau und der dicke Hintern im noch dickeren Wintermantel war genau auf der Höhe von ihrem Gesicht. Dicht an dicht standen die Menschen gedrängt. Ihre Koffer durften sie mitnehmen, obwohl die Männer den Weiteren, die in diesen letzten offenen Güterwagen drängten, die Koffer abnahmen. Sie blieben einfach draußen auf dem Bahnsteig stehen. Es war nun so voll, dass jeder stehen musste. Die Frauen und Kinder schrien und weinten. Mutti schob den Koffer Anastasia und Lenchen hin, die sich erleichtert daraufsetzten. Jetzt hatten sie immerhin ein wenig Platz zum Atmen.

Der Zug ruckelte an. Mit Sicherheit war der Wagen nicht dafür gedacht, Menschen im Winter zu transportieren. Nicht nur das offene Dach ließ den Schnee herein, vor allem aber die Holzplanken, die den Wind von allen Seiten wie eisige Peitschenhiebe hineinließen.

»Mutti, Breslau liegt jetzt hinter uns«, berichtete Anastasia, die aus einem Schlitz nach außen sehen konnte.

»Wir werden wiederkommen«, versprach Käthe ihr. Selma schnaubte hörbar auf.

Dann kam die Kälte. Eisige Kälte. Unfassbare Kälte. Schneeflocken, die mit dem klirrend kalten Wind auf Anastasia herabrieselten, obwohl sie doch weit tiefer als die anderen saßen. Die Kälte breitete sich in Anastasia von oben nach unten aus. Zuerst meinte sie ihre Nasenspitze nicht mehr zu spüren. Danach froren die Hände ein. Schließlich wurden ihre Füße zu unbeweglichen Eisklumpen. Nur in Schrittgeschwindigkeit bewegte sich der Zug vorwärts.

»Mutti, warum fährt der Zug nicht schneller? So kommen wir ja nie an.«

»Ich weiß es nicht, Anastasia.« Anastasia hörte am Ton von Muttis Stimme, dass diese weinte.

»Flugzeuge haben Partisanen abgesetzt«, erklärte Selma, die wie immer besser Bescheid wusste. »Sie befürchten Anschläge auf die Züge. Deswegen begleiten uns auch die Volkssturmmänner.«

Tatsächlich liefen manchmal die Männer mit Knüppeln bewaffnet neben dem Zug. Irgendwann gewöhnten sie sich an das langsame Zuckeln des Zuges, so dass Anastasia fast auf ihrem Koffer einschlief.

Plötzlich hörte man das Brummen, das alle hier kannten. Flugzeuge im Anflug. Anastasias Kehle verschloss sich. Angst triefte durch ihren Körper. Kamen nun die pfeifenden Geräusche der fallenden Bomben, die Erschütterungen? Wie immer wusste keiner, ob es deutsche oder feindliche Flieger waren. Schon vorher war es leise gewesen, längst hatte in der eisigen Kälte keiner mehr gesprochen. Doch nun merkte man, wie die aufkommende stille Panik den Frauen und Kindern die Kehle zuschnürte. Man konnte sie riechen, die Todesangst, fand Anastasia, es war der gleiche Geruch wie im Luftschutzkeller. Tiefflieger. So nahe waren sie bereits. Das Brummen ließ die Luft vibrieren. Der Zug war weitergefahren, mal etwas schneller, mal langsamer. Vielleicht hoffte der Lokführer dadurch ein schwereres Ziel zu sein, was natürlich ein sinnloses Unterfangen war. Sie waren ein perfektes, großes, wunderbares Ziel. Und dann kam ein Knall, der Anastasias Ohren zu zerschmettern schien. Die Menschen zuckten zusammen, sie brachen zusammen, obwohl man in der Enge nicht tief fallen konnte. Sie hielt die Augen fest geschlossen, in ihren Ohren dröhnte es weiter. Totstellen, nicht bewegen. Langsam ließ das Dröhnen in ihren Ohren nach. Eine seltsame Stille folgte. Augen fest geschlossen halten, nicht bewegen.

Endlich hörte sie ein Wimmern und Weinen. Weinen bedeutete leben. Sie lebten noch. Und die Flugzeuge entfernten sich. »Sie haben ein anderes Ziel angegriffen. In der Nähe, nicht auf uns. Mój Boże. Um Gottes willen. Nein, Gott sei Dank«, erklärte Selma. Sogar ihr konnte man das Beben vor Angst an der zitternden Stimme anhören.

Der Zug ruckelte weiter, als ob nichts geschehen wäre, Stunde um Stunde.

»Ich muss mal.« Lenchen hatte es wohl schon dreimal gesagt. Keiner antwortete. Alle wirkten zu starr vor Schock, um etwas zu tun, um etwas sagen zu können. An der sich verfärbenden Hose konnte Anastasia irgendwann sehen, dass Lenchen es laufen ließ. Nur kurze Zeit später erstarrte die nasse Hose zu Eis.

Am Abend hielt der Zug an. Ein Bahnvorsteher rief: »Alles aussteigen!«

Anastasia wollte es. Sie wollte es so gerne. Aber ihr Körper bewegte sich nicht mehr. Bisher war sie so auf ihrem Koffer eingequetscht, dass sie sich kaum einen Zentimeter drehen konnte. In den letzten Stunden hatte die Kälte sie auch kaum noch berührt. Käthe schubste sie an: »Los geht's. Geh, Anastasia!« Doch der Schubs reichte nur, um sie vom Koffer zu stoßen. Ihre Beine gaben nach und sie knickte wie eine Puppe um.

Nur wie durch einen Nebel nahm sie wahr, dass der Soldat, der sie anfangs in den Waggon gelassen hatte, sie hochhob und hinaustrug. Im Bahnhofsgebäude legte er sie ab, und Tante Selma und Mutti begannen, jeden Körperteil an ihr zu rubbeln. Doch dann deutete der Soldat auf Mutti und machte ihr ein Zeichen mit dem Kopf. Sie nickte und folgte ihm zum leeren Waggon. Nur im Nebel fragte Anastasia sich, warum sie wegging, wo sie doch endlich im Trockenen und halbwegs Warmen waren.

Sie übernachteten im Warteraum des Bahnhofs, was immer noch ein Privileg war, denn viele mussten draußen auf dem Bahnsteig bleiben. Anastasia und Lenchen kuschelten sich unter einer Daunendecke aneinander. Erst langsam begann Anastasia, ihre Füße wieder zu spüren. Wie klug war Selma nur, an die Daunendecke gedacht zu haben. Ihre Tante raunte ihnen zu: »Haltet die Decke fest. Die ganze Nacht. Keiner darf sie euch nehmen!« Selma selbst schlief auf den Koffern. Lenchen weinte leise.

»Sch«, sagte Anastasia beruhigend, »es wird schon werden.«

»Hast du es auch gesehen?«, fragte Lenchen.

»Was?«

»Das andere Mädchen, das kleine, haben sie rausgetragen. Und hinter den Zug in den Wald gelegt. Ana, sie hat sich nicht mehr bewegt, ich glaube, sie war tot.«

»Das ist doch Unsinn. Das kann doch nicht sein.«

»Doch«, nickte Lenchen, »dir war so kalt, du hast es nicht gesehen. Mich hat Mama unter ihrem Mantel gehalten. Ana, ich hab's gesehen.«

»Sch«, raunte Anastasia, »schlaf jetzt. Das hast du bestimmt phantasiert. Schlaf jetzt.«

Doch sie selbst lag noch lange wach. Es war kein Unsinn. Alles war möglich gewesen, was früher nicht einmal denkbar gewesen wäre. Was würde noch geschehen?

Mutti kam erst viel später. Eigentlich wollte Anastasia sie fragen, ob das stimmen kann, was Lenchen erzählt hat, doch Mutti sah so seltsam aus, so kalt. Wie eine Schlafwandlerin wirkte sie, nein, nicht einmal das. Wie eine Tote, nur ihre Hülle bewegte sich noch. Anastasia fragte nicht nach.

Am nächsten Tag wurden sie in aller Frühe aufgescheucht. Doch bis sie hinauskamen, waren diejenigen, die auf dem Bahnsteig übernachtet hatten, bereits in den Zug eingestiegen. Wieder kein Platz mehr. Wieder in den offenen Waggon. Doch da winkte der Soldat sie zu sich und ließ sie in ein geschlossenes Abteil. Zwei Plätze ließ er für sie frei machen, auf die sie sich abwechselnd setzen konnten. Was für eine Wohltat. Die anderen sahen sie mit bitterbösen Blicken an. Doch das war Anastasia egal. Hauptsache sitzen, Hauptsache ein Dach über dem Kopf. Obwohl es noch immer bitterkalt war. Es gab keine Kohlen zum Heizen des Zugs und durch die Ritzen zog es eisig kalt herein. Sie wickelten sich in die Daunendecken und überstanden auch diesen Tag. Alles war zeitlos geworden. Einatmen, ausatmen, dem Nebel nachsehen, der aus dem eigenen Mund kam. Seltsamerweise spürte sie keinen Hunger mehr, keinen Durst. War überhaupt noch ein Bauch da? Sie spürte es nicht. Wenn sie sitzen durfte, zog sie die Füße unter den Popo. Einatmen, ausatmen. Zeitlosigkeit. Sinnlosigkeit. Menschlosigkeit.

*

Im Zug verlor Mutti ihr Lachen. Obwohl doch so-wohl Tante Selma und ihr Junge jeden Morgen einen Sitzplatz bekamen, den sie abwechselnd benutzen konnten, ebenso wie Mutti, Lenchen und Anastasia. Obwohl diejenigen, die tags zuvor auf den Sitzplät-zen saßen, laut schimpften, verscheuchte der Soldat sie. Auch wenn es noch immer schrecklich kalt war, denn der eisige Wind zog fürchterlich durch die Rit-zen, war es kein Vergleich zur ersten Nacht! Auch im Zug vergruben sich Anastasia, Leni und Mutti in die Daunendecken, so dass nur noch ihre Füße zu Eis wurden.

Jeden Abend ging Mutti dem Mann hinterher. Noch etwas klären. In Richtung Toilette. Und kam zurück mit dem Blick, den sie von da an behielt. Bitter. Später wurde daraus verbittert. Ohne Lachen. Ohne Freude am Leben. Mit einer tief innen gelegenen Wut auf die Welt, die ihr auferlegt worden war. Mit einer Wut, die alle um sie herum traf. Mit dem Gesicht einer To-ten, ausdruckslos, leer, erstarrt. Das Gesicht, das frü-her einmal so schön war. Anastasia wusste, dass sie und Lenchen ihr ab da etwas schuldig waren. Wenn sie auch nicht wusste, warum. Es nicht wissen wollte.

Anastasia wurde erwachsen im Zug. Sie kümmerte sich um Lenchen. Mutti tat es nicht mehr. Sie war irgendwie nicht mehr da. Obwohl sie mit im Zug war, war sie verschwunden. Die Fahrt dauerte Tage. Und sie musste immer wieder etwas mit dem Volkssturmmann klären. Frühmorgens, bevor er die Schicht übernahm. Abends, wenn seine Schicht beendet war. Sogar mal mittags während der Schicht. Sogar mal nachts, ziemlich lange. Anastasia wusste nicht, was sie besprechen mussten. Aber es war nicht so, dass es schlimmer wurde durch die Gespräche. Nein, Mutti war schon nach dem ersten Gespräch gegangen, irgendwie, nach innen.

Es war schwer, sich um Lenchen zu kümmern. Es gab fast nichts zu essen. Wenn der Zug anhielt, öffnete Anastasia das Fenster und bot denjenigen, die schon draußen warteten, den Tabak von Vater für Lebensmittel an, Rüben, Kartoffeln, vielleicht ein Brot. Tante Selma hatte ihr das gesagt. Und es funktionierte. Geld wollten sie alle keines mehr, aber den Tabak. Sie teilte die Rationen auf. Mutti hätte sie immer etwas mehr gegeben, aber die aß fast gar nichts mehr. Als ob sie sich auflösen wollte. Nur wenn Anastasia sie anschrie, es ihr befahl, dann aß sie ein klein wenig von dem, was sie hatten. Mal Brot, mal rohe Kartoffeln, mal Rüben. Seltsamerweise ließ sie sich von Anastasia anschreien. Sie wusch sich das Gesicht, wenn Anastasia ein paar Tropfen Wasser bekommen konnte, wenn sie ihr das sagte. Und sie stand auf, um sich bei all dem Sitzen die

Beine auszuschütteln, wenn Anastasia ihr das sagte. Aber sie kümmerte sich nicht um Lenchen, wenn sie ihr das sagte.

Manchmal standen Frauen vom Deutschen Frauenbund oder BDM-Mädchen am Bahnsteig. Wenn Anastasia sie sah, atmete sie erleichtert auf. Fast immer bekam sie dann einen warmen Tee oder eine Suppe. Wer allerdings am meisten von den BDM-Mädchen bekam, war eindeutig Wolfi. »Mädel«, säuselte er dann zum Beispiel zu einer, »deine blonden Haare schimmern wie Gold. Noch nie habe ich so schöne Zöpfe gesehen.« Und schon bekam er nicht nur eine Suppe für sich, sondern Suppe in alle Teller der Familie, die er dem strahlenden blonden Mädchen mit ihren rotgewordenen Wangen reichte. Vor einer anderen kniete er sich nieder. »Dich werde ich einmal heiraten. Nie sah ich ein schöneres Mädel als dich.« Unter Gekicher bekam er einen ganzen Laib Brot. Manchmal trieb er es auch zu weit. Von einem Mädchen, dem er die Füße küssen wollte, erhielt er einen Tritt, der ihm ein deftiges blaues Auge eintrug. Dafür lag er nach dem Tritt so lange auf dem Boden und jammerte über das Unglück seines Lebens, dass seine Auserwählte ihn verschmähe, bis alle um ihn herum in lautes Lachen ausbrachen. Wolfi war wohl der Einzige, der immer mal wieder ein Lachen auf die Gesichter der Menschen zaubern konnte. Selbst das tretende Mädchen grinste ein klein wenig, als sie sich verzog.

Trotzdem hatte Lenchen immer Hunger. Was sie auch ständig sagte und dann auf Anas Schoß kroch. Mutti verweigerte ihr nämlich ihren. Wenn Anastasia nichts zu essen hatte, streichelte sie ihre Schwester oder sang ihr ein Lied oder sie knobelten – um nichts, ums Gewinnen. Eigentlich hätte Anastasia sie lieber öfter gewinnen lassen, aber das ging beim Knobeln einfach nicht. Anastasia wusste nicht mehr, wie viele Tage sie fuhren. Aber sie hatte aufgehört zu zählen. Es war so zeitlos. Man wurde stumpfsinnig wie ein Stück Vieh.

Manchmal übernachteten sie in Turnhallen, in denen der Boden mit Stroh bedeckt war, manchmal in Flüchtlingslagern, wo sie immerhin etwas zu essen bekamen. Lenchen liebte die Milchsuppe.

Wieder einmal warteten sie stundenlang auf einem Nebengleis. Offenbar hatte wie so oft ein Militärzug Vorrang. Ein Mädchen ging mit einem Handkarren am Zug entlang. Sie hatte ein großes Fass mit Wasser und reichte abwechselnd zwei Krüge mit frischem Wasser in die Fenster. Alle streckten begierig ihre Hände hinaus. Das Mädchen sah Anastasia, lächelte sie an und drückte ihr ganz bewusst den nächsten Krug mit frischem Wasser in die Hände. Anastasia packte den Krug fest und verteidigte ihn gegen andere, große Hände, die versuchten, ihn ihr abzunehmen. Das Wasser war warm, fast heiß. Herrlich. Anastasia nahm einen Zipfel ihrer Jacke, tunkte ihn ein und wusch erst Lenchen, dann Mutti und dann sich selbst damit. Ihr gegenüber saß eine alte Frau. Anastasia hatte sie schon ein paar Mal gesehen. Sie hatte wässrige und eitrige Bläschen an den Händen, teilweise blutige Stellen und halb aufgerissene Verkrustungen.

»Bleibt weg von ihr«, hatte Selma gesagt, »sie hat Krätze.«

Anastasia achtete gut darauf, dass weder sie noch Lenchen die Frau im Getümmel berührten. Sie wusch Lenchen, obwohl diese protestierte, als sie ihr in der Kälte und vor allen Leuten das Leibchen hochzog. Als sie zur alten Frau blickte, nickte ihr diese nur mit traurigen Augen zu. Anastasia reichte der Frau, die kaum mehr Kraft hatte, aufzustehen, den Krug mit dem mittlerweile grauen Wasser. Selma blickte sie missbilligend an, ließ es aber geschehen. Mutti hatte die Augen geschlossen.

Anastasia blickte aus dem Fenster. Aus dem offenen Waggon holten sie wieder eine Frau heraus und verscharrten sie im Schnee. Mittlerweile war Anastasia es gewohnt, aber sie passte auf, dass Lenchen es nicht zu oft sah.

Immer wieder hörte sie den einen Satz: »Schaffen wir es rechtzeitig?« Geflüster, verzweifeltes Klagen und aufmunternde Zurufe mischten sich nach diesen Worten.

Die Welt fuhr an ihr vorbei. Durch ein kleines Städtchen kamen sie gerade. Anastasia sah ein Postgebäude. Sie setzte sich kerzengerade auf. Etwas Entsetzliches fuhr ihr durch den Kopf. Ihre Post! Nie wieder würde sie ihre Kinderpost sehen und wieder damit spielen können. Natürlich, sie war eigentlich doch auch zu alt dafür, aber dennoch hatte sie jeden Tag, wenn sie ihre Schulsachen aus der Lade geholt hatte, den Bogen mit den gummierten Briefmarken angesehen und dabei gelächelt. Und nie hatte sie auch nur eine verwendet. Lenchen würde es nun auch nicht mehr können. Die Russen waren wohl schon in Breslau, hatten sie mittlerweile gehört. Und wüteten dort. Die Frauen wurden still und flüsterten so, dass die Kinder nichts hören konnten, wenn sie darüber sprachen. Einmal aber hatte Anastasia etwas gehört. Von einer Frau, wie Jesus Christus genagelt an ein Scheunentor. Und dann wäre eine Horde Russen darübergegangen, hatte eine Frau erzählt. Was Anastasia nicht verstand, denn die Russen konnten doch nicht ein senkrechtes Tor hochgehen. Oder hatten sie das Tor auf den Boden gelegt? Nun, ob sie noch über die Frau hinweggegangen waren oder nicht, gekreuzigt war auf jeden Fall schlimm genug. Aber wenn sie gelegen hatte, hätte sie es vermutlich doch überlebt, oder? Und nun also hatten die Russen ihre Post. Aber was sollten sie schon damit anstellen? Ob ein Russe sie mit nach Hause nehmen würde und sie seinen Kindern als Geschenk mitbringen? Seltsamerweise war das ein tröstlicher Gedanke für Anastasia. Nur die Briefmarken in ihrer Schublade, die sie immer aufgespart hatte, würden jetzt wohl nie benutzt werden. Traurig starrte Anastasia weiter hinaus in die eisige Landschaft.

Erst am nächsten Morgen ging es weiter. Auf dem Weg zum Zug sahen sie neben dem Bahnhof die dick mit Raureif überzogenen Bäume. Auf seltsam-unwirkliche Weise sah der Wald um die Gleise herum wie verzaubert aus. Wunderschön. Plötzlich drehte Mutti sich fort von den anderen und lief mit ganz langsamen Schritten auf den Wald zu. Zuerst wollte Anastasia mit Lenchen weiter, doch irgendetwas veranlasste sie, wieder zu Mutti zu gehen, die immer weiter in die falsche Richtung lief. Hatte Mutti die Augen zu? War sie verrückt? Sie steckte schon im knietiefen Schnee und lief immer weiter. Anastasia hatte Lenchen an der Hand. Mit ihr konnte sie unmöglich in den tiefen Schnee. Sie rief Mutti, doch der eisige Wind verschluckte jeden Ton. Verzweifelt sah sie sich um. Sie konnte Tante Selma nicht sehen. Sekunden verrannen. Mutti war schon so weit fort. Anastasia nahm Lenchens Hand und drückte sie fest in die Hand einer Frau neben ihr. Ohne auf das Schreien von Lenchen zu hören, begann sie zu Mutti zu laufen. Es war furchtbar schwer, in dem tiefen Schnee vorwärtszukommen. Sie wusste gar nicht, woher Mutti noch die Kraft nahm.

Mit schier unendlicher Anstrengung erreichte sie sie und zog sie am Mantel. Mutti drehte sich um und blickte sie an, als ob sie sie gar nicht erkannte.

»Komm zurück. Du gehst in die falsche Richtung. Der Zug fährt gleich los.«

Mutti schüttelte den Kopf und drehte sich wieder zum Wald hin.

»Mutti!«

Ein Schritt weiter in den Wald.

»Mutti! Wir schaffen es nicht ohne dich! Ich nicht. – Lenchen nicht.«

Käthe blieb stehen. Anastasia trommelte wie verrückt mit ihren Händen auf Käthes Rücken. Sie schrie wie ein Tier. Käthe drehte sich um. Ein Seufzen durchschüttelte ihren ganzen Körper, dann straffte sie sich. Wie damals. »Rücken gerade, Kinn hoch. Contenance.« Es ging nicht wirklich, aber sie nahm Anastasias Hand und gemeinsam gingen sie zurück. Die Letzten bestiegen bereits den Zug. Sie begannen zu laufen. Der Soldat hielt noch die Tür von einem Waggon auf. Er sah Mutti wütend an. Der Zug rollte an. Er wollte zuerst Anastasia die Hand hinstrecken, doch die schubste Käthe vor, die zuerst in den Zug gezogen wurde. Anastasia rannte mittlerweile. Der Zug entfernte sich von ihr. Sie konnte nicht mehr, sie war so schwach. Immer weiter entfernte sich die offene Tür. Doch dann sah Anastasia, wie Käthe mit dem Soldaten rang. Offensichtlich wollte sie hinausspringen zu Anastasia, aber der Soldat hielt sie mit Gewalt zurück. Ein Fuß von ihr hing bereits draußen. Plötzlich rannten Anastasias Beine wie von selbst, sie holte auf. Zwei

Hände packten sie und zogen sie in den Zug. Lange lagen Käthe und sie auf dem Boden und weinten.

*

Am Abend setzte Anastasia sich auf eine Bank vor dem Bahnhof. Obwohl es bitterkalt war, musste sie hinaus und Luft schnappen. Drinnen stank es fürchterlich. Die eine Toilette reichte bei Weitem nicht für die Anzahl der Menschen, die im Bahnhofsgebäude lagerten. Anastasia wusste, dass nicht nur die Kinder, sondern auch manche Mütter sich nachts in einer Ecke erleichterten. Hinaus in den Frost zu gehen, konnten viele nicht mehr ertragen. Es stank, nach altem Schweiß, nach Urin, nach Traurigkeit und Angst.

Manchmal musste sie hinaus und durchatmen, die Kälte in Kauf nehmen für Luft zum Atmen. Anastasia stand auf, es wurde zu kalt, wenn man saß, und lief den Bahnsteig auf und ab. Die Schneeflocken fielen sanft tänzelnd zu Boden und verbargen die eisernen, rostigen Schienen. Es hätte schön aussehen können. Früher hatte sie gerne drinnen gesessen, wenn der Ofen warm bollerte und sie den Schneeflocken zusehen konnte, die ihre Form veränderten, wenn sie herunterfielen. Anastasia hatte dann immer nach den herzförmigen gesucht, die selten, aber immer wieder am Fenster vorbeiflogen, und sich dann daran erfreut. Früher. Es war nur ein paar Tage her. Wochen.

Eine scheppernde Glocke kündigte den nächsten Zug an – es war einer der Lazarettzüge, die ohne längeren Halt weiterfahren durften, während die anderen Züge warten mussten. Sie warteten mit ihrem Zug hier in Lauban nun schon seit zwei Tagen. Niemand sagte ihnen, ob es keine Kohle mehr gab oder Fliegerangriffe stattfanden oder was sonst. Anastasia malte sich dann Geschichten aus, von Rehen auf der Schiene, obwohl sie genau wusste, dass es wohl eher Menschen waren. Jedenfalls hielt ihr Zug einfach an. Wenn es doch weiterging, so rief irgendwann jemand, tags oder auch mitten in der Nacht. Alle stürmten dann zu den Zügen, um sich einen erträglichen Platz zu ergattern.

Anastasia stolperte, sie hatte eine große Lücke im Kopfsteinpflaster nicht gesehen, weil der weiße Schnee sie verdeckt hatte. Schnee und Eis sprengten zum Teil die ohnehin schlechten Straßen auf und hinterließen kleine und große Krater im Boden. Anastasia fiel zunächst auf ihre Knie und dann bäuchlings in den Schnee. Als sie aufstand und sah, dass es durch die Strümpfe blutete, kniff sie den Mund zusammen. Jetzt würde sie so lange hier draußen bleiben, bis das Blut getrocknet war und Mutti es vielleicht an den dunklen Strümpfen nicht mehr sehen konnte. Sie hasste diese Strümpfe, sie kratzten noch mehr als ihre anderen. Die anderen, die weichen, dünnen, das war auch früher. Diese hier waren die wärmsten. Und nun auch die einzigen. Nein, nicht hinein zu Mutti. Bloß nicht ihr noch mehr Sorgen machen. Wirklich nicht.

Vorne am Bahngleis stand das Bahnwärterhäuschen. Zweistöckig. Aus dem Schornstein dampfte schwerer, grauweißer Rauch. Dort drin musste es warm sein. Wie fühlte Wärme sich an? Anastasia konnte es sich nicht mehr vorstellen. Sie sah, dass der Lazarettzug zum Wasserkran fuhr. Sie lief ihm nach und sah sich die Prozedur an, die sie mittlerweile gut kannte. Sie konnte schwer einschätzen, wie oft sie selbst zum Wasser- oder Kohletanken anhalten mussten, denn ihr eigener Zug hielt doch so oft.

»Na, Madla, bist nicht drinnen im Bahnhof in der Wärme? Is doch nüscht für Kinder hier in der Kälte, nich wahr!«

Sie zuckte mit den Schultern.

Er seufzte: »Woas notzt der Root, wenn der Oarme nischt hoot.« Anastasia kannte dieses schlesische Sprichwort. Natürlich nutzte kein Rat, ›wenn der Arme nichts hat‹. Nun also war sie die Arme, und dieser Lokführer wohl reicher als sie.

»Mein Sohn – mein Jingla –, der hat auch immer gern zugekuckt!«

Er sah sie an. »Megst das Rad drehen?«

Natürlich wollte Anastasia. Endlich einmal irgendetwas anderes tun als warten und frieren.

»Zieh mir mit der Eisenstange das Rohr über den Tank«, wies er sie an und öffnete den Einlauf des

Wassertanks. Anastasia zog an der schweren eisernen Stange, obwohl diese sich kalt in ihre Hände brannte. Endlich etwas tun, etwas erleben, irgendetwas. Etwas Schönes, etwas Interessantes, etwas, das ablenkt.

»Jetzt, Madla, das Rad aufdrehen«, rief der Lokführer ihr zu.

Obwohl sich das große, neben dem Wasserkran stehende Rad, das für Anastasia wie ein waagrecht stehendes Schiffsruder aussah, schwer bewegen ließ, gab sie sich alle Mühe, bis es sich quietschend in Gang setzte. Ein Schwall Wasser ergoss sich in den Tank. Während er wartete, bis der Tank in wenigen Minuten volllief, zündete sich der Mann eine Zigarette an.

»Wie oft müssen die Züge eigentlich anhalten, für Wasser?«, fragte Anastasia, die stolz auf ihre Arbeit war.

»Alle sechzig Kilometer für Wasser«, erklärte er. »10 000 Liter fließen dann in den Tank – das ist 'ne Menge, nich wahr!«, erklärte der Lokführer Anastasia. »Der Kohlenvorrat muss auch aufgefüllt werden, ein bis zwei Tonnen braucht man für solch eine Strecke. Die Kohle ist das Problem jetzt.« Das Wort Kohle klang bei ihm eher wie »Kaule«. »Ein Glück, dass ich den Lazarettzug fahr, wir kriegen Kohle. Ich bin gleich weiter und dann bald draußen aus dem Schlamassel hier.«

Er hielt inne, weil ihm in diesem Moment wohl klar wurde, dass eben dieses wissbegierige Mädchen nicht bald aus dem Schlamassel draußen war. Keiner wusste, ob sie es noch rechtzeitig sein würden.

»Wird schon, Madla, wird schon, Madla«, sagte er dann.

Er wollte gerade einsteigen, dann drehte er sich noch mal zu ihr um. »Horch mal, Mutzl, ich könnt dich schon hier bei mir in der Lok mitnehmen.«

Anastasia sah ihn fragend an. »Komm, steig ein, ich muss sofort los. Aber dich krieg ich schon raus aus dem Schlamassel. Mein Kober, mein kleiner frecher Junge, ist doch genauso alt wie du.« Er setzte sich in die Lok und sah sie fragend an. Längst hatte er Frau und Jungen rausgebracht. Und dies war seine letzte Fahrt hier in die Hölle.

»Mutti. Lenchen.«

Er zuckte mit den Schultern, schloss die Tür. Ratternd, mit einem gewaltigen Ausstoß von Dampf, fuhr der Zug an und setzte sich in immer schneller werdende Bewegung. Tatack, Tatack, nahm er Fahrt auf. Anastasia blieb stehen, sog den Geruch von Eisen und Kohle ein und sah ihm hinterher, bis er ein winziger Punkt war, der sich im Schneegestöber verlor.

Anastasias Beine schlotterten. Wie Eisklötze hingen die am Knie blutigen und vom Schnee nassen Strümpfe an ihren Beinen. Sie musste zurück. Sie spürte, wie ihre Haut zu erfrieren begann. Gestern erst hatte sie wieder eine schwarze abgefrorene Zehe gesehen, bei einem kleinen Jungen. Sie musste zurück in die Bahnhofshalle.

Käthe sah es mit einem Blick. Sie holte mit der Hand aus und Anastasia wusste, dass diese nun ihre Wange treffen würde. Sie hatte es ja auch verdient. Kein anderes Kind war so dumm wie sie, hinauszugehen und dann auch noch hinzufallen. Für ihr Erlebnis, ihr kleines Abenteuer müsste sie nun zahlen. Als nichts geschah, öffnete sie wieder die Augen und sah eine alte Frau, die Käthes Arm wohl aufgehalten hatte. Die Alte stand auf und wies Anastasia auf ihren Sitzplatz auf der Bank. In der Mitte des Bahnhofs stand eine lange Reihe hölzerner Bänke, Rücken an Rücken zusammengestellt. Diese Plätze waren begehrt. Nicht auf den frostigen Fliesen, sondern hier oben auf den Holzbänken, das war ein unvorstellbarer Unterschied. Meist durften nur Alte und kleine Kinder auf diese Bänke. Anastasia war sich nicht sicher, ob sie den Platz der alten Frau annehmen konnte, aber Käthe nickte ihr zu und sie setzte sich. Sie wussten beide, dass eine Nacht auf den Fliesen in diesen Strümpfen sie mindestens eine Zehe gekostet hätte. Die Alte fuhr ihr über den Kopf, lief zur gegenüberliegenden Wand und kauerte sich in eine Ecke. Anastasia betrachtete im Dämmerlicht die unendliche Girlande, die sich am Rande auf den Fliesen rund um die große Bahnhofshalle zog. Mäander hieß das Muster, wusste sie von ihrer Mutter. Irgendwie ging es im Kreis und doch immer weiter. Wie Anastasias Gedanken. Wie ihre Reise, hoffentlich. Hätte sie einfach in den Zug einsteigen sollen? Zu einem fremden Mann. Ohne Mutti und Lenchen. Nein.

Anastasia kannte die Stadt Lauban nicht, in der sie hier waren, hatte nur das Schild am Bahnhof gelesen. Es konnte eigentlich keine ganz kleine sein, denn dieser Bahnhof wäre fast so prächtig wie der Breslauer gewesen, lägen nicht Hunderte halb erfrorener zusammengekauerter Menschen auf dem Boden, die eher wie stumme Säcke aussahen, da sich kaum noch jemand bewegte. Unendlich ging das Muster in seinen Spiralen weiter. Die Fliesen hatten weiße Flächen und schwarze Ecken, die mit den benachbarten Fliesen zusammen schwarze Rauten im Weiß bildeten. Weiß, Schwarz, Rauten, Mäander. Anastasia verlor sich in den Formen und Farben. Wer dies gebaut hat, hatte gewusst, was Schönheit und Harmonie ist. Nur wohl nicht, wie unendlich kalt Fliesen sind, wie sie die Kälte speichern und vervielfachen können. Anastasia verfolgte die Muster in den Böden. An einer Stelle waren wohl auch hier die Fliesen aufgebrochen, dieser Winter war einfach zu kalt. Stattdessen hatte man sechs rote Backsteinfliesen eingesetzt, die sich unwirklich in diesem seltsam schönen Boden machten, fand Anastasia. Ob sie wohl wärmer waren? Nun, die rote Farbe nützte wohl auch nichts, vermutete sie. Sie zählte diese Steine wieder und wieder, eins, zwei, drei, vier, fünf, sechs, und wieder von vorne: eins, zwei, drei, vier, fünf, sechs, als ob dies die Kälte vertreiben und sie am Leben halten konnte.

Sie blickte durch die hohen Fenster hinaus. Draußen peitschte nun ein solcher Schneesturm, dass die Welt vor den Fenstern wie eine dichte weiße Wand erschien. Oben endeten die Fenster in großen Bögen. Früher hätte Mutti sie darauf hingewiesen, sie mochte jede Form von geschwungenen Fensterbögen und erklärte ihr und sogar schon Lenchen immer, welche romanisch, gotisch oder barock waren. Diese waren das alles wohl nicht, aber rund, doch Käthe hatte jetzt sicher keinen Blick mehr dafür übrig. Langsam schlief Anastasia unter dem Geräusch des gegen die klappernden Fenster schlagenden Sturmes ein.

Geweckt wurde sie von lauten Rufen: »Es geht weiter!« Käthe raffte schon Koffer und Decken zusammen und hob das noch schlafende Lenchen hoch. Selma nahm ihr den Koffer ab. Ihren trug Wolfi. Die meisten anderen waren schon draußen. Sie wussten, dass sie sich nicht allzu sehr beeilen mussten, der Volkssturmmann half ihnen ja. Als Anastasia sich aufrichtete und mühsam versuchte, ihre eisigen Glieder zu bewegen, sah sie, dass die alte Frau ihr gegenüber sich nicht rührte. Der Mann neben ihr schüttelte sie und versuchte sie am Arm hochzuziehen. Doch als er ihn losließ, fiel der Arm wie der einer Puppe auf den Boden. Kurz hielt der Mann inne und legte ihr den Arm sanft über den Körper. Käthe riss Anastasia hoch. »Komm.«

Anastasia sah, dass ihr Blick auch auf die alte Frau gerichtet war. Sie hatte es auch gesehen. »Komm.«

Die Tage verschwammen im Einerlei. Zeitlosigkeit. Eisige Kälte. Hunger.

Längst hatte Anastasia keine Ahnung mehr, wo sie waren. Sie drückte das heiß fiebernde Lenchen fest an sich. Zum Glück waren sie in einem Lager, in einer Turnhalle. Nicht nur, dass die Halle einen Holzboden hatte, die Kinder und Alten bekamen sogar zum größten Teil ein Feldbett. Anastasia hielt Lenchen fest im Arm umschlossen, kuschelte sich von oben bis unten an sie und gab acht, dass die Daunendecke sie ganz bedeckte. Seit Tagen hatte die Fünfjährige nun Fieber. Anastasia hatte mittlerweile genug tote Kinder gesehen, um Angst um sie zu haben. Bei Mutti wusste man nie, wann der Volkssturmmann kam und sie zu sich winkte. Deswegen schlief Lenchen immer bei ihrer Schwester. Aber sie hatte sich überhaupt ihrer Schwester angenommen, denn Mutti war so oft abwesend, dass sie manchmal nichts mitzubekommen schien. In den letzten Tagen hatte Anastasia das zum Laufen zu schwache Mädchen immer getragen. Es dämmerte noch nicht, wahrscheinlich war es gegen drei oder vier Uhr nachts, aber Anastasia bewachte die Atemzüge ihrer kleinen Schwester, die nach einer unruhigen Nacht nun regelmäßiger wurden. Sie hatte das Gefühl, diese Nacht war Lenchen auch nicht ganz so heiß gewesen wie die Nächte zuvor. Anastasia wünschte sich so sehr, dass sie nun wieder stärker und gesünder werden würde. Heute Nacht schien ihr auch der Husten nicht mehr ganz so kehlig aus der Tiefe zu kommen. Sie wusste, dass eine Bronchitis, die zur Lungenentzündung wurde, die meisten Kinder hier nicht überleben ließ. Sie wusste mittlerweile so viel, das sie vorher nicht gewusst hatte.

»Bist du wach?«

Wolfi stand vor ihrem Bett. Was machte er hier mitten in der Nacht?

»Gehst du mit auf Beute?«

Anastasia wusste, dass manche Kinder nachts durch die Städte streiften, verlassene Häuser suchten und nahmen, was sie fanden. Wolfi hatte oft etwas zu essen und zu trinken am frühen Morgen mitgebracht. Offensichtlich hatte er das Praktische von seiner Mutter Selma geerbt. Sie wusste auch, dass diese Streifzüge gefährlich waren. Wenn die Einwohner der Stadt jemanden dabei erwischten, dann war das Beste noch, dass man grün und blau geschlagen wurde. Einem Jungen hatte ein Mann mit dem Knüppel auf den Kopf gedroschen. Die anderen Jungen hatten ihn zwar zurückgeschleppt, aber er lebte keinen Tag mehr. Noch weitaus gefährlicher war jedoch, dass der Zug fort war, wenn man zurückkam. Man wusste nie, wann es weiterging. Anastasia hatte einmal erlebt, dass eine Mutter verzweifelt weinend auf dem Bahnsteig zurückgeblieben war, weil ihr Sohn auf nächtlichem Beutezug war. Was aus ihr wohl geworden sein mochte? Zweifelnd sah Anastasia Wolfi an, der immer noch, allerdings ungeduldig werdend, vor ihrem Bett stand. Sie hatte Hunger, ein Gefühl, das von innen her den Magen aufzubrechen schien, als ob Fingernägel die Haut von innen abzogen. Hungerschmerz, der einen irgendwann apathisch werden ließ. Doch wenn Anastasia an einen Laib Brot dachte, konnte sie ihn riechen, spüren, schmecken, bis sie die Augen öffnete und der Schmerz in ihrem Magen sie wieder in sich zusammensinken ließ.

Dann hörte sie einen unruhigen Atemzug von Lenchen und spürte deren hervorstehende Rippen unter ihren Fingern. Die Kleine brauchte etwas zu essen. Vorsichtig schlüpfte sie unter der Decke hervor, die sie dann wieder fest um das Mädchen schlang, warf sich einen Mantel um und folgte Wolfi und den drei anderen Jungen, die bereits warteten.

Draußen peitschte ihr die Kälte ins Gesicht. Es schneite. Aber keine hübschen Flocken, dafür war es zu kalt, sondern eine Art Sprühregen aus kleinen Eiskristallen, die einem das Gesicht vor Kälte verbrannten. Erfrieren fühlte sich genauso an wie verbrennen, wusste sie mittlerweile. Ein größeres Mädchen kam ihnen noch hinterhergerannt und schloss sich der Gruppe an. Sie wählten nicht die Hauptstraße, sondern kleine Nebengässchen. Kein Wort sagten sie und ihre Füße traten möglichst lautlos in den knirschenden Schnee. Anastasia schmerzte die Stirn, so kalt griff der Wind ihr Gesicht an. Einer der Größeren deutete auf ein Haus, das genauso dunkel war wie alle anderen. Anastasia wusste, dass die Jungen tagsüber ausspionierten, welches Haus verlassen erschien. Doch sicher konnte man sich nie sein. Sie schlichen über den Garten zur Rückseite des Hauses. Ein Fenster war eingeschlagen. Möglicherweise hatten sie das tagsüber bereits getan, da nachts die Gefahr größer war, durch ein lautes Geräusch die Nachbarn aufzuwecken. Einer der Großen öffnete das Fenster und nach und nach stiegen die Kinder hindurch. Kurz hielt Wolfi sie zurück, als sie als eine der Ersten einsteigen wollte: »Warte, wenn jemand drin ist im Haus, erwischt er die Ersten.« Er passte auf sie auf, spürte Anastasia, und eine warme Welle überflutete sie. Kaum hörbar flüsterte er in ihr Ohr: »Küche oder Keller, du musst schnell sein, jeder behält seine Sachen.«

Sobald sie im Haus waren, wurde ihr klar, was Wolfi damit gemeint hatte. Die anderen waren bereits in die Küche gestürmt. Anastasia hörte, wie hektisch die Küchenschränke aufgerissen und durchsucht wurden. Wolfi packte sie an der Hand. »Zu spät. Komm in den Keller.« Sie rannten die Treppe hinunter, wo nur das große Mädchen bereits im Vorratsraum stand, der weitgehend leer war. Das Mädchen stopfte sich gerade einen kleinen Sack Kartoffeln in den Mantel.

Mit einem Blick sah Anastasia, dass nur noch zwei Sachen im leer geräumten Vorratskeller waren. Rechts lagen Rüben im Regal, links eine Tüte mit Grieß. Sie wusste sofort, was sie brauchte, stürzte sich auf die Tüte und wollte sie gerade in ihren Mantel stecken, als das große Mädchen ihr die Tüte entriss und sie zurückschubste, so dass sie auf den Boden fiel. Dann wandte sie sich zu Wolfi um, der die Rüben einsammelte, und versuchte dort auch noch welche zu nehmen. Nur kurz blieb Anastasia auf dem Boden sitzen, dann überkam sie eine ungeheure Wut. Sie stand auf, nahm die zwei Schritte Anlauf und stürzte sich auf das große Mädchen, das von diesem unerwarteten Angriff auf den Boden geschleudert wurde. Anastasia ergriff die Grießtüte, die ihr bei dem Sturz aus dem Mantel gefallen war, rannte nach oben, durch das Fenster hindurch und zurück zum Bahnhof.

*

Käthe war wach und hatte das Bett von Anastasia verlassen vorgefunden. Nur kurz war sie verdutzt, aber als sie Wolfis Schlafstätte ebenso leer gesehen hatte, wusste sie, dass ihre Tochter, zum ersten Mal, auch mit den Kindern mitgezogen war. Sie legte sich zu Lenchen. Die fieberte immer noch. Wie lange eigentlich schon? Käthe wusste es nicht. Warum wusste sie es nicht? Sie musste doch wissen, ob es drei, fünf oder sieben Tage waren. Sie strengte sich an, aber sie konnte es wirklich nicht zuordnen. Sie sah hoch an die Decke. An Schlaf war nicht mehr zu denken. Wenn jetzt der Ruf erschallte ›es geht weiter‹, was dann? Plötzlich wurde ihr Blick klar, der in letzter Zeit immer so getrübt war, und in seltsamer Schärfe sah sie die flache Decke der Turnhalle. Natürlich bliebe sie hier. Natürlich würde sie auf Anastasia warten. Und dann eben zur Not zu Fuß weitergehen. Sie würde ihre zwei Töchter zu Ludwig bringen, oder sie würden alle zusammen sterben. In diesem Moment kam Anastasia an ihr Bett. Käthe sprang auf und umarmte sie, als ob sie sie erdrücken wollte. Am verwunderten Blick Anastasias konnte sie erkennen, dass sie dies wohl schon lange nicht mehr getan hatte. Dann holte Anastasia aus ihrem Mantel eine Tüte hervor. Es war Grieß! Unglaublich, Grieß! Ihre Tochter wollte beginnen, den Grieß zuzubereiten, aber Käthe schickte sie ins Bett zur Schwester. Sie machte Wasser warm und kochte den Grieß. Dann gab sie immer jeweils einen Löffel in Lenchens Mund und einen in Anastasias. Die kranke Kleine konnte kaum die Augen öffnen, aber schluckte jeden Bissen gierig hinunter. Und Anastasia lag da und ließ sich von ihr füttern wie ein kleines Kind. Dieses große, zu früh erwachsene Mädchen, das eigentlich doch hier liegen und sich von ihr wie ein Baby behandeln lassen wollte. Als die Blechtasse leergegessen war, strich sie ihren beiden Mädchen über den Kopf. Sie musste wieder ins

Leben zurückkehren, der großen Tochter die Last von den Schultern nehmen. Es war zu viel für sie.

Ein Gedicht fiel ihr ein. Es war von Baudelaire. In ihrer Internatszeit in Lausanne hatten sie viele Gedichte auswendig gelernt. Oft auf Französisch. Deswegen war sie auch nach Lausanne geschickt worden. Töchter aus gutem Hause mussten perfekt Französisch sprechen können. Aber sie mochte die deutschen Dichter fast noch lieber. Eichendorff, Brentano, Mörike – die Romantiker, aber auch die düsteren Poeten wie Hölderlin. Und natürlich all die französischen, von denen sie so viele gelesen hatte: Rimbaud, Verlaine und eben Baudelaire. Französisch. Die Sprache der Welt. Die Sprache von Kultur, von Anstand und Sitte. Ob sie je noch einmal Französisch sprechen würde?

Das Gedicht, es war so schön. *Les Fleurs du Mal.* Warum nur fiel es ihr jetzt ein?

Preis dir o Gott der uns zur drangsal leitet
Uns die wir unrein sind zum heilungs-fluss
Zum klaren filter der uns vorbereitet
Die starken auf den heiligen genuss!

Ja, sie war nun das Familienoberhaupt. Nicht Ludwig, nicht im Moment. Und auf keinen Fall Anastasia. Sie musste wieder die Verantwortung übernehmen. Die Drangsal, das zum Filter wird, zum heiligen Genuss. »Rücken gerade, Kinn hoch. Contenance!«

Sie wollte es glauben. Aber es war so schwer. So schwer, wenn die Erinnerungen sie überfielen. Die Demütigung sie in sich verschwinden ließ.

»Weiter geht's«, erschallte plötzlich der Ruf. Anastasia sprang auf, nahm die Decke und wollte Lenchen hochheben. »Das mache ich«, sagte Käthe und nahm ihr das schlaffe Kind aus den Armen. Lenchen hob den Kopf und fuhr sich mit der Zunge über die Lippen: »Das war gut, Mutti.« Es war, als ob wieder ein Funken Leben in ihr aufglomm.

Käthe blickte durchs Fenster. Neben dem Bahngleis lief eine Straße entlang. Unendliche Trecks zogen darauf. Pferdewagen mit Ackergäulen, die ebenso ausgezehrt schienen wie die meist mit schwarzen Kopftüchern verhüllten Frauen und Kinder, die neben den Planwagen gingen, um die Pferde zu schonen. Fast im gleichen Tempo, denn die Volkssturmmänner liefen neben dem Zug mit, um sie vor Eindringlingen notfalls mit Waffengewalt zu beschützen. So fuhr sie neben einer Frau, neben der ein etwa fünfjähriger Junge lief. Etwa so alt wie ihr Lenchen. Er stierte einfach nur vor sich hin. Seine Kniestrümpfe waren mit Bändern unter dem Knie zusammengehalten, dennoch konnte Käthe ein Stück Haut zwischen kurzer Hose und Wollstrumpf blitzen sehen. Dieses Stückchen Haut durchfuhr sie wie ein elektrischer Schlag. Er konnte es mit Sicherheit nicht mehr spüren, unmöglich bei der Kälte dort draußen. Seine ledernen Schuhe waren mit Schnee bedeckt, der ja doch meist knöcheltief war. Auf seinem Kopf hing eine viel zu große Männerkappe, die dennoch nicht ganz die Ohren bedeckte.

Er schien nichts wahrzunehmen. Die Mutter zog einen Handkarren, auf dem ein Koffer war und davor ein Bündel. Vielleicht Essen? Ob die da draußen mehr Essen hatten als sie im Zug? Weil sie doch an den Bauernhöfen vorbeikamen? Gleichzeitig hielten der Zug und der Treck neben ihr an. Die Frau und der Junge stoppten auch. Neben den Straßen war meterhoher Schnee. Keiner konnte dort hinein. Sie mussten alle auf der Straße bleiben.

Ohne nachzudenken, ging Käthe an die Tür. Der Mann stand an der Tür, die normalerweise unterwegs nicht geöffnet wurde. Die Gefahr, von den Menschen aus dem Treck gestürmt zu werden, war zu groß, obwohl die Volkssturmmänner ihre Gewehre bereithielten. Meist aber hatten die Gestalten da draußen dazu jedoch keine Kraft mehr. Nur die Blicke der eingefallenen Gesichter verfolgten manchmal die Menschen hinter den Fenstern in den Zügen.

Er öffnete ihr die Tür und sie lief hinaus. Draußen fiel keine Flocke vom unerbittlich grauen Himmel. Die Kälte fuhr Käthe wie ein Schlag ins Gesicht. Sie lief die wenigen Schritte zu der Frau. Sie hätte nicht sagen können, warum. Sie sah auf das Bündel in dem Wagen. Ein grauenhafter Instinkt. Sie schob die Decke auseinander und sah es. Es war ein Baby. Es war ein

Baby gewesen. Tot. Irgendwie konserviert durch die Kälte. Selig und tot.

Die Frau bewegte sich nicht, doch der kleine Junge drehte sich zu ihr. Er schüttelte einfach nur den Kopf. Käthe nahm ihr Tuch von den Schultern und band es um den Kopf des Jungen fest. Dann ging sie zurück zum Zug.

Am Abend waren sie in einer Turnhalle untergebracht. Irgendwo. Käthe wusste nicht, welche Stadt es war. Es war auch einerlei.

»Mutti«, flüsterte Lenchen, die sie in ihre Arme genommen hatte, »Mutti, erzähl uns eine Geschichte. Dann werde ich gesund, ganz gesund, ich weiß es genau.«

»Ach, meine kleine Helene, was soll ich denn erzählen?«

»Ein Märchen aus dem Märchenbuch, das immer ganz oben auf dem Regal stand.«

»Oje, welches denn nur?«, überlegte Käthe laut.

Anastasia hatte sich auch an sie geschmiegt. »Du hast mir mal eine Geschichte erzählt, als ich klein war. Es war die schönste meines Lebens.«

»So? Welche denn?«

»Ich weiß sie nicht mehr genau. Doch, es ging um eine Hummel!«

Sofort fiel Käthe die Geschichte ein. Sie war mit Anastasia Hand in Hand einen Feldweg entlanggelaufen. Spaziert, einfach spaziert, zu Zeiten, als man noch spazieren ging, wenn die Sonne schien.

»Mutti, sieh nur die Hummel da«, Anastasia hatte auf eine dicke Hummel gedeutet, die am Wegrand krabbelte. Offenbar besaß sie nur noch einen Flügel, den sie wild herumsurren ließ, der jedoch nicht genügte, damit sie sich in die Luft erheben und fliegen konnte. Mutter und Tochter besahen sich das traurige Wesen.

»Können wir ihr nicht helfen, Mutti?« Anastasias blaugrüne Augen verschwammen ein wenig.

»Ich fürchte, nein.«

Anastasia lag im Feldbett und konnte nicht schlafen.

»Mutti, ich denk an die arme Hummel. Ich fürchte, sie stirbt heute Nacht!«

»Meine süße Kleine. Kennst du denn nicht die Geschichte von der Bodenhummel?«

Anastasia schüttelte so heftig ihren Kopf, dass die wilden Locken umherflogen.

»Es war einmal eine kleine Hummel namens Malena. Sie war eine kerngesunde, sehr flotte Hummel, die gerne ab und an den einen oder anderen Hummelmann ansurrte, ihn dann aber stehen ließ, weil sie sich für eine Hummelfamilie für viel zu jung hielt. Stattdessen wollte sie noch beim Flugtanzwettbewerb der Hummeln mitmachen, auf den Hummelball gehen, das Hummel-Blütencafé besuchen und alles machen, was junge Hummeln eben gerne tun.

Doch in der Nacht, als sie vielleicht etwas spät

heimkehrte, überraschte sie ein fürchterlicher Sturm. Er wehte so stark, dass die Hummel kaum vorwärtskam. Sie sah bereits einen rettenden Baum, in dessen Rinde sie sich gut verstecken konnte, als eine Windböe sie hochhob und gegen einen umherwirbelnden Ast schmetterte. Das Hummelmädchen spürte nur noch einen furchtbaren Schmerz im linken Flügel, bevor sie das Bewusstsein verlor.

Als sie wieder aufwachte, sah sie ein paar riesige blitzende, runde schwarze Äuglein vor sich, von denen lange bebende Schnurrhaare in beide Richtungen fortführten. Die Bodenhummel schloss fest ihre Augen. Denn für sie war klar, das war die letzte Sekunde ihres Hummellebens. Fest hielt sie ihre Augen zugedrückt, bis es selbst für ihre Vorstellungen einfach zu lang dauerte. Sie öffnete ihre Augen – und sah genau das gleiche Bild wie vorher. Noch immer betrachtete das Mäuschen sie und schnupperte dabei aufgeregt mit den Schnurrbarthaaren wackelnd.

Irgendwie ärgerte das die kleine Hummel. ›Na friss mich halt. Oder willst du mit mir noch spielen?‹

›Kann man mit dir spielen?‹ Die Maus legte ihren Kopf schief.

›Was bist du für eine dumme Maus. Mäuse spielen manchmal mit uns, bevor sie uns fressen.‹

›Das machen die Katzen mit uns!‹, die Maus schnupperte noch mal, ›du riechst nicht, als ob du gut schmecken würdest.‹

Eigentlich sollte ich jetzt empört sein, dachte die Bodenhummel, aber natürlich war sie stattdessen sehr erleichtert.

›Du bist auf mich gefallen‹, erklärte die Maus, ›direkt aus der Luft. Ich habe mich ganz schön erschrocken!‹

Soll ich mich jetzt dafür entschuldigen, fragte sich die Hummel insgeheim.

›Zuerst hatte ich Angst, du willst mich stechen. Aber dann lagst du nur auf dem Rücken – und dein Flügel liegt dort daneben.‹

Die Hummel blickte neben sich und sah tatsächlich ihren eigenen wundervoll schimmernden Flügel abgebrochen auf den Steinen liegen. Mühsam humpelte sie zu ihrem Flügel und blickte entsetzt darauf, bis sie merkte, dass ihre Tränen auf den am Boden liegenden Flügel fielen.

›Nicht weinen, Hummel, wer braucht denn Flügel?‹, versuchte sich die Maus tröstend.

›Ich. Ohne Flügel kann ich nicht fliegen. Kann ich nicht fliegen, so kann ich nicht leben.‹

›Hummel, ich flieg doch auch nicht und kann leben. Jetzt kommst du erst mal in meinen Bau und dann sehen wir weiter.‹

Die Maus drehte sich um und deutete auf ein kleines Mäuseloch in der Erde.

Was blieb der Hummel anderes übrig? Sie humpelte hinter der Maus her. Und legte sich neben sie in ihren dunklen Bau. In dieser Nacht erzählten sie sich vom Hummel- und vom Mäuseleben. Am frühen Morgen sagte die Maus: ›Wie heißt du?‹

›Malena‹ antwortete die Hummel.

›Ich heiße Lotte‹, sagte die Maus, ›und du bist jetzt meine Freundin, Malena‹. Und dann schlief das Mäuschen ein.

Ein wenig wunderte sich die Hummel noch, bevor sie auch einschlief.

Das Mäusemädchen und die Hummel waren Freundinnen. Die Maus Lotte nahm die Hummel auf ihren Rücken und trug sie zu den schönsten Blüten auf der Wiese, wo die Hummel sich dick und rund trank. Dafür erzählte sie Lotte Geschichten vom Fliegen, vom Hummelball und vom Blütencafé. ›Du bist meine Bodenhummel‹, sagte irgendwann sehr liebevoll Lotte zu Malena und leckte ihr ganz vorsichtig über den Flügel.

Es war ein seltsamer Sommer, den die beiden da miteinander verbrachten. Es war ein schöner Sommer. Ein Freundinnen-Sommer.

Am Ende des Sommers aber passierte das Furchtbare. Lotte knabberte ganz versunken an einer Ähre auf dem Feld. Malena war nicht weit von ihr und blinzelte in die Sonne, als ein Schatten auf sie fiel. Es war der Schatten einer fetten schwarzen Katze, die sich soeben an Lotte anpirschte. Die Katze zog sich zusammen, und es war klar, dass sie nun mit einem Sprung auf Lotte zufliegen und sie packen würde. Unendliche Wut kam in Malena auf, sie fuhr ihren Stachel aus und aktivierte alle Kräfte, die sie hatte. Ohne dass sie genau wusste, wie, flog sie ein paar Zentimeter auf die Katze zu und stach ihr genau in den dicken Katzenhintern. Die Katze sprang, aber nur vor lauter Schmerz, nach oben. Lotte sah sie und rannte fort. Malena versteckte sich unter einem Grashalm und beobachtete, wie die Katze jammernd davonzog. Die beiden trafen sich im Mauseloch wieder.

›Du hast mein Leben gerettet‹, staunte Lotte die kleine Hummel Malena an.

›So wie du meines! Und ich glaube, ich kann wieder fliegen!‹, jubelte Malena.

Es bedurfte noch einiger Tage Flugtraining, bis Malena wirklich wieder hoch hinauffliegen konnte. Was sie tat und jede Sekunde dabei genoss. Doch abends kehrte sie immer heim ins Mäuseloch zu ihrer Freundin Lotte.

Die beiden lebten noch immer nebeneinander, als Lotte einen Mäusemann und Mäusekinder bekam und Malena einen Hummelmann und Hummelkinder.

Das war die Geschichte der Bodenhummel Malena. Und nun schlaft gut, meine zwei kleinen Hummeln.« Helene und Anastasia kuschelten sich an Käthe und schliefen kurz danach ein. Es war, als ob diesen Abend und diese Nacht alles Schreckliche gebannt sei und sie alle drei im Mäuseloch bei Malena und Lotte lebten, glücklich und geborgen.

*

Am nächsten Tag schien Lenchen zum ersten Mal seit Tagen wieder klar. Käthe legte ihre Hand auf Lenchens Stirn. Fast fieberfrei. Sanft fuhr sie ihr über die immer noch geröteten Wangen, die dennoch Gesundung zeigten. Lenchen schlug die Augen auf: »Mutti, ich habe Hunger.«

Käthe nickte. »Ja, Lenchen, und ich werde jetzt etwas zu essen besorgen, damit du eine große wundervolle Helene werden wirst.« Sie sah die verwunderten Augen ihres kleinen Töchterchens sowie die etwas zweifelhaft zusammengekniffenen Augen von Anastasia, die die Schwester in ihrem Schoß hielt. Zum ersten Mal fiel Käthe auf, dass Anastasia dürr wie ein kleines Gespenst war, dass sie diesen bitteren, aber wild entschlossenen Zug um den Mund hatte und Augen, die nicht mehr die eines Kindes waren.

Rücken gerade, Kinn hoch, Contenance. Das musste jetzt, in dieser Situation, heißen: kämpf. Sie ging zu dem Volkssturmmann, der sie verwundert ansah, als sie sich vor ihn stellte. Ihr fiel auf, dass sie nicht einmal wusste, wie er hieß. Und sie wollte es auch nicht wissen. Nicht einmal beschreiben hätte sie können, wie er aussah. Nun sah sie ihn. Er war wohl über sechzig Jahre alt, hatte ein Bein, das er hinterherschleifte, und einen Arm, der bewegungslos an ihm herabhing. Ob Kriegsverletzung oder schon so geboren, es war Käthe egal. Sie baute sich vor ihm auf und stemmte ihre Hände in die Hüften. »Ich brauche etwas zu essen. Für meine Kinder. Eier, Speck, Brot, Milch.« Er sah sie an und ein Spuckefaden zog sich aus seinem Mundwinkel. Vielleicht hatte er auch die gesamte eine Seite seines Körpers nicht mehr unter Kontrolle. Vielleicht ein Schlaganfall. Was er noch unter Kontrolle hatte, wusste Käthe allerdings genau. Mit einem hässlichen Grinsen machte er seinen Beutel auf, in dem Lebensmittel waren. Natürlich, die Volkssturmmänner bekamen immer vor ihnen das Essen, immerhin mussten sie ja meist neben dem Zug hermarschieren. Und sie vor Partisanen beschützen. »Beschützen«, das gedachte Wort hallte bitter in Käthe nach.

»Drei Eier, den Laib Brot und den Käse.«

Er holte das Geforderte heraus und gab es ihr. Sie ging mit ihm in die Toilette, drehte sich um und schob ihren Rock hoch. Ihre Hände legte sie fest an die Wand und schloss die Augen. Sie wusste, dass er nichts geiler fand, als wenn sie ihm ihren Hintern hinstreckte. Es würde schnell gehen. Sie betrachtete das Astloch in dem Holzbrett vor ihr. Mehr oval als rund. Dunklere Jahresringe, die sich um das hellere Holz drehten. Wenn sie vor- und zurückgestoßen wurde, drehte sich der Ring fast wie eine Spirale. Ihr wurde schwindlig, es würgte sie. Ein fester Stoß, ihr Kopf knallte gegen die Wand, der Schmerz ließ sie zurückkehren. Das war's. Als er sich die Hose hochzog und dabei seinen Rotz hinaufschniefte, sagte er: »Hure«, und lachte dann. »Na, da habe ich mir ja das richtige Flittchen herausgesucht. Du kannst es einem besorgen.«

Käthe streckte Anastasia die Lebensmittel hin, die zögerte, bevor sie zugriff. Dem lauernden Blick ihrer großen Tochter wich sie aus. Anastasia fütterte ihre Schwester mit den rohen Eiern, Brot und Käse, und beide wussten, dass die Kleine über den Berg war. Weder sie noch Anastasia aßen einen Bissen davon.

Eine Stunde später hörten sie den Ruf: »Wir sind gleich da. Da ist Karlsbad. Wir sind dort in Sicherheit!«

Nein, dachte Käthe, nein. Eine Stunde nur bis zum Ende der Reise. Bis zu Sicherheit und Essen. Und er musste es gewusst haben.

KAPITEL 31

Anastasia und Lilith
Breslau 2017

Lilith schreckte auf, als Ana, es musste schon Nacht sein, wie aus dem Nichts plötzlich vor ihr stand und umständlich und seltsam langsam in ihrer Tasche suchte, bis sie einen leicht vergilbten Umschlag herauszog.

»Als ich Käthes Wohnung ausgeräumt habe ...«, sie stockte. Als ob sie jetzt plötzlich, im Gegensatz zur vorherigen Geschichte, persönlich berührt sei, »... habe ich Briefe gefunden. Drei Briefe.« Sie betonte ›drei‹, als ob das ungeheuer wesentlich sei.

Liebesbriefe, schoss es Lilith durch den Kopf. Noch eine verbotene Liebe.

»Von Agnes.« Anastasia hielt den Umschlag in der Hand, als ob sie ihn eigentlich nicht hergeben wollte. »Heute Abend gebe ich dir den ersten.«

Sie stand auf, legte den Brief auf den Tisch, als ob sie ihn Lilith nicht direkt in die Hand geben konnte, und ging.

Lilith holte sich ein Glas Wein, bevor sie den Brief öffnete. Der kein Liebesbrief war, wie sie schnell bemerkte.

Liebste Käthe,

mein Weihnachtsbrief an Dich. Ich schreibe ihn jetzt, auch wenn ich nicht weiß, wann ich ihn Dir senden kann. Ich wünsche Dir und den Deinen ein schönes Weihnachtsfest. Wir haben wieder einen kalten Winter, einen sehr kalten. Er lässt mich erinnern. Und Du hast in Deinem Brief gefragt, wie es uns ergangen ist. Ich werde berichten.
Ich werde Dir auch berichten, weil Du mir Dein Leid geklagt hast, von Deinen Verletzungen erzählt hast und von Deiner Traurigkeit, die Du nicht überwinden kannst. Deswegen will und muss ich Dir von mir erzählen.

Kurz nachdem ihr gegangen wart, es war am 20. Januar, haben sie uns Frauen und Kinder mit Lautsprechern aufgerufen, die Stadt zu verlassen. Dann sind alle losgegangen. Käthe, Du kannst Dir nicht vorstellen, wie es war, welche Szenen sich abspielten. Es war eiskalt, das weißt Du ja. Die Bahnhöfe waren überfüllt, es wurde jede Stunde schlimmer. Jene, die einfach noch an einen Zug glaubten. Auch keinen Wagen, keine Pferde hatten, zu viele Kinder für einen Leiterwagen. Sie glaubten, weil es doch nichts anderes gab als glauben. Auf dem Freiburger

Bahnhof wurden Menschen zu Tode erdrückt. Am Hauptbahnhof lagerten Massen von Menschen, sie schliefen dort, hofften noch immer auf einen Zug, und erfroren. Aber, weißt Du, ich wäre auch gegangen. Ich weine jetzt. Weil ich weiß, welchen Preis ich später gezahlt habe. Aber ich hatte Peter doch gerade noch ins Kinderlandheim verschicken lassen. Er war zwölf, und er sollte sich doch mal sicherer fühlen. Nach Nürnberg. Aber ich hatte nichts mehr von ihm gehört. Du weißt ja, wie es damals war. Eigentlich hätte er schon nach Hause kommen sollen. Kam er aber nicht. Ich dachte, wenn er gerade auf dem Weg nach Breslau ist und ich fortgehe ... dann konnte ich doch nicht weg. Deswegen blieb ich.

Ach liebe Käthe, ich kann jetzt im Moment nicht weiterschreiben. Aber ich werde es Dir erzählen, alles. Du hast mir von Dir erzählt, alles. Ich werde es auch Dir erzählen. Aber nicht heute. Mehr schaffe ich nicht.

Sei fest gedrückt,
Deine ewige Freundin Agnes

KAPITEL 32

Anastasia
München 1954

Nach einem kurzen Blick ins Schlafzimmer sah Ana, dass Käthe schlief. Tief. Sie war sich manchmal nicht ganz sicher, ob sie vielleicht ab und an Schlaftabletten nahm. Jedenfalls war es schon früher Abend, und Ludwig hatte beim Frühstück schon angekündigt, er würde heute am Ostersonntag Richter Mornsen mit Gattin einladen. Ludwig war sofort, nachdem er zurückgekommen war, wieder zu Gericht gerufen worden. Es gab sehr wenige entnazifizierte Richter. Dass Ludwig nach seinem Ungehorsam gegenüber dem Gestapo-Mann als einfacher Soldat in den Krieg geschickt worden war, hatte ihm nun geholfen, sofort wieder in den Beamtendienst aufgenommen zu werden. Man brauchte dringend Richter.

Ein Blick in den Kühlschrank sagte ihr, dass auch nichts eingekauft war. Zudem wusste sie, wenn Käthe aufstand, würde sie sich zuallererst hübsch machen, und das nähme mindestens eine Stunde in Anspruch. Wenn dann keine Zeit mehr war, würde sie eine Flasche Wein und einen Käse herausholen und so tun, als ob das ganz selbstverständlich sei. Doch Ludwig zog dann die Augenbrauen zusammen. Er lud gerne Gäste ein und wollte sie auch entsprechend bewirten. Jeder konnte ihm ansehen, dass er das Verhalten von Käthe missbilligte. Dann folgte oft ein tagelanges Schweigen. Nein, das würde Ana nicht schon wieder aushalten.

Außerdem freute sie sich selbst auf Richter Mornsen. Mittlerweile hatte sie begonnen, Jura zu studieren, und Mornsen und ihr Vater kamen früher oder später immer auf ihre aktuellen Fälle zu sprechen, wobei Ana sehr gerne zuhörte, um etwas dabei zu lernen.

Sie nahm das neue Kochbuch aus dem Küchenschrank. Eine Freundin hatte es Käthe geschenkt mit der Bemerkung, es sei das Kochbuch schlechthin. Jede Hausfrau müsse es haben. Käthe hatte keinen Blick hineingetan. *Was Männern so gut schmeckt* von Lilo Aureden, las Ana.

Sie blätterte es auf und überflog das Vorwort. »580 sorgfältig ausgewählte und zusammengestellte Rezepte aus aller Herren Länder – eine kulinarische Weltreise! Und all das dafür, dass *sie* an Küchenruhm gewinnt bei *ihm*, der immer so anspruchsvolle Wünsche in seinem Busen hegt.

Er ist gar nicht so anspruchsvoll – er will nur ab und zu: ›Mal was anderes‹, wie jeder Adam.

Servieren Sie *ihm* das andere selbst – und Sie haben gewonnen. Und bleiben Sie selbst das, was Sie immer waren: die ewige Eva in immer reizender, verführerischer Verwandlung.

Herzlichen Glückwunsch und guten Appetit!«

Ana schlug das Buch noch einmal zu und besah sich das Titelbild. Eine Frau im roten Kleid mit heller Schürze tischte dem Mann, der sich begeistert über den Tisch hin zu Würstchen und Sauerkraut beugte, ein großes Mahl mit Fischen, Fleisch und Obst auf. Dabei lächelte sie mit süß rot geschminktem Mund. Hübsch würde Käthe heute Abend sicherlich aussehen. Vielleicht nicht so, Ana suchte innerlich die Worte, so geblümt-adrett-modern. Käthe zog sich elegant an, zugleich jedoch ausgesprochen weiblich. Sie wirkte viel edler, hochherrschaftlicher als die Frau auf dem Bild. Sie zog jeden männlichen Blick immer noch auf sich, lächelte dann huldvoll in alle Richtungen, parlierte. Alle bewunderten sie. Aber der Tisch war leer. Kein Ludwig, der sich begeistert darüber hätte beugen können. Ana seufzte und blätterte in dem Kochbuch. Unter ›Die Suppe ist Ihre Visitenkarte‹ fand sie eine Französische Zwiebelsuppe. Als Hauptspeise wählte sie Lamm.

Sie schrieb sich die Zutaten auf und lief, nachdem sie ein wenig Haushaltsgeld aus der Schublade genommen hatte, in den Kolonialwarenhandel zum Einkaufen.

»Oh wie schön, du hast für heute Abend gekocht«, war das Einzige, was Käthe sagte, als sie durch den Geruch der schmorenden Lammkoteletts geweckt wurde. Dann verzog sie sich vor ihren Schminkspiegel.

Während das Essen brutzelte, setzte sich Ana an den Küchentisch und dachte nach. Sie selbst müsste nicht hochherrschaftlich geschminkt sein, wenn ihr Mann mal Besuch nach Hause bringen würde. Aber sie wollte Essen bereitet haben. Sie wollte, dass er sich freut.

Noch einmal las sie die Stelle aus dem Vorwort: »Servieren Sie *ihm* das andere selbst – und Sie haben gewonnen.« Irgendwie war sie sich unsicher, ob mit dem ›anderen‹ nur das Essen gemeint war. Jedenfalls wollte sie, dass weder Ludwig noch irgendwann mal ihr Mann etwas anderes woanders haben wollte.

»Wenn man weiß, *wie*, dann kann man *ihn* immer wieder ›becircen‹ – und darauf kommt es an«, las sie weiter.

Warum eigentlich war er, ihm, ihn, immer schräg gedruckt. Ein seltsames Gefühl war in ihr. Sie wollte einen Mann haben, der sie mochte und ihr Essen schätzte. Aber warum war **er** immer so hervorgehoben.

Es roch gut, die Zwiebelsuppe mit dem überbackenen Käse konnte aus dem Ofen geholt werden. In dem Moment klingelte es. Ludwig war da. Das Essen war fertig, der Tisch gedeckt. Käthe war hübsch. Die Gäste konnten kommen. Es würde ein schöner Abend werden. Ludwig würde Käthe anlächeln. Und sie ihn anstrahlen.

Ana freute sich, als Ludwig, dem Duft des Essens folgend, in die Küche trat und ihr freudig zulächelte, bevor er sich ins Wohnzimmer verzog. Er war früh genug da, dass sie ihn nach einem eigenen kniffligen juristischen Problem fragen konnte.

»Vati«, Ana trat zu ihrem Vater an das Sofa, der gerade die Zeitung las. »Hast du einen Moment Zeit?«

Ludwig legte seine Zeitung beiseite und sah sie fragend an.

»Ich habe da einen Fall in der Uni und würde gerne wissen, was du dazu denkst.« Sie setzte sich ihm gegenüber auf den Sessel. »Ein Fall. Wir sollen eine Arbeit darüber schreiben. Und ich bin sehr unsicher.«

Ludwig nickte ihr auffordernd zu.

»Eine alleinlebende Mutter. Der Vater ist nicht aus dem Krieg zurückgekehrt. Ab und an gibt sie das Kind zu den Großeltern, den Eltern ihres Mannes. Das zehnjährige Mädchen hat lange Haare, die bis zu den Hüften reichen. Sie sind ihr ganzer Stolz. Dem Großvater missfällt diese auffällige Haarpracht. Als sie schläft, schneidet er ihr die Haare in Kinnhöhe ab. Seitdem weigert sich das Kind, zu den Großeltern zu gehen. Die Mutter unterstützt dies. Nun klagen die Großeltern auf Sorgerecht, sie wollen das Kind ganz in ihre Hände bekommen.«

Ludwig hatte während der Erzählung zu seiner Pfeife gegriffen, sie gestopft und angezündet. Nun verbreitete sich ein vanilleartiger Tabakduft, den Ana sehr liebte. »Wie alt ist die Mutter?«

»Dreißig.«

»Verheiratet gewesen mit dem Vater?«

»Ja.«

»Witwe?«

»Nein. Keine offizielle Todeserklärung des Mannes. Sie hat nie eine Todeserklärung beantragt. Es schien ihr nicht nötig.«

»Nun, Ana, sag mir erst einmal, was du denkst.«

»Tja. Einerseits war sie bereits mündig zum Zeitpunkt der Geburt des Kindes, ebenso wie zur Eheschließung. Ihr Mann hat also nie die Vormundschaft übernommen. Hier können also wohl kaum Rechte abgeleitet werden.«

Ludwig nickte. »Das sehe ich auch so. Das muss man aber detaillieren. Denn genau hierauf könnte die Seite der Eltern natürlich abzielen.«

»Ja. Aber selbst, wenn sie mündig und geschäftsfähig ist und das Sorgerecht derzeit hat, so lebt sie doch als alleinstehende Mutter. Das weist darauf hin, dass sie zu Fürsorge und Erziehung nicht vollumfänglich in der Lage ist.«

»Dies vermutlich wird die allgemeine Rechtsprechung sein. Du musst dir da andere Vergleichsfälle ansehen. Davon gibt es sicherlich einige.«

Ana notierte sich dies gleich als Aufgabe.

»Da die Eltern auch noch Eltern des nicht für tot erklärten Mannes sind, stehen sie direkt in der Fürsorgepflicht.«

Ana zog die Augenbrauen zusammen. »Wie dumm, dass die Frau sich nicht längst um die Toterklärung ihres Mannes gekümmert hat.«

»Ja. Daraus entstehen sehr häufig Probleme. Bei fehlenden Nachweisen ist das höchst schwierig. Und die Frauen halten es nicht für nötig. Stehen dadurch aber rechtlich immer in Abhängigkeitsverhältnissen. Das merken sie erst, wenn ein Problem daraus entsteht. Oder wenn es zu Erbsachen oder Grundstücksangelegenheiten kommt.«

»Also, suche dir all die Paragraphen heraus, aber die Chancen der Mutter stehen nicht gut.«

»Also, ich finde das nicht gerecht.«

Ludwig seufzte. »Wie oft habe ich das schon wiederholt. Die Justiz steht nicht für Gerechtigkeit, sondern für Recht. Leider.« Er nahm einen tiefen Zug aus seiner Pfeife und stieß den Rauch in die Luft. »Dennoch, wenn du klug argumentierst, hättest du bei einem Richter wie mir eine Chance.« Er lächelte und fuhr Ana über ihr krauses schulterlanges Haar. »Weil ich Mädchen mit langen Haaren mag.« Dann wurde er ernst. »Vor allem aber, weil ich Menschen mit Kopf und Entscheidungswillen schätze. Was könnte man daraus juristisch machen, Ana?«

Sie dachte nach. »Man könnte auf das Alter des Kindes pochen, eventuell das Mädchen persönlich bei Gericht ihre Reife beweisen lassen. Man könnte argumentieren, dass das Haareabschneiden in der Nacht, ohne Wahrnehmung und Widerspruchsmöglichkeit des Kindes, ein schwerwiegender Eingriff in ihre Persönlichkeitsrechte ist. Dass sie selbst dadurch kein Vertrauen mehr in ihre Großeltern hat und die Beziehung dadurch schwer gestört sei.«

»Zudem muss auch die Situation der Mutter geklärt sein. Arbeitet sie? Wie oft und wie lange muss das Kind zu Hause allein sein? Wie ist das Verhältnis der beiden? Wie sieht die finanzielle Situation aus? – Auch jene der Großeltern. Inwiefern hat die Mutter Eltern, die unterstützen können. Und so weiter. Das muss alles detailliert juristisch bewertet werden.«

»Du meinst also, dass man den Fall durchaus auch so auslegen könnte, dass die Mutter das Sorgerecht behalten kann?«

»Anakind, nach üblicher Rechtsprechung ist das eher unwahrscheinlich. Bei einem Richter wie mir hättest du als Anwältin der Mutter zumindest ein offenes Ohr, je nachdem, wie gut du juristisch argumentierst.« Er dachte nach, nahm wieder einen tiefen Zug. »Weißt du was, Ana«, er zögerte. »Nein. Wenn du Richterin sein wirst, dann wäge solche Fälle ab. Im Studium hingegen argumentiere für die Großeltern, alles andere wird dir vermutlich bei allen Professoren als grob irrig ausgelegt, ganz egal, wie gut du hier juristisch belegst. Lass das sein.«

Ein unangenehmes Schweigen breitete sich aus, bis Ana seufzend aufstehen wollte.

»Ana, eines möchte ich dir noch sagen.« Ludwig legte seinen Arm auf ihren und hielt sie davon ab, aufzustehen. »Ich weiß nicht genau, wie ich es sagen soll. Ich wollte immer, dass meine Kinder ehrgeizig sind und etwas erreichen. Aber wenn ich dich beobachte, mache ich mir beinahe Sorgen. Du lernst immer. Auch jedes Wochenende. Du gehst kaum aus, viel weniger als alle anderen in deinem Alter. Du bist immer ernst.«

»Ach Vati, ich mache das gerne. Ich liebe dieses Studium und ja, ich will etwas erreichen. Ich will die Note schaffen, um Richterin zu werden. Wie du.«

Dann sprang Ana auf und ging wieder zu ihrem Tisch. Die juristischen Erkenntnisse, die sie mit ihrem Vater soeben errungen hatte, wollte sie sofort für die Seminararbeit zu Papier bringen. Kurz blickte sie zum Fenster hinaus. Eigentlich machte sie der letzte Satz ihres Vaters ein wenig traurig. Sie hätte sich gewünscht, er wäre ohne Einschränkungen stolz auf sie. Sie machte ihr Studium bisher mit Bravour. Sie folgte seinen juristischen Fußstapfen. Und ja, sie war ehrgeizig, sie wollte etwas erreichen. Sie hätte sich gewünscht, er wäre rundum stolz und hätte nicht plötzlich Bedenken, weil sie zu viel arbeitete. Fast grimmig blickte sie auf ihr Papier. Manchmal hatte sie fast den Eindruck, er habe den Krieg nicht so erlebt wie sie. Nicht so gehungert, nicht so gelitten. Vielleicht gar nicht solche Überlebensangst gehabt? Auf jeden Fall nicht solche Demütigungen. Er war erst zurückgekommen, als sie in einer Wohnung lebten. Er hatte nie erfahren, was im Zug geschehen war. Er hatte keine Vorstellungen davon. Vermutlich hatte er auch viel erlebt, aber in Italien offenbar nicht so Schlimmes wie die Soldaten an der Ostfront. Ana hielt in ihren Gedanken inne. Jedenfalls sagte er das selbst immer. Ob es so gewesen war? Warum schrie er dann oft nachts in seinen Träumen? Oder wollte er es nur nicht mehr erinnern? So wie er vielleicht gar nicht genau wissen wollte, was Käthe geschehen war? Ana schüttelte den Kopf. Wie so oft, sie hatte einfach keine Ahnung. Sie wusste es nicht. Der materielle Verlust war für ihn nicht so wesentlich wie für Käthe. Ihm war Materielles nie so wichtig gewesen. Aus seiner Sicht hatte er nicht so viel verloren. Vielleicht. Zweifelnd hob Ana die Schultern, was wusste sie schon vom Innenleben ihrer Eltern. Käthe aber, und das wusste sie ganz genau, hatte alles verloren.

Verbissen nahm sie ihren Stift. Sie würde arbeiten, bis der Kopf nichts mehr aufnehmen konnte, bis die Buchstaben vor ihren Augen verschwimmen würden. Sie würde arbeiten, bis sie die Note für den Staatsdienst bekäme, bis sie Richterin werden könnte. Sie wollte ein sicheres Beamtengehalt, auf eigenen Beinen stehen, sich immer nur auf sich selbst verlassen können. Und vielleicht irgendwann Sicherheiten, ein Haus. Dann eine Familie. Kinder, denen sie alles bieten konnte, was ihr gefehlt hatte. Das wollte sie, und dafür würde sie alles tun.

KAPITEL 33

Anastasia
München 1955

Anastasia war müde. Sogar die Treppen zur Wohnung hinauf erschienen ihr heute mühsam. Sie hatte die ganze vorherige Nacht durchgelernt. Aber nun hatte sie ihre erste juristische Staatsprüfung hinter sich gebracht. Diesen Herbst würde sie ein wenig Ruhe haben. Sie hörte bereits vor der Tür das laute Gelächter einer kleinen Gesellschaft. Aha. Ludwig hatte also mal wieder ein paar Menschen eingeladen. Keine Ruhe also. Käthe war davon selten begeistert, zumal er ihr meist nicht davor Bescheid gab und spontan einlud, wen er gerade traf und gerne zum Abendessen um sich hatte. Sie machte sich deswegen auch keine große Mühe mit dem Essen. Wein war immer da, und ein paar Käsebrote mussten eben genügen.

Ludwig liebte es, seltsame Gestalten um sich zu versammeln. Mal waren es zwar Richter, Staatsanwälte oder Anwälte, manchmal aber auch Menschen aus der Politik oder der Medizin. Oft genug mischten sich darunter auch der eine oder andere Opernsänger, eine Straßenkünstlerin, ein Zauberer oder gar eine Tischrückerin. Ludwig liebte Interessantes, Neues, er wollte in Gesellschaft sein und Ungewöhnliches erfahren, Lustiges, Spannendes. Immer suchte er nach neuen geistigen Herausforderungen, nach frischen Ideen. Käthe hätte einen bürgerlichen und großbürgerlichen Freundeskreis bevorzugt. Jedoch, wer Ludwig langweilte, wurde nicht mehr eingeladen. Und da Käthe keine eigenen Freunde hatte, ihr einziger Bezugspunkt war weiterhin Ludwig, entschied auch er über die Gäste. Welche ›streunenden Hunde‹, wie Ana sie immer bei sich nannte, hatte er wohl heute wieder aufgesammelt?

Fünf Menschen saßen um den Tisch. Neben Ludwig und Käthe ein junger Staatsanwalt, den Ana bereits kannte. Er wurde sehr lustig nach ein paar Gläsern Wein, die er sich beim Richter Vahrenhorst immer gerne gönnte, und erzählte dann teils auch für Ana sehr witzige, pointenreiche Anekdoten, teils aber auch zotige Witze, die sie gar nicht schätzte. Früher hatte Käthe sich nach Ludwigs spontanen Soireen noch darüber aufgeregt, mittlerweile sah sie dann einfach nur mit ihrem gläsernen Blick in die Ferne.

Den zweiten Herrn am Tisch kannte Ana noch nicht. Daneben aber saß ein Feuerwerk an Frau. Auf ihren Haaren thronten drei lange Federn, die von einem Stirnband gehalten wurden. Ein grüner Seidenumhang, der Ana eher wie ein Morgenmantel vorkam, umhüllte die massige Figur. Die kräftigen Füße steckten in hochhackigen roten Pumps. Ana seufzte innerlich. Was nur war das wieder. Jedenfalls, an Schlaf vor Mitternacht würde sicher nicht zu denken sein.

»Anakind!« Ludwig sprang auf, nahm sie bei der Hand und führte sie zu Tisch. »Dies ist meine geliebte Tochter Anastasia. Sie ist brillant klug – ebenso wie schön«, er lachte sie an, »und studiert Jura. Meine Anastasia hat heute ihr erstes Staatsexamen abgelegt. Und ich nehme an, mit Bravour! Ich wette, sie wird eine der größten Juristinnen unserer wundervollen neuen deutschen Bundesrepublik. Sie wird juristisches Licht in dunkle Dinge bringen, sie wird Justitia in Person sein!« Ana mochte die in solcher Gesellschaft manchmal exaltierte, natürlich bewusst übertreibende Art ihres Vaters nicht. Aber sie konnte ihm nicht böse sein, denn erstens sprach er wie ein wundervoller Schauspieler, wie Gustaf Gründgens selbst, alle hörten ihm dann gerne zu, und zweitens wusste sie, dass jedes Wort von Herzen kam, er liebte Ana über alles, er war unglaublich stolz auf sie.

Dann stellte er sie der Gesellschaft vor, während Ana jedem freundlich die Hand gab. »Herrn von Eber kennst du ja. Dies ist ein junger aufstrebender Kollege, Staatsanwalt Breuninger. Und hier – «, Ludwig machte eine bedeutungsvolle Pause, »ist Madame Chopard!« Ana schwante Übles. Sie hoffte, es wäre nicht ganz so schlimm, wie sie es sich nun vorstellte.

»Aber als Erstes, Anakind, wie lief deine Prüfung?«

»Ich denke, ganz gut.«

»Erzähl uns den Fall!« Er wandte sich erklärend an Madame Chopard. »Zum Staatsexamen kommen immer besonders interessante Fälle. Wahre oder«, er zwinkerte, »gut ausgedachte.« Die zwei Juristen lächelten bestätigend.

»Du hast recht!« Ana lachte. »Das war ein Fall! Ich glaube, er ist ausgedacht. Aber – meistens geschieht das Verrückteste in der Realität. Also – wer weiß!«

Anastasia erzählte mit knappen, sachlichen Worten von dem Fall, über den sie geprüft wurde.

»Ein Ehepaar verlässt morgens das Haus, um zur Arbeit zu fahren. Doch der vor dem Haus geparkte Wagen ist weg. Gestohlen. Sie erstatten Anzeige bei der Polizei. Zwei Tage später steht der Wagen wieder vor dem Haus. Hinter dem Scheibenwischer steckt ein Brief, in dem sich der Dieb mit höflichen Worten entschuldigt: Er habe den Wagen wegen einer Familienangelegenheit dringend gebraucht, er habe keinen anderen Ausweg gesehen, es tue ihm leid. Um den angerichteten Schaden etwas wiedergutzumachen, überreiche er ihnen in dem Umschlag zwei Theaterkarten. Die Eheleute sind erstaunt, auch ein bisschen gerührt, und gehen zwei Tage später mit diesen Karten ins Theater. Ein großartiger Abend. Beschwingt kommen sie nach Hause. Ihre Wohnung ist aufgebrochen und leer geräumt.«

Bei dieser unerwarteten Wendung beginnt Ludwig

laut zu lachen und die anderen stimmen ein, nur Madame Chopard blickt erstaunt und unverständig, bis Ludwig erklärt: »Das waren Verbrecher. Und sie stellten so sicher, dass die Bewohner aus dem Haus waren.« Madame verzog stirnrunzelnd das Gesicht.

Anastasia nahm den Faden wieder auf. »Ich habe nicht gelacht in diesem Moment, das kann ich euch sagen! Ich habe fieberhaft bereits bei der Erzählung überlegt, auf was das hinaussoll, und war dann bei diesem Ende erst mal völlig verdattert.«

»Und welche Fragen stellten dann die Prüfer dazu?«, fragte Ludwig nach.

»Ab wann war das Vorgehen der Diebe als strafbarer Versuch zu werten: erst wenn sie gewaltsam in die Wohnung eindringen oder schon bei der Zusendung der Theaterkarten?«

»Oh!«, rief Ludwig aus. »Das ist ja juristisch hochinteressant. Und kompliziert!«

»Ja, aber das diskutieren wir dann mal unter uns Juristen aus«, lächelte Ana ihren Vater an.

Trotz dieses Einwandes musste jeder der Gesellschaft zu diesem witzigen Fall noch einen Kommentar abgeben, sie diskutierten hin und her, wenn auch auf wenig juristischem Hintergrund, wie Ana fand, die sich aber nicht mehr in die launige Diskussion mit juristischen Spitzfindigkeiten einmischte. Madame Chopard wandte zum Schluss ein, dass die Geschichte ja doch Unsinn sei, weil das gestohlene und zurückgebrachte

Auto doch mehr wert sein müsse als das, was in der Wohnung zu holen sei. Als die Gesellschaft nun noch diskutierte, ob etwa Diamanten in der Wohnung waren oder das Auto dann zum zweiten Mal gleich mitgeklaut, um das Diebesgut abzutransportieren, lächelten sich Ludwig und Ana an. Mit einer juristischen Auseinandersetzung hatte dies zwar nichts mehr zu tun, aber amüsant war es tatsächlich.

Mittlerweile war es schon spät geworden. Eigentlich hoffte Ana darauf, dass die Gesellschaft sich bald auflösen möge. Aber einerseits musste sie gar nicht erst versuchen, im Nebenzimmer zu schlafen bei dem Stimmengewirr, und tatsächlich war es doch diesen Abend wieder einmal sehr nett.

»Nun«, Ludwig hob wieder mit seiner Theaterstimme an, was alle auch sofort zum Verstummen brachte, »nun aber wird Madame Chopard uns noch in ihre Kunst einführen. Weißt du, was sie kann?«

Ana, an die die Frage gerichtet war, glaubte, gar nicht so genau wissen zu wollen, was die Dame im grünen Seidenmantel für eine Kunst konnte, aber es war klar, dass ihr Vater nicht aufzuhalten war. Käthe blickte leise missbilligend nach unten. Ludwigs Stimme wurde verschwörerisch leise. »Sie kann hellsehen.« Oje, dachte Ana bei sich, genau, das war es, vor diese ›Dame‹ gehörte eine Glaskugel, aus der sie die Zukunft las. Im Gegensatz zu Ludwig, der ein Faible für Okkultes hatte, fand sie dies einfach nur lächerlich.

»Und«, raunte Ludwig bedeutungsvoll weiter, »Geister aus dem Totenreich in Séancen rufen!«

Ojemine, dachte Ana.

»Werden Sie, liebe Madame Chopard, uns zum krönenden Abschluss dieses wundervollen Abends eine Kostprobe Ihrer Fähigkeiten geben?«

Madame versuchte sich in einem bescheidenen Lachen, das für Ana wie jenes einer Zirkusdame aussah.

»Gerne. Gerne, Herr Richter. Ich habe es Ihnen doch versprochen!«

Wo nur hatte er die aufgegabelt. Vielleicht in einem der wandernden Varietés, die er besuchte, sobald er sie sah. Immerhin, besser als die junge blonde Schauspielerin, die er beim letzten Mal eingeladen hatte und die Käthe, diesmal nicht mit abwesendem Blick, sondern sehr hasserfüllt, angeschaut hatte. Jeder in der Familie wusste, dass Ludwig manchmal erst sehr spät nach Hause kam, dass er manches Mal mit einer Frau im Arm gesichtet worden war. Dass er gerne im Tennisverein war, wo viele hübsche junge Damen spielten. Er sah aber auch immer noch wie ein junger Mann aus. Elegant, charmant. Käthe hingegen war gealtert, ein wenig rundlich geworden, manchmal ließ sie sich gehen und ihre Haare waren unfrisiert.

Ach ja, jeder wusste es. Aber er kam jede Nacht nach Hause. Was wollte man mehr, das war in manchen Haushalten auch anders. So schwiegen sie, alle drei, Käthe, Helene und Anastasia, immer.

Nun also eine Séance. Besser mit einer dicken Varieté-Glaskugel-Seherin als mit einer jungen Anwältin, versuchte Ana sich selbst zu trösten.

Ludwig forderte alle schnell auf, den Tisch mit abzudecken, was die seltsame Gesellschaft auch unkonventionellerweise lachend tat. Nur Käthe blieb sitzen. Im Hause Vahrenhorst war eben alles ein wenig anders als bei den anderen.

Als der Tisch leer war, forderte die Dame mit ihrer tiefen Stimme, fast eine Männerstimme, alle auf, sich an den Händen zu nehmen. Dass Ana dabei neben der ihres Vaters die schwitzige der Dame nehmen musste, grauste sie ein wenig.

»Wir schließen nun die Augen«, bestimmte Madame und begann dann seltsam zu brummen, bis es sich zu einem zittrigen Gewimmer aufschwang, aus dem heraus sie laut rief: »Geister, Geister der Verstorbenen, besucht uns. Ludwig, Käthe, Walter, Anton und Anastasia sind hier. Sie warten auf euch. Auf euch, die schon lange um sie herum sind, so gerne aus dem Totenreich den hier Anwesenden etwas sagen möchten und es bisher doch nie konnten. Ludwig Vahrenhorst. Käthe Vahrenhorst. Walter von Eber. Anton Breuninger. Anastasia Vahrenhorst. Sie warten auf euch. Auf euch, die Verstorbenen, die ihnen wichtig sind, die für sie wichtig sind.«

Wieder Gebrummel, Gewimmer, dann plötzlich kratziges Geschrei, bis sie mit einer nun hellen jungen

Frauenstimme anhob zu sprechen. »Anton, hörst du mich?«

»Ja.« Der junge Anwalt sah fast verängstigt zu Madame Chopard. »Ich sehe eine junge Frau«, erklärte diese nun mit ihrer eigenen tiefen Stimme, »schlank, braunhaarig. Wissen Sie, wer sie sein könnte?« Der verdatterte Anton schüttelte den Kopf. »Eine junge Frau, aus dem Totenreich, die Sie sprechen möchte.« Anton zuckte verwirrt mit den Schultern. »Ah, sie kommt näher. Vielleicht ist sie doch eher in mittleren Jahren.«

Plötzlich ging ein Ruck durch den jungen Mann. »Vielleicht doch blond?«

»Ja, doch blond. Ein dunkles Blond.«

Anton schüttelte den Kopf.

»Oh, sie kommt näher. Näher ins Licht. Nun sehe ich es, eine Frau mit hellblondem Haar.«

Aus Antons Augen kugelte eine Träne. »Meine Mutter, es muss meine Mutter sein.«

Ana seufzte kaum hörbar auf. Natürlich, irgendeine tote Frau würde sich ja wohl im Familienkreis finden lassen. Erst braun, dann hellblond. Du meine Güte, war das durchsichtig. Nicht nur sie hatte mittlerweile die Augen geöffnet, sondern auch ihr Vater, der ihr verschmitzt zuzwinkerte. Trotz seiner offensichtlich immer wieder bestehenden Hoffnung, das Übersinnliche zu entdecken, war er nun so leicht auch nicht hinters Licht zu führen. Anton jedoch zitterte nun am ganzen

Körper und hielt die Augen fest zusammengepresst. »Mama!«, schrie er.

»Anton«, gellte es nun wie mit einer fremden Stimme aus Madame Chopard. Dann wieder ihre tiefe Tonart: »Oh, sie schwindet, sie schwindet, es gelingt ihr nicht, länger zu bleiben. Sie winkt. Doch, sie ruft noch etwas.« Madame tat, als ob sie in die Stille lauschte. »Ich liebe dich!« Anton weinte nun herzzerreißend. »Ich liebe dich, hat sie gerufen, bevor sie zurück ins Totenreich reisen musste«, erklärte die Dame bestimmt. »Und sie hat glücklich dabei ausgesehen.« Es dauerte einige Minuten, bis Anton sich fasste und in abgebrochenen Sätzen den anderen erklärte, dass seine Mutter gestorben sei, als er drei Jahre alt war. Entsetzlich sei es immer für ihn gewesen, dass er sich einfach nicht mehr an sie erinnern konnte. Nur das Foto seiner hübschen jungen Mutter mit den flachsblonden Haaren trage er immer mit sich herum, bis heute. Er holte seine Geldbörse heraus und reichte eine abgegriffene Fotografie herum. Ludwig und Ana bemühten sich, ein ernstes Gesicht zu machen. Die Scharlatanerie war für sie beide zu offensichtlich. Aber Anton war so entsetzlich gerührt. »Immer wollte ich wissen, ob sie mich geliebt hat«, wiederholte er ein ums andere Mal. Käthe sah abwechselnd ihn und Madame Chopard fasziniert an. Ihre Skepsis war bei Weitem nicht so ausgeprägt wie jene von Ludwig und Anastasia. Ach je, dachte Ana sich, ich weiß schon, wer das nächste Opfer ist.

Immer die Leichtgläubigsten. Eines musste man den Scharlatanen lassen, in Psychologie und Menschenführung kannten sie sich aus.

»Aaaaah«, schrie in dem Moment Madame Chopard bereits auf und erhob ihre Hände, was die anderen sofort als Aufforderung verstanden, den Handkreis wieder zu schließen. Madames Hand war noch schwitziger, stellte Ana fest.

»Aaaah«, schrie sie wieder gellend. »Ich spüre noch jemanden aus dem Totenreich zu uns kommen.« Brummen, Wimmern. »Wen willst du besuchen?« Gewinsel.

»Es ist ein Baby. Es kann noch nicht sprechen. Oooooh, ich muss erfühlen, was es sagt.« Anastasia hatte die Augen nicht mehr geschlossen und blickte nun sehr kritisch zur schrillen Frau hin.

»Käthe. Es will Käthe etwas sagen!«

Anastasia sah, wie ihre Mutter in diesem Augenblick die Augen aufriss. Entsetzen stand in ihrem Blick. Absolut da war sie, wie seit Langem nicht mehr, nicht abwesend, ganz anwesend. Ein Brennen in ihrem Blick. Fast wie ein Wahnsinn.

»Es ist gut, es ist alles gut, will es Käthe sagen. Das ist es. Es ist alles gut.«

Ein Schrei. Wie von einem Tier. Wie von einem sterbenden Reh. Unmenschlich. Gewaltig. Von unerträglichem Schmerz. Er kam von Käthe. Dann brach sie zusammen.

KAPITEL 34

Anastasia
München 1956

»Vati«, Helene legte ganz sanft ihren Kopf auf seine Schulter. Mit einem Lächeln quittierte er, dass seine Tochter nun bestimmt etwas von ihm wollte. Helene war, seit er aus dem Krieg zurückgekehrt war und sie ihn nicht als ihren Vater erkannt hatte, immer ein wenig distanziert zu ihm geblieben. Anders als Ana, die ihren Vater über alles liebte, fast vergötterte. Nie hatte sie ihn ganz als elterliche Autorität anerkannt. Eigentlich hatte sie sich in ihrem Leben, wenn überhaupt, immer nur Ana gefügt. Deswegen genoss er es umso mehr, wenn sie liebevoll zu ihm war, selbst wenn er wusste, dass dann meist ein Wunsch folgte, dem er dann auch nur in den seltensten Fällen widerstehen konnte.

»Vati, schenkst du uns Kinogeld?«

»Was kommt denn?«

»Ein Film, den alle gesehen haben müssen. Alle reden darüber. Er muss wundervoll sein.«

»Ja, was denn?«

»Sissi. Es geht um die Kaiserin Elisabeth.«

»Na, das klingt ja fast historisch. Da kann ich ja kaum nein sagen.«

Helene hauchte ihm einen Kuss auf die Wange.

»Hol mir mein Portemonnaie von der Kommode.«

Helene hüpfte mit ihren siebzehn Jahren wie ein kleines Kind durch das Zimmer und tänzelte mit dem Portemonnaie zurück.

Ana, die die ganze Zeit halb versteckt an der Tür stand, konnte nicht anders, als leise in sich hineinzulachen. Dieses Lenchen, mittlerweile wollte sie lieber Helene genannt werden, Schauspielerin pur. Wie immer war es gut gewesen, sie vorzuschicken. Wenn jemand die neunzig Pfennig Kinogeld von Vati lockermachen konnte, dann sie.

Kurz darauf hörte sie Wasser in die Badewanne plätschern. »Nein!«, murrte sie halblaut, aber sie wusste genau, dass Helene sich nun mit ihrer Jeans in die Badewanne setzen und dann vermutlich frierend eine Stunde draußen, immerhin schien die Sonne, herumspazieren würde, damit die Hose halbwegs trocknete, bis sie ins Apollo in der Dachauer Straße gingen. Wenn ihre Jeans dann hauteng an ihren dünnen Beinen klebte, fühlte sie sich modern und verwegen. Vor jedem Kinobesuch, vor jedem Ausgehen die gleiche Prozedur. Ana wusste, dass sie ihre wilde Schwester davon nicht würde abbringen können.

Dieser einfach wundervolle Kinoabend musste noch bei einem Cola-Cognac beschlossen werden. Sie besprachen jedes Detail dieses Films. Sissis Mutter – Helene fand sie grauenhaft, Ana zuckte mit den Schultern. Der Kaiser Franz Joseph gefiel ihnen beiden gleichermaßen, ebenso herrschte natürlich Einigkeit über die böse Schwiegermutter. Und über das Hochzeitskleid. Wobei Helene sich hauptsächlich an der Frisur mit den glitzernden Blüten im Haar begeistern konnte.

»Meinst du, es gibt sie, die große Liebe? Die ganz große Liebe?« Anas Stimme bekam einen sentimentalen Klang.

»Nein«, grinste Helene. »Weil Männer eben in echt nur Männer sind!« Sie lachte.

»Ich glaube daran. Irgendwo da draußen ist der eine Mann. Der auf mich wartet. Für den ich das Ein und Alles bin. Der mich glücklich macht. Den ich liebe und er mich.«

»Ach Analein«, grinste Helene, »man begegnet zufällig Kaisern im Wald nur im Kino.«

Anas Blick wurde ernst, sie glaubte daran. Helene sah sie irgendwie seltsam an, fast mitleidig, als ob Ana aus ihrer Scheinwelt schon noch hinausfliegen würde.

Es war nach Mitternacht, als die Schwestern sehr leise die Tür aufschlossen und sich schon auf Zehenspitzen in die Wohnung hineinschleichen wollten, als sie noch

Licht in der Küche sahen. Sie zogen Jacken und Schuhe aus und fanden dort ihren Vater vor.

»Guten Abend. Oder soll ich sagen, guten Morgen, ihr zwei?« Die Worte klangen nicht böse, eher müde. »War es schön?«

»Zau-ber-haft«, intonierte Helene übertrieben ge-künstelt. »Das Problem jetzt ist nur, dass Ana glaubt, sie könne auch noch Kaiserin werden ...« Sie lachte. Ana verzog den Mund. »Ich geh schlafen«, entschied Helene dann und verschwand, mit der Hand winkend wie eine königliche Hoheit.

Ana setzte sich zu ihrem Vater, der bereits seine Nachtkleidung anhatte und nur einen Morgenmantel darübergeworfen. »Warum schläfst du nicht?«

»Ich bin wieder aufgewacht. Habe schlecht ge-träumt.«

»Von was denn?«

»Ach egal.« Sein Gesicht war ganz grau.

»Sag doch.«

»Vom Krieg.« Er stützte sein Gesicht auf die Hände. »Manchmal träume ich davon.«

Ana sah ihn schweigend an.

»Es war ja nicht immer schlimm. Ich hatte auch viele ruhige Tage.«

Er sagte nichts mehr, bis Ana vorsichtig fragte: »Aber manchmal war es schlimm?«

Er nickte. »Ich sehe die anderen deutschen Landser vor mir. Oft stellten sie die Zivilisten entlang der Häuserwände auf. Dann schrien sie sie an. Lumpenvolk. Schweine. Sie warteten nur darauf, dass einer der Italiener etwas erwiderte. Oder nur schief guckte. Alles genügte, dann schlugen sie sie mit den Gewehrkolben nieder. Wir sollten die Kräftigsten aussuchen. Sie wurden als Zwangsarbeiter ins Deutsche Reich deportiert. In Viehwaggons. Ana, ich musste sie aussuchen!«

So etwas hatte Vater noch nie erzählt. Er nahm einen Schluck aus seinem Rotweinglas. »Rotwein«, sagte er. »Der gute italienische. Für mich waren die Italiener doch immer ein altes Kulturvolk gewesen. Ein Volk der Literatur, der Musik, des Tanzes. Die römischen Philosophen. Gutes Essen, guter Wein. Aber die anderen, sie hassten die Italiener, für sie waren sie Verräter, die unseren ›Stahlpakt‹ gebrochen hatten. ›Der gleiche Dreck wie die Juden‹, sagten sie. Für mich waren sie alle Menschen, jüdische Menschen, italienische Menschen.«

»Ich dachte, du warst am Comer See, und sogar einmal im See baden?«, fragte sie vorsichtig.

»Glaubst du denn, dort behandelten sie die Menschen besser?«

Ana sagte nichts. Es war das erste Mal, dass er über den Krieg sprach. Seine Stimme zitterte dabei.

»Sie schlugen sie, einfach so?«

Lange sah Ludwig sie an. »Nicht nur das, Kind, nicht nur das.« Dann stand er auf, fuhr ihr liebevoll über die Haare und ging wortlos in sein Schlafzimmer.

Ana saß noch lange am Tisch. Damals hatte Vater ihr gesagt, wie sehr er sich freue, dass Käthe Lenchen und sie ›unversehrt‹ aus Breslau herausgebracht hatte. Dabei waren sie nicht unversehrt, keiner von ihnen.

Nun erst wurde ihr klar, dass Ludwig ebenso wenig unversehrt aus dem Krieg zurückgekehrt war.

*

Es war ein heißer Sommertag, die Sonne brannte herrlich auf Anas Schultern, die unter dem ärmellosen Kleid hervortraten. Ihr Blick verdüsterte sich, als sie vor der Haustür stand. Vermutlich war im Haus wieder alles verdunkelt und Käthe schlief oder lag wortlos auf dem Sofa.

Auf Zehenspitzen schlich sich Anastasia in die Wohnung. Doch nun saß Käthe am Tisch. Und sie strahlte.

Eine große Erleichterung machte sich in ihr breit. Zwei Tage lang hatte ihre Mutter bereits unansprechbar im Schlafzimmer gelegen, mit abgeschlossener Tür, damit die Töchter nicht etwa wieder einmal auf die Idee kamen, einfach hineinzumarschieren, die hölzernen Außenrollläden aufzureißen, ihre Bettdecke vermeintlich nur aufschütteln zu wollen, aber tatsächlich mit allen Mitteln versuchten, sie dazu zu veranlassen aufzustehen. Seit zwei Tagen hatte Anastasia mit ihr nur durch Zettel kommuniziert, die sie unter der Tür durchgeschoben hatte. »Bin in der Uni, Frühstück steht noch auf dem Tisch«, hatte sie vorgestern geschrieben. Als sie nach Hause zurückkehrte, stand das Essen immer noch auf dem Tisch. »Vati kommt um 18.00 nach Hause«, lauteten ihre Zeilen gestern. Käthe machte trotzdem kein Abendessen.

Nun war Käthe also aufgestanden und strahlte auch noch. Früher hatte Ana dann immer gehofft, sie finde doch ins Leben zurück. Mittlerweile wusste sie, dass es Phasen gab, in denen Käthe da war, sich auch mal freuen konnte, irgendwann aber fiel sie doch zurück in den dumpfen Zustand, der sie im Bett liegen bleiben ließ, den sie anfangs noch mit ›Migräne‹ deklarierte und nun meistens kommentarlos ließ.

Was war heute der Grund für das Strahlen auf ihrem Gesicht?

Doch zuerst sollten sie und Helene den Abendbrottisch decken, bevor die Neuigkeit auch den Töchtern verkündet wurde. Sogar Ludwig lachte über das ganze Gesicht in einer sehr ungewöhnlichen, fast euphorischen Freude.

Endlich saßen sie alle um den Tisch, auf dem Brot, Butter, Wurst und Radieschen standen. Selbst Helene wurde nun still. Was nur könnte jetzt kommen? Ana konnte sich nichts vorstellen.

Ludwig sah sich nun triumphierend in der Runde seiner Frauen um. Er hatte die Arme auf den Tisch gestützt und seinen Rücken sehr gerade gestreckt. »Diesen Sommer«, er hielt eine lange bedeutungsvolle

Pause, »werden wir in den Urlaub nach Italien fahren.« Ein Moment ungläubiger Stille stellte sich ein. Bevor Helene aufsprang, in ein Jubelgeschrei ausbrach und um den Tisch tanzte. »Italien!« Dann begann sie zu trällern: »Pack die Badehose ein und dein kleines Schwesterlein und dann geht es auf«, sie musste erst kurz nachdenken. Und dann folgte in gänzlich falschem Rhythmus, aber in triumphierender Freude: »... an das Meer.«

Sie versuchte Ana hochzuziehen, doch die wollte nicht. Diese ungeheure Neuigkeit wollte sie in Ruhe genießen. Sie verschloss die Arme, sah lächelnd ihrer tanzenden Schwester zu und genoss in Gedanken diese Worte: »Wir fahren nach Italien.«

Das Auto wurde vollgepackt. Käthe nahm zwei Körbe voller Essen mit, obwohl Ludwig ihr erklärte, dass das Essen in Italien köstlich und vielleicht sogar günstiger sei als in München.

Nach einer Zwischenübernachtung in Österreich fuhren sie endlich durch Italien. Ein Wirbel von Aufregung, Spannung und Vorfreude lag in der Luft. Alle drei Frauen waren noch nie zuvor außerhalb von Deutschland gewesen. Fast die ganze Fahrt hindurch erzählte Ludwig von Italien. Von langen Alleen mit den hohen säulenartigen Zypressen an den Seiten, von Pinien, die erst weit oben ihr stacheliges Dach bildeten. Von der im Sommer trockenen Luft Italiens, in der doch immer der Hauch von Zitronen und Oliven hinge, behauptete Ludwig. Von Italien im Winter, das dann noch milde, angenehme Temperaturen hatte. Von Spaghetti und Rotwein. In Gemona machten sie halt, sie stiegen aus und Ana atmete tief ein. Ihr Vater hatte recht. Die Luft war anders als zu Hause. Sie roch warm und ruhig, nach Lässigkeit und Lebenslust. Auch das Städtchen sah so aus, wie Vater italienische Städte beschrieben hatte. Diese rötlich braunen, geduckten Häuser mit ihren eher flach gedeckten Dächern, Straßen mit Kopfsteinpflaster, ein Kirchturm, der sich hoch über die Stadt erhob. Ludwig schritt voran, als kenne er auch hier jeden Fleck, ganz Weltmann, die Brust herausgeschoben. Helene lief ihm fast hüpfend vor Aufregung hinterher. Ana und Käthe folgten zuletzt. Als Ana zu ihrer Mutter blickte, sah sie einen Gesichtsausdruck, den sie nicht bei ihr kannte. Freudig, neugierig, genießend, entspannt. Sie ergriff ihre Hand.

Ludwig und Helene waren an einem Eisstand stehen geblieben, wo er verkündete, jeder bekäme eine Kugel. Helene wünschte sich Zitrone, Käthe Erdbeere, Ludwig nahm Schokolade. Ana konnte sich nicht entscheiden, alles war so verlockend. Schließlich wählte sie Banane. Sie setzten sich auf eine Bank vor dem Geschäft. Ganz langsam leckte Ana an ihrem Eis. Ein himmlischer Geschmack.

Plötzlich merkte sie, dass Ludwig nicht mehr da war. Käthe und Helene saßen plappernd, genüsslich an ihrem Eis leckend und sich gegenseitig probieren lassend auf der Bank. Ana stand auf und ließ ihre Augen über den Platz schweifen. Ludwig war nicht zu sehen. Sie ging ein paar Schritte weiter. Dann sah sie ihn in einer Seitenstraße. Ein paar Meter weiter hielt er sich krampfhaft an einer Häuserwand fest, sein Eis war auf den Boden gefallen, das kostbare Schokoladeneis. Er krümmte sich. Ana lief zu ihm und legte ihm die Hand auf den Arm, voller Entsetzen auf das feine Eis auf dem Boden sehend.

»Vati?«

Er zitterte. »Geh. Gleich geht es wieder. Ich komme gleich. Geh.«

»Geht es dir nicht gut?«

Er antwortete nicht.

»Vati, was ist denn?«

»Die Straße. Sie sieht so aus wie die damals …«

Ana erinnerte sich an das nächtliche Gespräch mit ihm in der Küche. Das, was er immer verschwiegen hatte. Sie hielt weiterhin seinen Arm.

»Da ist Blut auf der Straße.«

Ana blickte sich um. »Da ist nirgendwo Blut, Vati.«

»Sicher nicht?«

Ana schüttelte den Kopf. »Sicher nicht, Vati. Nirgendwo.«

Er schien zu versuchen, sich zu fassen, und richtete seinen gebeugten Oberkörper ein wenig auf.

»Geh, Ana, bitte. Ich bin in fünf Minuten wieder bei euch. Bitte, Ana, geh.«

Am nächsten Tag gingen sie ans Meer. Zuerst hob Helene ihren Rock hoch und streckte den Zeh in das Wasser, bevor sie begeistert Ana zunickte und die beiden in zwei Strandkabinen verschwanden, um die extra neu gekauften Badeanzüge anzuziehen. Während Ana ein, wie sie fand, sehr schickes, aber schlicht schwarzes Modell ausgesucht hatte, trat Helene nun in einem rot-weißen Badeanzug aus der Kabine, der nicht nur einen äußerst gewagten Ausschnitt hatte, sondern auch noch mit einer großen Schleife zwischen den Brüsten die Blicke aller Männer anzog. Anastasia sah Käthes Blick. Ana hätte Missbilligung erwartet, mit der Käthe nahezu jede von Helenes Handlungen bedachte. Aber sie sah ihre Tochter lächelnd an, fast ein wenig stolz. Ana verstand, sie gönnte Helene diese Lebenslust gerade von Herzen. Genau das tat sie doch sonst nie.

Helene rannte durch den Sand und stürzte sich laut jauchzend ins Wasser, wo Ludwig schon schwamm.

»Kommst du mit?«, fragte Ana ihre Mutter.

»Ich komme, Ana, aber ich genieße gerade noch den Anblick des Meers.« Genießen, ihre Mutter genoss etwas. Genuss. Wie wunderschön das war.

»Ana«, sagte Käthe dann leise. »Es ist noch schöner als Sommerfrische.«

Ana ging langsam zum Meer. Unter ihren Füßen wallte der unfassbar weiche Sand. Er gab den Fußtritten nach und umhüllte Anas Füße mit Weichheit und Wärme. Die Wellen am Rande des flachen Meeres kräuselten sich sanft. Wie auf den Bildern. Vorsichtig setzte sie einen Fuß in das Wasser. Es war angenehm warm. Kurz schloss sie die Augen, spürte die Sonne auf dem Gesicht und den neuen Badeanzug auf der Haut. Ein wohliger Schauer überzog sie.

Weiter schritt sie in das flache, nur langsam ansteigende Wasser. Als ihre Finger das Meerwasser berührten, blieb sie stehen, hob die Hand zum Mund und kostete das Wasser an ihrem Finger. Es war salzig, es war tatsächlich salzig. Dann ließ sie sich in die sanften Wellen gleiten und schwamm, jeden Zug genießend, mit den Augen die unendliche Weite des Meeres abtastend, spürte mit dem Körper das entlangströmende Wasser, ihre eigenen gleichmäßigen Schwimmbewegungen. Sie hörte das laute Toben, Lachen und Spritzen von Ludwig und Helene. Doch sie schwamm noch ein wenig weiter hinaus ins Meer, drehte sich dann auf den Rücken und sah in den hellblauen, wolkenlosen Himmel.

Als sie aus dem Wasser ging, sah sie Käthe in einem Strandstuhl sitzen. Und sie wusste, ihre Mutter war glücklich.

KAPITEL 35

Anastasia
München 1957

Anastasia und Helene saßen vor dem neuen Grundig-Tonbandgerät, um rechtzeitig, wenn die Lieder kamen, diese aufzunehmen. Zwischen elf und vierzehn Uhr lief in AFN täglich »Luncheon in Munchen«. Wenn Käthe nicht da war, versuchten sie es immer zu hören. In Anwesenheit ihrer Mutter hatten sie keine Chance dazu. »Macht die Negermusik aus«, erklärte sie dann klar wie selten.

Eigentlich wussten weder Ana noch Helene, woher der abgrundtiefe Hass ihrer Mutter gegen alles Amerikanische kam. Ana hatte von Anfang an die amerikanischen Soldaten mit Kaugummi und Schokolade verbunden, die sie nach dem Krieg großzügig an die Kinder verteilt hatten. Einen Ami zu sehen und um Schokolade bitten zu können, war immer ein großer Glücksfall. Für Käthe hingegen war alles, was aus Amerika stammte, vulgär. Wenn sie sich etwas von früher behalten hatte, dann war es ein seltsamer Dünkel, ein Festhalten an großbürgerlichen Werten, die sich auf Bildung und Kultur beriefen. Elvis Presley war von allem das Schlimmste. Sein Name wurde im Haus Vahrenhorst besser nicht erwähnt.

Wenn sie aber in der Mittagszeit nicht da war, dann saßen die beiden Mädchen vor dem Radio und hörten die Musik, die Helene meist sofort aufspringen und mit wilden Hüftbewegungen tanzen ließ. Anastasia bevorzugte Peter Kraus ebenso wie auch die deutschen Schauspieler, Lieselotte Pulver, Romy Schneider, O. W. Fischer, während Helene sich den wilden internationalen Stars zuwandte, James Dean, Gregory Peck oder Elizabeth Taylor. Bei der kleinen Schwester durfte es verrucht zugehen. Anastasia hingegen fand James Dean sowohl in … *denn sie wissen nicht was sie tun*, wie auch im echten Leben einfach dämlich. Sein tödlicher Autounfall war eines der wenigen Themen, bei dem sich die Schwestern ernsthaft und böse darüber streiten konnten, ob es sträflicher Leichtsinn und Übermut oder ein schicksalhaftes Geschehnis gewesen war.

»Jetzt«, sagte Ana und Helene drückte den Aufnahmeknopf. Sie müssten es genau erwischt haben. Bill Haley ertönte und Helene tanzte sitzend wie verrückt mit dem Oberkörper, allerdings ohne dabei ein Geräusch zu machen, um die Aufnahme nicht zu stören.

Doch dann klingelte es. Die beiden Schwestern sahen sich entsetzt an. Helene unterbrach die Aufzeichnung und Anastasia drehte sofort das Radiogerät aus. Noch hatten sie Käthe nicht erwartet. Wobei die doch eigentlich auch nicht klingelte.

Helene öffnete die Tür und Ana hörte nur ein begeistertes »Hallo«. Untergehakt brachte sie Wolfi mit herein. Auch wenn Helenes Charme sonst jeden einfing, wandte Wolfi sich sofort Ana zu und umarmte sie mit einer Herzlichkeit, die wie immer etwas sehr Inniges hatte. Ihr nahezu geschwisterliches Band hatte sich seit den Kriegstagen nie verändert. Als ob er es immer noch als seine Aufgabe ansehen würde, auf Ana aufzupassen, wie damals, als sie auf der Flucht auf Beutezüge durch verlassene Häuser streiften. Oder später in München in den Schuttbergen nach Verwertbarem gesucht hatten.

»Magst du einen Kaffee?«, bot Ana ihm nach der Begrüßung an.

Wolfi schüttelte den Kopf. »Nein. Ich will, dass ihr mit hinunter auf die Straße kommt. Ich muss euch etwas zeigen.«

»Was denn?«, fragte Helene neugierig.

»Sag ich nicht.« Er machte eine auffordernde Bewegung und lief zur Tür. Die beiden Mädchen schlüpften in ihre Ballerinas und folgten ihm. Unten an der Straße breitete er einfach nur die Arme aus. Er stand vor einem Auto. Helene stieß spitze Schreie aus. »Ein Alfa Romeo!«

»Giulietta«, definierte Wolfi stolz genauer.

»Ich will mitfahren.« Helene hüpfte um das Auto herum.

»Gut.« Der Stolz in Wolfis Stimme war unüberhörbar. »Die erste Runde mit dir. Und dann«, er nickte zu Ana, »hole ich dich ab.«

Höflich öffnete er Helene die Tür, die sich ins Auto setzte, lässig die Hand auf die Tür legte und beim Fortfahren königlich Ana zuwinkte. Solange die beiden sie sehen konnten, lächelte Ana, doch dann wurden ihre Gesichtszüge ernst. Wolfi hatte Geld, viel zu viel Geld. Wie viel nur mochte solch ein Auto kosten, fragte sie sich. Er arbeitete im Vertrieb eines großen Zeitschriftenhauses. Aber Ana zweifelte langsam, ob man mit dem Vertreiben von Zeitungsabonnements so viel verdienen konnte. Sie hoffte inständig, dass Wolfi nicht vielleicht mit Illegalem zu seinem Geld kam. Sie würde nachher in aller Ruhe mit ihm reden. Wie bei Helene war sie vermutlich die Einzige, auf die er hören würde, wenn sie versuchte, auf ihn einzuwirken, sein Geld nur mit legalen Methoden zu verdienen.

Das nächste Auto, das Helene ähnlich begeistert begrüßte, war eines, das wenige Wochen später vorfuhr, allerdings mit jemandem, der ausschließlich Ana abholen wollte.

»Er ist da, er ist da!« Helene hüpfte auf und ab vor dem Fenster, so dass ihre kinnlangen Haare nur so auf und nieder schwangen.

»Geh sofort vom Fenster weg«, zischte Anastasia und zog sie am Arm.

»Au«, schrie Helene betont überdramatisch auf und

sprang sofort wieder zum Fenster. »Ein Auto! Er hat wirklich ein Auto!«

»Wenn du nicht sofort vom Fenster fortgehst ...« Anastasias Stimme hatte nun einen ernsthaft bedrohlichen Klang, der Helene zumindest einen Schritt Abstand zum Fenster wahren ließ.

»Er ist ja noch nicht mal ausgestiegen«, maulte sie nur noch leise. Dann drehte sie sich um und flüsterte: »Blau, das Auto ist ganz sanft blau. Sieht fast aus wie eine runde Kugel.«

Anastasia legte nun besänftigt ihren Arm um die Schultern ihrer Schwester. »Es ist ein Volkswagen.« Der Stolz in ihrer Stimme war unüberhörbar und Helene lächelte ihre große Schwester an. Anastasia wusste, dass sie sich gewünscht hätte, dass Ana jetzt auch mal hüpfte und lachte wie andere Mädchen, wenn sie über Jungs sprachen, wenn sie gar ihr erstes Rendezvous hatten. Aber sie wurde schon wieder ernst. »Es ist das Auto seines Vaters«, schränkte sie ein.

Nun blickte sie selbst auch hinaus. Jochen war soeben ausgestiegen. Sie hatte ihn auf der Party einer Freundin kennengelernt, auf der er den ganzen Abend nicht von ihrer Seite gewichen war und sie noch dort um ein weiteres Treffen bat. Ein hochgewachsener junger Mann, dem die dunkle Hose und das weiße Hemd lässig um die schmale Figur fielen.

Helene hüpfte schon wieder neben ihr. »Na ja, ein bisschen wenig Haare hat er!«, lachte sie frech.

Spielerisch fuhr Anas Hand durch die Luft auf Helenes Backe zu. »Du Biest!« Noch einmal sah sie durch das Fenster. Jochen bückte sich zum Beifahrersitz und holte einen Blumenstrauß hervor. »Ich finde, er sieht gut aus«, sagte sie leise und sehr bestimmt. Dann lief sie schnell in den Flur, korrigierte mit einem letzten Blick, dass ihr neues weißes Kleid mit den schwarzen Tupfen korrekt saß, der breite Gürtel ihre schmale Taille betonte und die in weichen Locken um den Kopf gelegten Haare gut saßen, und warf sich schnell einen Mantel über.

Sie wollte nicht, dass Jochen Helene und irgendwelchen ihrer Sprüche ausgeliefert sein würde. Lieber schnell nach unten und ihn dort abfangen. Plötzlich spürte sie die kleine Hand ihrer Schwester auf dem Arm. »Ana, ich finde ihn auch hübsch. Habt einen wunderschönen Abend.«

Ana war berührt. Der freche Wildfang auch mal ganz lieb. Sie gab ihrer Schwester einen Kuss auf die Nasenspitze und lief hinunter. »Sag nichts zu den Eltern, bitte.«

Jochen hatte sie in ein Restaurant eingeladen. Ins Wirtshaus »Zur weiß-blauen Rose« unten bei Ludwig Beck. Ana wagte kaum zu atmen.

Er legte sich die weiße Serviette auf den Schoß und sie tat es ihm nach. Fast fühlte sie sich unbehaglich. Für Jochen als Student musste das hier eine eigentlich unerschwingliche Summe kosten. Sie suchte das günstigste Gericht auf der Speisekarte: Klöße mit Soße.

Als sie ihm ihren Essenswunsch für die Bestellung ansagte, beugte er sich vor und sagte ganz leise zu ihr: »Ich habe gerade mein Examen gemacht. Und mein Vater hat mir eine kleine Summe dafür geschenkt. Dass du mit mir heute ausgehst, ist das Größte für mich, und ich möchte dir einen wirklich schönen Abend machen. Also bestelle etwas Ordentliches, etwas, das du wirklich magst. Sonst bestelle ich das teuerste Gericht auf der Karte für dich.«

Anastasia errötete. Auch im Hause Vahrenhorst war Geld eingekehrt. Ludwig erhielt seine Bezüge als Richter. Sie lebten nicht schlecht. Aber natürlich hatten sie mit nichts begonnen. Jeder Teller, jeder Schrank, jedes Bett musste neu angeschafft werden. Seit Kurzem hatten sie eine breite Couch, sie war der ganze Stolz von Käthe.

Jochen allerdings stammte aus einer alten Münchner Familie. Er hatte erzählt, dass ihr Haus in der Innenstadt nicht von den Bomben getroffen worden war. Ein ›Haus‹, keine Wohnung. Sein Vater hatte als Chemiker bei Siemens auch zu Kriegszeiten immer gearbeitet. Vermutlich für kriegswichtige Zwecke, aber Ana hatte natürlich nicht gefragt. Bei Jochen schien die Kriegszeit ohne große Einschnitte vorbeigegangen zu sein, zumindest war er nicht so getroffen wie sie.

Jochen bemühte sich offensichtlich um die Konversation, während Ana im Moment kaum mehr als »Ja« oder »Nein« zu sagen wagte.

»Ich möchte nach meinem Chemiestudium auch zu Siemens«, erklärte er ihr. »Mein Vater wird schon ein gutes Wort für mich einlegen.«

Ana nickte beeindruckt. Er schien auf eine Frage von ihr zu warten. Sie versuchte, ihre Aufregung unter Kontrolle zu halten. »Und Chemie macht dir Spaß?« Vermutlich eine dumme Frage, da er es sonst nicht studiert hätte.

»Na ja, die Richtung Naturwissenschaften liegen mir jedenfalls. Und dann habe ich eben das Gleiche studiert wie mein Vater.«

Jetzt fiel auch Ana etwas zu sagen ein. »Ich studiere Jura – wie mein Vater.«

»Familientraditionen sind eben etwas Wichtiges.«

Jochen sprach weiter, aber Ana hing gedanklich bei dem Wort ›Familientraditionen‹. Ja, sie studierte Jura wie ihr Vater. Aber ›Familientraditionen‹, das war genau das, was sie nicht hatte. Keine mehr. Alles verloren. Alles neu. Die von Käthe oft zitierte Contenance, sie schien diese noch hochzuhalten. Aber war dies wirklich eine Familientradition? Kurz blitzte die Erinnerung an die Nächte im Kuhstall auf. Contenance. Unsinn. Sie hatte keine Familientradition.

Mittlerweile hatte sie den Anschluss an Jochens Erzählungen verloren.

»Mein Vater hat jedenfalls gesagt, er kauft jetzt fünf-hundert Quadratmeter am Stadtrand. Für drei Mark den Quadratmeter. Meine Mutter hält das für Unsinn. Ich denke aber auch, es ist nicht schlecht.«

Schnell überschlug Ana in Gedanken: Fünfhundert mal drei machte fünfzehnhundert Mark. Ihr Vater ver-diente als Beamter auch gut, aber nach Schulgeld und Studiengeld, nach Essen, Kleidung und Miete blieb nicht viel am Monatsende übrig. Für ihre Familie war der Kauf eines Grundstücks nicht möglich. Bei Jochen hingegen schien dies nicht einmal zu bedeuten, das ge-samte Vermögen dafür zu verwenden.

»Könntest du dir vorstellen, am Stadtrand zu woh-nen?«

Ana zuckte mit den Schultern. Sie könnte sich über-all vorstellen zu wohnen. Wenn es kein Kuhstall mehr wäre.

Obwohl Ana einen halbherzigen Versuch machte zu bezahlen, übernahm Jochen die Rechnung. Er fuhr sie nach Hause, stieg aus, öffnete die Autotür und bot ihr die Hand an. Auch wenn Ana keines von den Mädchen war, die oft ausgingen, wusste sie ganz genau, dass die Jungen darauf aus waren, ihre Mädels immer bis zur Tür nach Hause zu bringen. Und sie wusste auch, was sich diese davon erwarteten. Jochen führte sie bis zum Haus, locker untergehakt.

»Ana. Danke für diesen schönen Abend. Ich will dich

nicht bedrängen. Aber wenn du magst, würde ich mich sehr freuen, wenn du nächstes Wochenende mit mir ins Hofbräuhaus gehen würdest. Zum ›Schwofen‹.« Er lachte. Zum Tanzen. Eine Einladung zum Tanzen. Wie damals von Franz.

»Ana, wenn du nicht magst, verstehe ich das auch.«

Sie hatte wohl nicht sofort reagiert. Dann nickte sie energisch. »Doch, Jochen, sehr gerne!«

Sie schloss die Tür auf und drehte sich noch einmal zu ihm um. Er streckte ihr nur die Hand hin. »Ich freue mich sehr.« Und er strahlte.

Die ganze Familie saß am Abendbrottisch, und Käthe schien offensichtlich aufgewühlt. Sie hatte schon vor dem Aufdecken angekündigt, dass sie etwas Ungeheures zu erzählen haben. Helenes Bein wippte wie oft. Anastasia hielt sie am Arm: »Sei doch bitte mal ruhig, Helene.« Helene reagierte auf diese klaren, aber liebevollen Worte und versuchte, gerade sitzen zu bleiben. Wenn Käthe die Wipperei bemerkt hätte, hätte sie sie scharf zurechtgewiesen, woraufhin Helene mit Sicherheit widersprochen hätte, dass sie ihr Bein so viel wippen ließe, wie sie wolle, und dann demonstrativ das Bein bewusst auffallend bewegt. Dann erhob Käthe oft die Hand. Saß Helene danach mit roter Wange da, starrte sie ihre Mutter hasserfüllt an und bewegte langsam, rhythmisch und deutlich weiter ihr Bein.

Endlich standen Brot, Wurst und Butter auf dem Tisch und Vati wünschte »Guten Appetit«. Helene begann zu essen, und es fiel Mutter nicht mal auf, dass sie schon wieder die Ellbogen auf dem Tisch hatte – das hätte sonst zur nächsten Auseinandersetzung geführt.

»Stellt euch vor …«

Die Pause, die darauf folgte, war so theatralisch, dass Vater genervt die Augenbraue hochzog, was nur Ana bemerkte.

»Was denn?«, fragte Helene neugierig, was ihr diesmal ein strahlendes Lächeln von Käthe einbrachte.

»Ihr werdet es nicht glauben!«

Ana beobachtete wieder Vaters Stirnrunzeln. Wenn Mutter so theatralisch zu Erzählungen ansetzte, wusste er, dass es weder um Politisches noch Kulturelles, vermutlich nicht mal um Familiäres ging. Sondern um Klatsch. Und der interessierte ihn nicht. Ana beobachtete ständig mit Argusaugen das schleichende Sich-Entfernen ihrer Eltern, Käthe himmelte weiterhin Ludwig an. Aber er konnte mit ihrem Leben, mit ihrem häuslichen Nichtstun, mit ihren depressiven Anwandlungen nichts anfangen.

»Sag, Mutti«, forderte Helene, die Klatsch durchaus zu schätzen wusste, mit begeisterten Augen.

»Also«, ein triumphierender Ton lag in Käthes Stimme. »Ilse von gegenüber, die Schwangere, fährt heute mit einem Kinderwagen die Straße hinunter. Ich gehe hin, gratuliere ihr noch – und dann«, Käthe schnaubte, höchste Empörung war in ihrer Miene zu sehen, »… sehe ich in den Kinderwagen …«

Jetzt sahen alle sie an. Schweigende Aufmerksamkeit, die Käthe genoss, bis sie fortfuhr: »Es liegt ein Negerkind drin!«

Eine seltsame Stimmung breitete sich um den Abendbrottisch aus. Triumphale Empörung bei Käthe, achselzuckende Missachtung bei Vater und eine bleibende Neugier bei Helene. Ana nahm sich sofort vor, es der kleinen Schwester zu untersagen, je zu Ilse zu gehen und das Negerkind zu begutachten.

Und dann zischte Käthe das endgültig vernichtende Wort hervor: »Amiflitscherl.«

Selbst Helene sah nun entsetzt auf ihr Butterbrot.

*

Dieses Wochenende schien Käthes zu sein. Sie blühte auf. Erst die ungeheuerliche Neuigkeit von Ilse, die sie als Allererste erfahren hatte. Und nun auch noch dies, ihre Tochter würde mit einem zukünftigen Chemiker bei Siemens zum Tanzen gehen. Sie wirbelte herum, als sei es ihr erster Tanz.

Sie lief nicht, sie tänzelte zur S-Bahn, Ana im Schlepptau.

»Wir gehen zu Kaufhof am Stachus«, bestimmte sie. Ana war glücklich. Statt des erwarteten Neins auf den Wunsch nach einem neuen Kleid, einem Tanzkleid, vielleicht mit Petticoat, hatte Käthe begeistert reagiert. Ana hatte ihr zwar durchaus bewusst vorher erzählt, dass Jochen Chemie studiere, schon sein Vater bei Siemens gearbeitet habe, dass man ein Haus in München und ein Grundstück außerhalb besitze. Aber diese Reaktion war außerhalb jeder Erwartung von ihr gewesen. Käthe hatte sie nicht empört abgewiesen, die Gelegenheit nutzend, über den Geldmangel zu klagen, jammernd, bemitleidenswert, sondern sie war glücklich hektisch geworden. Wunderbar. Zum Tanzen. Ein Kleid. Was Ana sich vorstelle? Satin unbedingt. Ein weit schwingender Rock. Es müsse ja kein Petticoat sein. Sie holte eine Illustrierte aus einer Schublade heraus, Hochglanz. »Das ist die Pariser Mode«, flüsterte sie der sprachlosen Ana zu, die weder diese Reaktion noch eine Illustrierte mit Pariser Mode bei ihrer Mutter erwartet hatte. »Tupfen auf dem Rock?«, fragte Käthe und blätterte begeistert in dem Heft. Ana konnte nichts dazu sagen, bis zur Frage der Tupfen hatte sie wahrlich noch nicht gedacht. »Und sieh nur, diesen breiten Kragen an den ärmellosen Blusen, ist das nicht wundervoll?«

Ana war sprachlos.

»Bei mir damals gab es so weit schwingende Röcke nicht. Natürlich.« Käthe kicherte. »Man hätte ja etwas über dem Knie sehen können!«

Nun zog sie Ana hinter sich, die erfreut, aber irgendwie auch irritiert war. Käthe war so anwesend, so präsent, ja, glücklich. Lange hatte sie sie nicht mehr so gesehen. Es musste vor dem Krieg gewesen sein. Lange davor. Sie konnte sich selbst gar nicht so ungeniert freuen. Obwohl sie mit Jochen zum Tanzen gehen wollte. Obwohl sie so gerne ein Kleid hätte.

Bei Kaufhof war sie nicht zum ersten Mal. Öfter, wenn sie auf dem Viktualienmarkt waren, gingen sie auch hier hinein, oder zu Oberpollinger oder Hertie, liefen an den Ständern vorbei, Hosen, Blusen, Kleider. Aber nein, sie hatten noch nie hier gekauft. Nicht einmal, als es diese eine Bluse mit den wundervollen Rüschen um den Hals gab, die Ana gesehen und in die sie sich verliebt hatte, die sie sich so sehnlichst gewünscht hatte. Sogar probieren hatte sie sie dürfen, sie floss an ihr herunter, sie sah königlich aus, wie Audrey Hepburn in *Ein Herz und eine Krone*, bis ihre Mutter sagte, »nun zieh sie wieder aus«. Selbst da hatte Ana noch geglaubt, sie würde ihr diesen Traum erfüllen, diese Bluse kaufen, doch Käthe legte sie einfach beiseite, als ob es allen klar gewesen sein müsse, dass solch eine Bluse unerschwinglich war. Das Geld. Das Geld, das nie reichte, nie da war, für das Schulgeld hergenommen wurde, dafür die Kinder zu ewiger Dankbarkeit gebracht, die deswegen selbstverständlich nicht bei Hertie einkaufen konnten. Selbstverständlich.

Und nun ein Tanzkleid. So selbstverständlich. Ana verstand es nicht. Sie wollte es. So sehr. Aber es machte ihr Angst. Als ob sie etwas gänzlich Verbotenes tat, als ob sie ihre Mutter irgendwie getäuscht habe, dass diese so ganz anders als sonst reagierte. Ein Tanzkleid, nichts Nutzloseres. Käthe zog sie vorwärts.

Kaufhof. Silbern schimmernde Ständer voller Kleider. Weite Röcke, enge Taillen, Puffärmel, keine Ärmel, kleinere und größere Ausschnitte. Käthe war die Königin, Ana ihre Prinzessin. Sie suchte die Kleider aus, reichte sie Ana in die Kabine mit dem roten Vorhangstoff, begutachtete, lehnte ab, holte ein neues Kleid, wiegte abwägend den Kopf, nahm die aussortierten Kleider wieder hinaus, hängte die infrage kommenden auf einen Ständer. Als Ana ein edles, dunkelblaues Kleid anzog, fielen ihre Haare sanft auf den Samtstoff, der eng anliegend ihren Oberkörper umschmeichelte und sich dann in einem schillernden Blauton in einem weiten Rock ergoss. Und Mutter und Tochter wussten es, dies war das Kleid. Das Kleid für Ana. Das Kleid für die Prinzessin. Das Kleid schlechthin. Das Kleid zum Tanzen. Das Kleid zum Verlieben. Das Kleid zum Geküsstwerden. Sie wussten es beide. Und es war wundervoll.

KAPITEL 36

Anastasia
München 1966

Anastasia fuhr mit ihren Fingern über das weiße Plastik, das sich glatt und doch ganz leicht strukturiert anfühlte. Dies hier vor ihr war der teuerste Luxusgegenstand, den sie sich je gekauft hatte. Käthe hielt es für absolut überflüssig. Anas Gedanken schweiften zurück. Welch Luxus es für sie damals gewesen war, als Ludwig ihnen allen drei Unterhosen gekauft hatte. Ab da konnte sie jeden Tag eine waschen und eine frische anziehen. Auch wenn die anderen dies lächerlich fanden und Käthe bei einem Waschtag in der Woche blieb, bedeutete es für sie den Himmel. Und nun dies: eine Waschmaschine.

Nicht mehr selbst waschen. Nicht mehr die Hände in der Lauge wund werden lassen. Nicht mehr rubbeln und rubbeln und rubbeln und die Flecken gingen doch nicht raus. Die Wäsche sammeln, hier hineingeben. Nach einiger Zeit gewaschen aus der Trommel holen. Welch unfassbarer Luxus. Nie hätte sie sich das träumen lassen, damals, kurz nach dem Krieg, als es so wundervoll war, drei Unterhosen zu besitzen.

Sie kniete sich nieder, um die erste Trommel zu füllen. Doch zuerst strich sie über das verchromte Bullauge wie um einen riesigen kostbaren Ring. Sie gab ihre Wäsche hinein, fügte Waschpulver hinzu, schloss die Tür, und drehte den Schalter. Die Maschine begann zu brummen, Wasser floss ein und die Trommel setzte sich in eine drehende Bewegung, die die Wäsche durch das Wasser zog. Was für eine geniale Idee, was für eine technische Umsetzung, was für ein unvorstellbarer Luxus.

Anastasia kniete weiter vor der Maschine und betrachtete das brummende Drehen der Wäsche. Plötzlich jedoch löste sich all diese ungeheure Anspannung, mit der sie seit Monaten über diese Entscheidung nachgedacht und die Maschine vor Wochen bestellt hatte. Eine Maschine, die für sie wusch, so sauber, wie sie es nie gekonnt hätte. Ihr Traum seit Monaten. Ihr Lebenstraum, seit damals, nur noch saubere, gut duftende Wäsche. Und was kam jetzt noch? Was könnte noch kommen? Noch mehr Maschinen? Sie konnte sich nichts vorstellen. Es schoss durch ihr Hirn wie ein Blitz. Als Käthe absolut glücklich gewesen war, kam der Absturz. War dieser Moment hier jener des Hochmuts? Kam nun der Fall? Eine unvorstellbare Angst überfiel Anastasia. Wie dumm von ihr, wie unendlich dumm. Sie hätte das Geld auf ihr Konto legen sollen. Sparen, damit sie sich vielleicht, irgendwann einmal, ein kleines Häuschen kaufen konnte. Sicherheit. Geld auf der Bank. Doch, es würde noch etwas kommen! Natürlich! Gott sei Dank, dass es ihr eingefallen war. Sie würde Jochen heiraten. Sicherlich. Kinder bekommen! Sicherlich! Darauf musste sie hinarbeiten. Nie zu viel Luxus. Sparen. Sicherheit. Das war doch das Ziel, natürlich. Wieder starrte sie auf die unendlich sich drehende Trommel. Und ein ganz kleiner Zweifel schlich sich in die Sicherheit ein.

*

Käthe hatte ihre Hände auf Anas gelegt. »Kindchen, ich habe mich nie in deine Angelegenheiten eingemischt.« Beinahe hätte Ana gegrinst, als Käthe das so sagte. Nicht eingemischt, als ob sie Ana die Freiheit für Entscheidungen gelassen hätte, wo sie ihr in Wirklichkeit alle Entscheidungen aufgebürdet hatte. Was war denn das für ein Gespräch jetzt, zu dem Käthe sie extra herzitiert hatte.

»Wir haben schon oft darüber gesprochen. Immer gab es Gründe, warum du noch nicht heiraten wolltest. Das Studium beenden, Staatsexamen. Zweite juristische Prüfung, Volljurist. Rechtsreferendariat. Erfahrungen im Beruf sammeln. Berufsjahre.«

Nun wusste Ana genau, auf was Käthe hinauswollte. Das leidige Thema. Ana sollte Jochen endlich heiraten. Vor einigen Jahren schon hatte er ihr den ersten Heiratsantrag gemacht, aber Jochen hatte es akzeptiert, dass sie die Ehe noch hinausschieben wollte. Er schätzte ihren beruflichen Ehrgeiz, unterstützte sie darin, anders als die meisten anderen Männer. Aber sie wusste auch, dass sie seine Geduld nun bereits überstrapaziert hatte. Er wollte unbedingt Kinder, sie ja auch. Und sie war dreiunddreißig, dieses Jahr noch würde sie vierunddreißig Jahre alt werden.

»Gestern, als Jochen hier noch wartete, weil du zu spät aus dem Gericht kamst, ist Erna von gegenüber mit ihrem Baby vorbeigekommen. Er hat es die ganze Zeit in seinen Armen gewiegt. Es war rührend. Als sie gegangen ist, hat er zu mir gesagt. ›Es wird Zeit. Dieses Jahr noch.‹«

Ana war bei dieser Erzählung selbst sentimental geworden.

»Wenn du die Heirat noch länger hinauszögerst, wirst du Jochen verlieren. Überlege dir gut, ob du das willst, Ana.«

Ana nickte. Sie hatte verstanden.

Ana schlenderte mit ihrer Freundin durch die Gassen des Oktoberfestes. Noch waren an diesem Nachmittag nicht allzu viele Menschen unterwegs, was Ana lieber war als das Gedränge am Abend oder am Wochenende. Lachend hakte Susanne sich bei ihr unter und deutete auf einen Stand mit Zuckerwatte. »Das gönnen wir uns jetzt. Warte.« Während Susanne sich an der Schlange vor dem Stand anstellte, beobachtete

Ana die Autoscooter fahrenden jungen Männer, die sich mit großer Freude gegenseitig anfuhren, als eine Hand sich auf ihre Schulter legte und sie herumfuhr.

»Ana?«

Vor ihr stand der typische Bayer mit Lederhose und weißem Trachtenhemd. Ihr Blick erfasste nicht nur seine strammen Waden, sondern auch das rotwangige Gesicht, auf dem nun dunkle Bartstoppeln standen. Und sie wusste genau, wer vor ihr stand, obwohl doch nur noch wenig Ähnlichkeit zu dem Jungen von früher bestand. Aber er war es, und er erkannte auch sie.

Er hob seinen Arm und streifte ihr mit seinen kräftigen Fingern unfassbar sanft über die Wange. Alles lag in dieser Geste.

»Ana«, wiederholte er, als ob er einen Traum sähe. Und noch mal »Ana«.

Eine überwältigende Erinnerung überschwemmte sie: der Geruch nach frischem Schweinebraten mit Kruste.

»Franz!«

»Komm.« Als ob er weder Widerspruch erwartete noch ihn dulden würde, nahm er sie bei der Hand und zog sie in eine ruhigere Gasse.

Er stellte sich vor sie und fuhr noch einmal ganz sanft die Konturen ihres Gesichts nach. »Das habe ich mir immer gewünscht, seit mehr als zwanzig Jahren. Nichts anderes.«

Wieder nahm er sie bei der Hand und führte sie weiter, was sie, als ob es das Natürlichste der Welt sei, geschehen ließ, bis sie auf der Wiese unterhalb der Bavaria standen und sich dort niederließen, zwischen Menschen, die die herbstliche Sonne genossen und sich kurz von dem Wiesn-Getümmel erholten, zwischen jungen Leuten, die ihren frühmorgendlichen Rausch hier ausschliefen, und lauthals lachenden Jugendgruppen, die nicht nur Zigaretten rauchten. Doch um sie herum war eine Wolke, in die keiner eindringen konnte, eine Wolke vollständiger Ruhe, voller Schweinebraten, voller Stroh und Kuhscheiße, voller Wärme und zurückgebrachter Koffer.

»Du siehst nicht mehr verhungert aus. Aber immer noch zu mager.«

»Aber ich habe genug zu essen.« Ana lächelte ihn an.

»Das ist gut. Ich habe dich immer nur hungernd vor mir gesehen.«

»Na ja, ich bin nicht sehr groß geworden, viel kleiner als Leni. Meine Mutter sagt, das liege daran, dass wir nichts zu essen hatten, als ich hätte wachsen sollen.«

»Du bist wunderbar geworden. Genau so, wie ich mir dich immer vorgestellt hatte. Nein, noch schöner. Aber ich hatte immer Angst, dass der Hunger aus deinen Augen nie fortgeht. Deswegen wollte ich dich immer sehen.« Er blickte ihr in die Augen. »Ein bisserl Hunger ist immer noch drin. Und genauso viel Wille wie damals. Aber auch ein bisserl Ruhe.«

Ana stellte fest, dass er immer noch bayerisch sprach, aber nur in seinem Klang und in wenigen Worten. Statt des breiten Dialektes sprach er wohlgeformtes Hochdeutsch mit einem charmanten leichten bayerischen Singsang.

»Was machst du? Bist du noch auf dem Bauernhof?«

Er lachte. »Ich bin am nächsten Tag gegangen. Zuerst habe ich dich gesucht, aber nie gefunden. Dann wollte ich das werden, was dir genügen könnte. Ich habe die Schule weitergemacht. Und Medizin studiert.«

»Mir hast du genügt. Der Tanz. Mein erster. Das Essen. Und die Koffer. Mehr hat mir nie mehr jemand geben können.«

Franz lächelte.

»Und ich habe dir nie Danke sagen können.« Ana sah ihm in seine dunkelblauen Augen. »Danke.«

Und küsste ihn. Auf den Mund. Nicht ganz so flüchtig wie damals. Doch seine Augen sahen genauso verwundert und beglückt aus wie damals.

Stundenlang sprachen die beiden auf der Wiese. Ana sah Susanne mit zwei Zuckerwatten und ärgerlich suchendem Blick vorbeilaufen. Nach einem kurzen Zögern lief sie zu ihr hin. Susanne versuchte mühsam Verständnis dafür aufzubringen, dass Ana einen alten Bekannten wiedergetroffen hatte. Aber sie ließ Ana zu Franz zurückgehen.

Sie sprachen über die Zeit damals, Ana erzählte von der Flucht, Franz von seinem Vater, den Schlägen, seinen Brüdern und dass sie alle weiterhin auf dem Hof lebten, er sie aber kaum einmal im Jahr besuche, weil sie ihm so fremd geworden waren, dass es ihn schauderte.

Dann ging er über zum Leben danach, zum ersten Erfahren von Großstadt, zu den Möglichkeiten, die ihm die Nachkriegszeit eröffnete, zu dem neuen Leben, das er durch seine Kommilitonen kennenlernte, bis zur Arbeit als Arzt in einer Klinik in München, die ihn erfüllte.

Ana erzählte von den ersten mühsamen Jahren, von der Rückkehr des geliebten Vaters, von der gebrochenen Mutter nur kurz, von ihrem Jurastudium. Dann stockte sie. Franz fragte nicht und wartete.

»Franz, ich bin in festen Händen. Ich habe einen Freund. Einen Verlobten.«

Er nickte. Ana konnte im Dämmerlicht, das mittlerweile bereits heraufgezogen war, seinen Gesichtsausdruck nicht lesen, war es Traurigkeit oder eine Akzeptanz oder einfach etwas, das er längst wusste. Oder alles, gepaart mit einem Verlust, der heute nur die gedämpfte Wiederholung des Damaligen war? Kurz blickten beide in die heraufziehende Dunkelheit hinein.

»Möchtest du mit zu mir kommen? Nur diese Nacht?« Ana sah ihn fragend an.

»Nur wenn du das wirklich willst, Ana.«

»Ich will es wirklich.« Diesmal nahm Ana seine

Hand und zog ihn hinter sich her, als ob sie Widerstand weder erwartet hatte noch dulden würde.

Sie ließ seine Hand weder in der Straßenbahn noch auf der Straße noch auf der Treppe zu ihrer Schwabinger Altbauwohnung los. Als sie ihm die Tür aufsperrte und hinter ihm verschloss, fragte sie: »Hast du Hunger?«, worauf er den Kopf schüttelte.

Sie lief vor in Richtung Schlafzimmer.

»Warte, Ana, du bist mir nichts schuldig. Du musst nichts zurückzahlen.«

»Ich weiß«, sagte sie und verschwand im Schlafzimmer. Er folgte.

Im Schlafzimmer standen beide etwas schüchtern und unsicher voreinander.

»Ich habe mir das immer vorgestellt, aber es war doch nur ein Traum. Ich habe ihn so oft durchgespielt, dass ich nicht weiß, was ich tun soll. Du bist so real.« Franz stand vor ihr mit hängenden Schultern. Ana lächelte ihn an und strich über seine Arme, die früher ausgemistet hatten und nun Menschen heilten. Beides erschien ihr völlig natürlich und richtig, passend zu ihm. Sie fuhr die Adern an seinem Unterarm entlang, als er sie ganz sanft an der Hüfte packte und zu sich heranzog. »Ana, du bist immer noch viel zu dünn.« Was ihm aber durchaus zu gefallen schien, denn seine Hände tasteten ihre Taille ab, den Rücken hinauf, fuhren den Hals entlang, an den Seiten hinunter, die Rippen einzeln ertastend, bis die Hände kurz wieder an ihrer

Taille zur Ruhe kamen. Ana hatte die Augen geschlossen und sich in diesen Armen leicht zurückgelehnt, als ihr vor Genuss ein Seufzer entkam. Franz zog sie näher an sich und sie spürte sein Begehren. Als er die Lippen auf ihre legte, öffneten sich ihre Münder und sie fanden sich. Ihre Arme umschlangen seinen Nacken, während seine Hände nun hinunterwanderten und ihren Po ein bisschen weniger sanft als bisher umfassten. Begehren durchflutete sie, so sehr, wie sie es seit Langem nicht mehr gespürt hatte. Ihre Hände fuhren seinen Haaransatz entlang und zogen seinen Kopf zu ihr herunter zu einem weiteren innigen Kuss. Nach drei Schritten, die sie vortrat und er zurückweichen musste, fühlte er mit seinen Kniekehlen das Bett hinter sich und zog sie beim Sich-sanft-Fallenlassen auf sich. Sie öffnete Knopf für Knopf das bayerische Hemd, bis sie an der Hirschlederhose scheiterte. Der Knopf wollte nicht aufgehen. Sie stöhnte mürrisch auf, worauf er lachte und seine Hose selbst auszog, bevor er sich neben sie legte und seine Hände langsam unter ihr T-Shirt fuhren, hinauf bis zu ihren Brüsten, die er sanft umspielte. Er zog ihr das T-Shirt aus und sie ihm das Hemd, beide wurden hektischer, spürten das Begehren in ihren Körpern. Die weiteren Wäscheteile lösten sich fast von selbst auf, bis sie beide nackt beieinanderlagen. Franz küsste sie vom Hals beginnend, zwischen den Brüsten hindurch bis zum Bauchnabel, den seine Zunge umspielte.

»Hey, für einen Bauernjungen bist du da aber ziemlich geübt. Und sanft.« Ana lachte wieder und spürte gleichzeitig, wie ihr Becken sich ihm erwartungsvoll entgegenstreckte.

»Und du ziemlich leichtfertig für ein so wohlerzogenes Mädchen aus bestem Haus, dem man noch im Kuhstall anmerkte, dass jede Bewegung, jedes Wort aus einer Familie stammt, die schon lange zu denen gehörte, zu denen ich nie Zugang haben würde.«

Ana stockte in ihren Bewegungen. »Hast du das so empfunden?«

»Ja.« Franz umkreiste nun spielerisch ihren Bauchnabel mit seinen Fingern, aber sah ihr direkt in die Augen. »Aber zwischen uns war das völlig unwesentlich. Jedenfalls von deiner Seite aus. Dafür habe ich dich geliebt. Tue es bis heute.«

»Aber ich war doch die Hungernde. Du der Reiche.«

Ernst und sehr überzeugt schüttelte Franz den Kopf. »Du hattest die Zukunft vor dir. Ich nur den Bauernhof.«

Ana biss ihm in den Hals. »Könnten wir dieses Gespräch auf später vertagen?«

Franz antwortete nicht mehr, als Ana sich auf ihn legte und sie sanft und nur kurz langsam, dann aber gierig, fordernd, stürmisch und leidenschaftlich zueinanderfanden, als ob sie seit Jahren nur aufeinander gewartet hätten. Dann lagen sie nebeneinander und Ana spürte dem wohligen Pulsieren in ihrem Bauch nach. »Franz, das war wunderschön.«

»Es war genau so, wie ich es mir erträumt habe, seit ich siebzehn bin.« Franz hatte sich auf den Arm gestützt und sah sie an mit Augen, die voller Liebe erstrahlten. Diese Nacht verbrachten sie damit, sich aus den verlorenen Jahren zu erzählen, bevor sie sich im Morgengrauen noch einmal liebten, unendlich lang und sanft, als ob keiner von ihnen zum Höhepunkt kommen wollte und damit die Liebe beenden könnte. Als es nicht mehr aufzuhalten war, explodierten sie beide, leise und überwältigend tief. Dann überließ Ana sich in seinen Armen dem Schlaf, der sie sofort umhüllte.

Als sie einmal kurz aufwachte und blinzelte, sah sie, dass er nicht schlief. Er hatte sich auf seinen Arm gestützt und sah ihr offensichtlich beim Schlafen zu. Seine Augen blickten sie mit grenzenloser Innigkeit und Zärtlichkeit an. Jeden Millimeter ihres Gesichtes schien er in sich aufzunehmen, jede Bewegung liebevoll zu verfolgen.

»Schläfst du nicht?«, murmelte Ana im Halbschlaf.

Er schüttelte den Kopf. »Die Sekunden mit dir sind viel zu wertvoll. Aber schlaf weiter.«

Sie fühlte sich unendlich geborgen und ließ sich wieder in den Schlaf fallen.

Am nächsten Morgen fand sie einen Zettel auf dem Kopfkissen mit einer Telefonnummer und den Worten: *Falls du es je magst, ruf mich an, immer, auch in Jahr-*

zehnten. Ihre Hände wanderten zum Telefon auf dem Nachttisch, aber dann zögerte sie. Heute Abend, heute Abend vielleicht. Aber da war sie doch mit Jochen verabredet.

Sie legte den Zettel auf ihr Herz, die Hand darüber und schlief wieder ein.

*

Draußen stoben die Schneeflocken, genauso weiß wie der Traum aus Tüll und Seide, in dem Ana sich vor dem Spiegel drehte. Die Verkäuferin zupfte noch ein wenig am Rock herum. Ihre Mutter klatschte in die Hände. Und strahlte so, wie Ana sie schon lange nicht mehr gesehen hatte.

»Die schönste Braut der ganzen Stadt wirst du sein! Dies ist genau das richtige Kleid. Im Schlosspark Schleißheim!«

Sie hatte plötzlich das Gefühl, als ob sie nun die Träume ihrer Mutter erfüllen würde. Es war ein seltsames Gefühl. Stolz und irgendwie auch bohrend.

Käthe lief begeistert um sie herum. »Kind, es wird wundervoll! Und vergiss nicht, lade so viel Leute ein wie nur irgend möglich. Wir werden alles zahlen. Kein Problem. Du sollst die größte und schönste Hochzeit haben!«

Dann wandte Käthe sich zur Verkäuferin: »Dieses Kleid nehmen wir!«

Ana sagte nichts.

»Ich gehe dann und sehe hinüber zu Jochen. Damit er auch den richtigen Anzug aussucht!« Sie lächelte schelmisch wie ein junges Mädchen. »Aber ich sage nichts, nichts, nichts von diesem wundervollen Prinzessinnenkleid!« Eher tänzelte sie davon, als dass sie lief.

Die Verkäuferin begann bereits die Taille des Kleides abzustecken.

»Ich brauche hier etwas Luft.« Sie blickte die hinzugeeilte Schneiderin an, die nur kurz stockte und dann wissend nickte.

»Aber bitte keine Andeutungen an meinen Mann und meine Mutter, es soll eine Überraschung sein.«

Als die Verkäuferin auch dies begriff, verzog sie ihren Mund zu einem Lächeln und quetschte sich ein ›Wie schön‹ heraus. Die verachtet mich jetzt, dachte Ana sich.

Erst als die Verkäuferin verschwunden war, fragte die Schneiderin in ganz neutralem Ton: »In welchem Monat?«

»Zweiter.«

»Wann ist die Hochzeit?«

»In fünf Wochen.«

»Kein Problem, Mädchen, kein Problem, das kriegen wir hin. Ich schneidere vor und wir machen ein paar Tage vor der Hochzeit noch eine letzte Anprobe.«

Ana nickte dankbar.

Als ob sie etwas völlig Belangloses sagte, murmelte sie dann Ana noch zu: »Wenig essen, aufpassen. Zwei Monate sind kritisch. Das muss man geschickt machen. Frühgeburt. Sie müssen dann sehr besorgt aussehen.« Dann verschwand sie. Ana blickte ihr hinterher. Dankbar. Keine Verachtung. Ein guter Rat. Erfahren. Sie war nicht die Erste. Bestimmt nicht. Sie würde das schaffen. Käthe war so unfassbar glücklich mit Jochen. Chemiker bei Siemens. Absolut sichere Berufsposition. Gut verdienend. Jochen war so ruhig. Immer freundlich. Der perfekte Ehemann. Käthe liebte ihn. Und Ludwig? Ana war in die Kabine gegangen und versuchte vorsichtig, sich aus dem vielen Stoff des Brautkleides zu winden. Ludwig. Irgendwie schon. Man konnte ja absolut nichts gegen Jochen einwenden. Doch, tief in ihrem Inneren wusste Ana es ganz genau. Er fand ihn gähnend langweilig. Bei seinen Soireen wäre Jochen kein zweites Mal eingeladen worden. Gähnend langweilig. Ana blickte auf das weiße Kleid, das nun auf einem roten Samthocker wie hingegossen lag. Es war viel zu viel. Zu plüschig, zu wallend. Es war viel zu viel. Eine Träne lief ihr über die Wange.

»Rücken gerade. Kinn hoch. Contenance.« Plötzlich war ihr der frühere Wahlspruch der Familie eingefallen. Sie straffte ihren Rücken und wischte die Träne fort. Jochen war wundervoll. Alles, was sie sich je erträumt hatte. Er trug sie auf Händen, sah nie eine andere Frau an. Er würde immer zu ihr stehen. Sie ›lieben und ehren‹. Er würde ein wundervoller Vater sein. Wenn sie es ihm erst sagen würde, er wäre außer sich vor Freude.

Sie würde Käthes Prinzessin werden. Ein weißes, wallendes Kleid, der Schlosspark und viele Gäste. Käthe würde lächeln und wieder glücklich sein.

KAPITEL 37

Anastasia
München 1967

Ana war endlich ganz alleine mit diesem wundervollen Baby in ihren Armen. Es war Abend geworden. Die Krankenschwester und Jochen hatten sie nun allein gelassen. Sie hatte geduscht und zu Abend gegessen. Verwundert darüber, dass dies alles schon ging. Aber sie fühlte sich gut, erschöpft, aber gut. Keine Schmerzen. War das nicht ein Wunder. Wenige Stunden zuvor hatte sie die größten Schmerzen ihres bisherigen Lebens erlebt. Unfassbarer Schmerz, der einen von innen zu zerreißen schien. Ein Schmerz, der mit keinem anderen, den sie zuvor gespürt hatte, vergleichbar gewesen wäre. Lang, ziehend, sie ohne Gnaden dehnend, anschwellender unerträglicher Schmerz, der dann wieder abschwoll, seltsame völlig schmerzfreie Pausen bot, in denen Ana sich erholen konnte, verwundert war, ob der Schmerz so unerträglich wirklich gewesen war. Bis er wiederkam und sie ihr eigenes Schreien hörte. Und nun war er fort. Ohne Nachschmerzen wie bei anderen Krankheiten, wie bei anderen Wunden, kein langsames Heilen. Alles vorbei mit dem einen Moment. Ein

Wahnsinn. Natur. Ein Wunder. Aber das größte Wunder lag in ihren Armen. Es war vollkommen. Händchen, die sich ballten. Ein Mund, der schmatzte. Ein Maunzen wie eine Katze. Getrunken hatte es an ihrer Brust, es lebte nun von ihr. Und würde doch groß werden und selbstständig und wundervoll. Ihre Tochter. »Willkommen«, flüsterte sie dem Wunder in ihren Armen zu. »Willkommen.« Ganz vorsichtig fuhr sie das Gesicht und dieses winzige Näschen, den schrumpeligen Hals, das dünne und dennoch gewölbte Bäuchlein, die kleinen Füße nach. Und wie es roch. Ungeahntes, nie erlebtes Glück breitete sich in ihr aus.

»Ich verspreche es dir, ich werde mein Leben lang auf dich aufpassen, alles für dich tun, dich immer lieben. Dich begleiten für immer und ewig.«

Ein kleines Schmatzen erklang aus dem Mund und das Kind öffnete die Augen und sah Ana mit einer Ernsthaftigkeit an, die uralte Weisheit sein musste.

»Ich nenne dich Lilith. Lilith, meine Kleine, sie ist die starke Göttin aus der sumerischen Mythologie. Sie ist die Schöpfungsgöttin, aus ihr entsteht alles neu. In den Sagen der Sumerer erschuf Gott Adam und Lilith aus demselben Lehm. Aber bei den Sumerern, meine Tochter, sollte sie sich zuerst dem Mann unterordnen. Sie sollte beim Geschlechtsverkehr unter dem Mann liegen, sich unterwerfen. Doch Lilith tat es nicht. Sie war frei und stark. Sie unterwarf sich dem Mann nicht, nicht im Sexuellen, nicht im Leben. Sie verließ Adam und ging als freie Frau zum Roten Meer. Mein starkes Töchterchen, die Hebräer erzählen, sie habe sich dabei Flügel wachsen lassen und Gott einen Teil seiner Macht gestohlen. Sie war damit die Muttergöttin, Gott der jüngere hebräische Gott. Ich glaube, du wirst auch Flügel bekommen. Ich spüre es.«

Das kleine Wesen sah sie an, als ob es alles verstehen würde.

Als am nächsten Tag Käthe und Ludwig zu Besuch kamen und Ludwig sofort voller Begeisterung das Kind auf den Arm nahm und sanft hin und her wiegte, erklärte Ana ihnen das auch. »Ich will sie Lilith nennen. Wie die starke sumerische Göttin.«

Ludwig nickte: »Eine starke und freie Frau mit Flügeln!«

Käthe umfasste die kleinen Händchen des Babys auf Ludwigs Arm. »Lilith. Soso.«

Jochen kam kurz darauf auch zu ihnen. Er fand die Wahl dieses ungewöhnlichen Namens ein wenig seltsam. Da Ana aber anbot, seiner Tochter den Namen seiner Mutter Elisabeth als Zweitnamen zu geben, stimmte er zu. »Meine Familie«, sagte er zu Anastasia, die Lilith in den Armen hielt, und umarmte sie. »Ich werde mich immer um euch sorgen.« Und Ana wusste, dass dies stimmen würde. Sie küsste ihn.

Als Ludwig aus der Tür hinausging, wurde sein Gesicht ernst. Ob Ana die ganze Mythologie der Sumerer kannte? Dass Lilith auch in die Steppe verbannt wurde, dass sie immer ruhelos umherirrte, ohne festen Wohnsitz. Ihre Heimat war die Wüste. Sie galt auch als Luftgottheit. Zwar konnte sie mit ihren Flügeln fliegen, doch war sie auch jedem Windhauch ausgesetzt, ein flüchtiges Wesen. Ihr Name bedeutete auch ›Windhauch‹ und ›Nachtwind‹.

Ludwig schüttelte diese Gedanken ab. Seine Anastasia war so stark, so sicher, so lebenstüchtig, so klug in ihrer Suche nach Sicherheit und Geborgenheit. Sie würde diesem kleinen Mädchen die Wurzeln geben, die es nach jedem Flug wieder sicher landen lassen.

KAPITEL 38

»Ich habe solche Kopfschmerzen.«

Ana sah von der Tür aus, wie Käthe mit dem ihnen allen bekannten leidenden Blick am Tisch saß, während Helene, die Arme in die Hüften gestützt, vor ihr stand. Die beiden hatten sie wohl nicht hereinkommen hören.

»Du hast immer Kopfschmerzen.«

Das war frech. Ana wollte gerade ihre Schwester ermahnen, als diese wiederholte: »Du hast immer Kopfschmerzen«, aber diesmal in einem entsetzlich traurigen Ton. Dann setzte sie sich zu Käthe und legte ihr die Hand sanft auf deren Arm.

»Mutti, du hast Kopfschmerzen, wenn wir dich nach dem Krieg fragen. Bis wir nicht mehr fragten. Mutti, du hast Kopfschmerzen, wenn ich versuche, dir die Politik nahezubringen. Da draußen, dort geschieht etwas. Die Welt bricht gerade zusammen. Nur in Deutschland nicht, aber das wird kommen. Du willst es nicht wahrhaben, du willst nichts Schlechtes hören, aber es ist so. Du hast Kopfschmerzen.« Fest stützte sie sich auf ihre Hände und sprach beschwörend weiter. »Kuba, Algerien, Kolumbien, Tschad, Israel, Vietnam. Blutige Kriege überall auf der Welt. Wir sind gegen den Krieg und für die Freiheit. Wo bist du? Du musst es doch sein, die mit uns gegen den Krieg steht. Du hast ihn erlebt. Du musst helfen, dass es nicht wieder geschieht. Mutti, wo bist du?«

»Ach Kind.«

»Ja, ich weiß, du hast Kopfschmerzen.« Es klang so traurig. So sanft, wie Ana Helene selten gehört hatte. Sie trat einen Schritt zurück in den Flur. »Mutti, du hast auch oft genug Kopfschmerzen, nur weil du einkaufen gehen musst. Du hast Angst vor all dem da draußen. Aber es nützt nichts, wenn du dich versteckst. Du wirst nur immer trauriger.«

Käthe antwortete nichts und Helene fuhr ihr sanft streichelnd über die Wange. Ana ging einen Schritt zurück, öffnete noch einmal leise die Haustür und schloss sie dann geräuschvoll, bevor sie »Hallo« rief und in die Küche ging. Sie stellte die Babytasche auf den Tisch zwischen Käthe und Helene. »Ihr dürft Lilith gerne herausnehmen, sie schläft schon viel zu lange.« Käthe bewegte sich nicht. Ein fester Zug bahnte sich um die Mundwinkel Helenes, sie nahm fast ruppig das Baby, das dabei aufwachte, aus der Tasche und drückte es Käthe in den Arm. Lilith schlug die Augen auf und sah in Käthes. Plötzlich wurde Käthes schmerzverzerrtes Gesicht geglättet, sie lächelte dem Baby entgegen, das nun seine ganze Faust in den Mund nahm und schmatzend daran lutschte.

Die zwei Schwestern standen daneben und sahen sich an. Sie wussten, dass sie beide das Gleiche dachten. Im Moment konnte einzig Lilith Käthe aus ihrer ständigen Lethargie reißen. Aber Ana konnte doch nicht immerzu mit dem Kind hier bei ihr sein. Würde ihre Mutter jemals wieder zu sich kommen?

Ana wandte sich dem Herd zu und kochte einen Kaffee. Dann packte sie den mitgebrachten Kuchen aus. Sahnetorte. Helene holte Teller und Tassen aus dem Schrank. Käthe knuddelte die giggelnde Lilith.

»Ich gehe heute zur Demonstration gegen den Vietnamkrieg«, erklärte Helene und beugte sich dann fast provozierend vor: »Wie wäre es, wenn du mitkämst. Dein Töchterchen bei der Oma lässt und etwas für ihre Zukunft tust? – Das täte dir, Käthe und Lilith gut!«

»Nein, Helene, geh du mal zu deinen Demonstrationen. Ich arbeite juristisch für das Recht. Wir bleiben hier.«

Helene grinste. »Weißt du, was genau vor zehn Jahren war? 1958?«

Ana sah sie fragend an.

»Da hast du gekämpft! Juristisch! Und ich habe dich damals dafür sehr bewundert!«

Im ersten Moment konnte Ana sich an nichts erinnern. Doch dann wusste sie es wieder, es war ein großer Tag für sie gewesen.

Ana riss nahezu die Wohnungstür auf. Käthe und Helene saßen am Tisch beim Kaffee. »Habt ihr gehört, was wir gestern erreicht haben? Der 1. Juli wird ein historischer Tag werden!«

»Was denn?« Helene blickte interessiert von der Sahnetorte hoch.

»Das Gleichberechtigungsgesetz ist in Kraft getreten. Frauen dürfen nun auch ohne die Zustimmung des Ehemanns einen Beruf ausüben!«

Käthe sah hoch. »Frauen dürfen auch ohne die Zustimmung des Ehemanns einen Beruf ausüben?«

»Ja, das habe ich doch gerade gesagt.«

»Dürfen Frauen auch ohne Zustimmung des Ehemanns studieren?«

Ana nickte. »Natürlich.«

Käthe blickte wieder hinunter auf den Tisch, bis eine Träne darauftropfte. Ana und Helene sahen sich verwundert an. Aber sie fragten nicht.

Es war spätabends, als Ana Lilith endlich in ihr Himmelbettchen gebracht und sich zu Jochen auf das Sofa gesetzt hatte. »Ich mache mir Sorgen um Käthe.« Jochen seufzte.

Immer war er ein erwünschter Schwiegersohn gewesen und mit aller Offenheit von Käthe begrüßt und behandelt worden, dennoch waren die beiden sich ferngeblieben, waren einander nie wirklich nahegekommen.

»Sie tut gar nichts mehr. Ich glaube, Ludwig kauft sogar ein.«

Jochen brummte nur.

»Sie fällt ganz in sich zusammen. Nur wenn ich ihr Lilith gebe, kommt sie ein wenig ins Leben.«

Wieder brummte er. Ihm war es wenig recht, wenn seine ihm immer etwas seltsam erscheinende Schwiegermutter Lilith hatte.

»Weißt du, ich möchte jetzt auch wieder arbeiten. Fast ein Jahr bin ich schon zu Hause.«

Jochen sah sie entsetzt an: »Aber du weißt doch, dass du das nicht musst!«

Plötzlich wurde Anas Stimme sehr klar und fest. »Aber du weißt, dass ich immer gesagt habe, dass ich weiterarbeiten will und werde.«

»Ja, aber ich habe angenommen, dass sich das ändert, wenn das Kind da ist.«

»Absolut nicht.«

Er seufzte. Ihm war bewusst, dass Ana sich oft anpasste, auf keinen Fall jedoch, wenn sie diesen Ton hatte.

»Und es wäre doch vielleicht für alle gut, wenn Käthe auf Lilith aufpassen würde.«

Nun wurde der sonst sanfte Jochen scharf und klar: »Nein.« Ana sah ihn mit zusammengekniffenen Augen an. »Ana, alles, aber das nicht! Ich glaube nicht, dass sie es durchhalten kann, sich acht Stunden um Lilith zu kümmern. Sie wird sie glatt neben dem heißen Ofen vergessen, weil sie Kopfschmerzen hat und sich hinlegen muss. Geh arbeiten, wenn du das unbedingt willst. Aber unsere Tochter wird nicht von Käthe beaufsichtigt werden. Dann müssen wir uns ein Kindermädchen leisten.«

Ana sank in sich ein. Sie wusste, dass er recht hatte. Auch wenn es eine schöne Vorstellung gewesen wäre, dass ihre Tochter bei der Oma wohlbehütet war, während sie arbeiten gehen konnte. Es war nicht die Realität. Auch wenn sie es sich bisher nicht so eingestanden hätte, war tatsächlich auf Käthe kein Verlass. Nie wusste man, wann Käthe wieder in den dunklen Wolken verschwand. Und keiner wusste dies besser als Ana, die in genau jenen Momenten all die Jahre immer funktioniert hatte, für die ganze Familie funktioniert hatte, wenn Käthe in Abwesenheit und Leid versank. Fast lag ihr das Wort Selbstmitleid auf der Zunge, aber sie schluckte es hinunter. Es war Leid. Nein, Jochen hatte recht. Auf gar keinen Fall wollte sie, dass Lilith aufwuchs wie sie. Auf gar keinen Fall. Sie würden ein Kindermädchen suchen. Und Käthe bekäme Lilith oft, aber nur in Anwesenheit von Ana. So würde es werden. Und so würde alles gut werden.

KAPITEL 39

Anastasia und Lilith
Breslau 2017

Wortlos überreichte Ana Lilith den nächsten Brief, bevor sie wieder ging. Lilith öffnete den Umschlag und faltete den Brief auf, bevor sie ihn ungelesen auf den Tisch legte. Sie war müde, so müde. Nein, sie durfte nicht so müde sein wie Käthe. Sie straffte sich und nahm den Brief zur Hand.

Breslau, Januar 1956

Liebste Käthe,

ich habe es versprochen. Heute war ein guter Tag. Ich habe nicht geweint, als ich einen kleinen Jungen gesehen habe, auf der Straße. Ich schaffe es. Heute werde ich Dir weitererzählen.
Und Du wirst wissen. Dir ist Entsetzliches geschehen. Aber Du bist nicht die Einzige. Auch wenn das Dir und mir nicht hilft, ich weiß. Aber eines muss Dir helfen: Du hast Deine beiden Kinder damit gerettet!

Also. Schon am Ostersonntag dachte ich, ich sterbe. Den ganzen Tag über gab es Angriffswellen. Im Keller nur noch leises Wimmern. Du weißt noch, wie Angstschweiß riecht. Anders als normaler Schweiß. Grauenhaft. Wir lauschten in die Luft. Es gab ja keine Sirenen mehr. Und wir hörten sie dann, erst leise, dann immer lauter. Dieses Brummen. Ich erstarre bis heute, wenn ein Flugzeug über mir fliegt. Ich kann dann nicht weiterlaufen. Muss dem Drang widerstehen, mich hinzukauern. Nicht zu schreien. Weder kann ich weitergehen noch sprechen. Gut. Ich dachte also, ich sterbe. Aber da hat mich eines noch abgehalten. Ich glaubte doch immer, Peter sei sicher in Nürnberg, im Kinderheim. Ich redete mir immer ein, ihm ginge es gut. Ich stellte mir vor, er spielt auf grünen Wiesen, zwischen Kühen. Gut. Weiter. Ich schweife ab. Ich weiß. Ich habe Angst, will nicht zu dem Punkt kommen.

Aber heute, Käthe, heute werde ich es erzählen.

Es war der 7. Mai. Die Rote Armee marschierte in Breslau ein.

Es ist so schwer, es zu erzählen, Käthe. Aber ich will, will es Dir erzählen. Weiter.

Sie traten die Tür ein. Es waren drei. Sie legten mich auf den Tisch. Immer wieder. Nacheinander. Du musst wissen, wir Frauen, wenn überhaupt mal eine darüber sprach, wir fragten: Bist Du auch genommen worden? Und dann schämte man sich. Jetzt

erst habe ich gelernt, dass man sagt: vergewaltigt.
Aber irgendwie, das genügt auch nicht. Ich habe
nicht nur geblutet danach, ich war zerfetzt. Der
eine. Der Nächste. Der Dritte. Dann konnte wie-
der der Erste. Je mehr ich schrie, desto länger. Sie
genossen es, je mehr Blut. Dazwischen schlugen sie
mich. Ich weiß nicht, wie oft. Irgendwann bin ich
bewusstlos geworden. Als ich aufwachte, war ich an
den Ofen gefesselt. Sie kamen dann jeden Tag. Ga-
ben mir gerade so viel zu essen und zu trinken, dass
ich weiterleben konnte. Als ich mich weigerte zu es-
sen und zu trinken, steckten sie mir einen Trichter
in den Mund. Und dann. Ach Käthe. Sie pissten hi-
nein.

Sie holten andere. Immer mehr. Es gab ja nicht mehr
so viele Frauen in Breslau. Nicht genug. Ich dachte
damals gar nichts mehr. Ich vegetierte.

Als es irgendwann aufhörte. Ich weiß das alles nicht
mehr genau, ich weiß nicht, wie lange, ich weiß
nicht, was damals in Breslau passiert ist. Irgend-
wann später hat das Hausmeisterehepaar von unten
mich aufgenommen. Sie war siebzig. Aber auch ihr
ist es passiert. Meistens jedoch konnte er sie wohl auf
dem Dachboden verstecken. Sie hat mich irgendwie
wieder zusammengeflickt. Da unten. Nun, dass ich
keine Kinder mehr bekommen konnte, das ist klar.
Aber weißt Du, ich konnte sowieso auch nicht mehr
mit Hans schlafen. Ich konnte es ihm doch nicht,

wie all die anderen Frauen ihren Männern, verheim-
lichen. Man sah es mir ja an. Mein Gesicht haben sie
auch eingeschlagen. Die Nase, den Wangenknochen
zertrümmert. Und unten, bin ich zerfetzt, kaputt. Er
hat das einmal gesehen. Dann hat er sich erbrochen.
Und dann verstanden, dass ich nicht mehr mit ihm
schlafen kann und will. Ist dann halt manchmal in
den Roten Salon gegangen. Das wiederum habe ich
verstanden. Er war ein guter Mann. Ich wollte ster-
ben, jeden Tag. Aber die Hausmeisterfrau hat dann
immer den Finger erhoben und gesagt: »Das Peterle,
denk ans Peterle, der sucht dich bestimmt schon, der
braucht dich. Trink die Suppe!«
Ich hab's getan. Aber weißt Du, Käthe, leben tu ich
ja doch seitdem nicht mehr.
Ich erzähl noch weiter, Käthe, ich verspreche es.
Aber jetzt brauche ich eine Pause. Bitte.

Deine
Agnes

Liliths Hand zitterte. Sie war nicht in der Lage, diesen
Brief aus der Hand zu legen, nicht, ihn noch mal zu
lesen, nicht, sich zu bewegen. Sie hatte mit Agnes mit-
gelebt und sich selbst zerfetzt gefühlt. Sie war durch
die Worte in sie hineingeschlüpft, sie war Agnes. Wenn
sie ein Kind hätte, spürte Lilith plötzlich, würde sie
es vor allem Bösen beschützen wollen, es mit Sicher-

heit umgeben, alles tun, um es glücklich zu machen. Und nicht verstehen, wenn ein Kind, das nichts dergleichen erlebt hatte, nicht glücklich sei. Sie spürte, sie verstand. Erst dann legte sie den Brief auf den Tisch.

KAPITEL 40

Anastasia und Lilith
Breslau 2017

Lilith sah die alten Bürgerhäuser, die an die vergangenen Zeiten erinnerten und an denen die junge Käthe entlanggelaufen sein musste. Die meisten von ihnen waren schön renoviert und sanft bunt angestrichen. Dazwischen aber standen unangenehm schmucklose Neubauten. Offensichtlich waren sie in die Lücken gebaut worden, die die Bombenangriffe in der Schlacht um Breslau hinterlassen hatten. Lücken, die der Krieg hinterlassen hatte, Leerstellen, schnell gefüllt mit hässlichen Neubauten. Genau wie die Lücken in den Seelen der Menschen, schnell verstopft mit der Suche nach neuen Sicherheiten. Aber wer hinsehen wollte, der konnte sie sehen, die Lücken, die Schmerzen, die schwarzen Löcher in den Seelen der Menschen.

Anastasia führte sie durch die Straßen Breslaus, bis sie vor einem vierstöckigen, langgezogenen Mietshaus standen. Die schmucklose Fassade bröckelte ab. Das alte Haus stand zwischen weiteren, großen Mehrfamilienhäusern aus Beton, die wohl aus den fünfziger

Jahren stammen mussten. Grausame Gleichheit von immer gleichgroßen Fenstern, winzigen Balkons und Beton in großen Vierecken darum. Es waren nicht die schönen, hergerichteten Straßen der Breslauer Innenstadt, sondern eine traurig graue Straße in der Peripherie, außerhalb des Stadtgrabens. Hier war wohl mindestens seit den fünfziger Jahren nichts mehr erneuert worden. Straße Kollataja las Lilith. »Wie hieß die Straße damals?«, fragte Lilith.

»Das weiß ich nicht mehr, es fällt mir nicht mehr ein«, antwortete Anastasia nach einigem Überlegen kopfschüttelnd. Mehrere Eingangstüren mit langen Klingelschildern zeigten, dass hier noch immer viele kleine Wohnungen waren.

»Die Wohnung, in der wir lebten, war so groß wie deine Studentenbude«, sinnierte Anastasia.

»Die ist dreißig Quadratmeter groß«, brummte Lilith. »Hier hast du gewohnt? Mit Großvater und Großmutter?« Lilith verstand wieder nichts. Erst das große Herrenhaus, dann dieses heruntergekommene Haus, das mit Sicherheit damals schon ein großer Wohnblock für Arbeiter war. Wie zogen sich die seltsamen Lebenslinien ihrer Großmutter und ihrer Mutter? Es war ihr immer noch nicht ganz klar.

Ihre Mutter war dreizehn Jahre alt, als sie aus Breslau flüchteten. Dreizehn. Wie Aaron jetzt. Kein Kind mehr, kein Erwachsener. Viel konnte man in diesem Alter auf sich nehmen. Aber nicht viel ertragen. Ihre

Gedanken flogen zu Robert. Als er dreizehn war, lebte er in einem kleinen Dorf. In dem der Sportlehrer seine blauen Flecken und die Striemen auf dem Rücken genau sah, doch nicht etwa mit dem Vater sprach, schon gar nicht mit öffentlichen Stellen. ›Du gehörst nicht auf diese Schule‹, hatte er stattdessen gesagt. Gemeint, ein Kind aus solcher Familie habe auf dem Gymnasium nichts verloren. Das hatte Robert Lilith erzählt, die es nicht fassen konnte, die doch so behütet aufgewachsen war, in München, wo ihr so etwas nicht möglich erschien. In einer Familie, in der keine Ohrfeige verteilt wurde. In der sie aus dem Handarbeitsunterricht herausgenommen wurde, weil die Nonne ihr bei schlechten Näharbeiten den Kopf an den Haaren nach hinten zog. Was schmerzte. Die Nonne blieb, aber Lilith ging danach in den Werkunterricht, was damals noch eine Sensation war.

Robert hingegen als Dreizehnjähriger, der seine Erlebnisse nie hatte überwinden können. Immer hatte er Angst, es könnte ihn jemand schlagen, einfach so. Der deswegen immer auf der Hut war, nirgends bleiben konnte, obwohl er es so gern gewollt hätte. Immer suchte er die Heimat. Ein Heim. Geborgenheit. Dabei war er immer vorbereitet, zu gehen. Er konnte jederzeit seine Sporttasche packen und gehen. Und tat dies auch immer wieder. Bis er es nicht mehr wollte. Bei ihr hängenblieb, der anderen Frau. Ob sie ihm Sicherheit, Geborgenheit versprach?

Bei ihr war alles anders, dachte Lilith. Wohlbehütet war sie immer, oder? Keine Schläge, keine Gefahren, weiche Wände rundherum, die schützten und hielten. Aber seltsame Wände. Mit Rissen, mit nebelhaften Stellen. Mit Schweigen und Tabus statt Schlägen. Kein Grund, sich auf sie als Dreizehnjährige auszuwirken. Oder? Sexualität? Tabu. Kummer und Leid? Tabu. Streit? Tabu. Exzess, Lautstärke, Schreien? Tabu. Beklagen außerhalb der eigenen seltsamen Wände? Tabu, tabu, tabu! Kein Grund sich auszuwirken? Dreizehn Jahre.

»Weil Tobias wie mein Vater war.«

Es war für Ana wie ein Schlag ins Gesicht. »Du hast Tobias deswegen nicht geheiratet, weil er wie Jochen war?«

Sie waren in ein Café gegangen und Ana hatte offensichtlich nicht erwartet, dass das Gespräch sich nun ins Unangenehme wenden könnte.

Lilith wollte sich entschuldigen. Jetzt war sie gerade zu weit gegangen. »Nein, nicht dass du es falsch verstehst. Ich habe Papa immer geliebt. Als Vater.« Sie wusste nicht weiter. Sie konnte das Gefühl in ihr selbst nicht erklären.

»Aber du wolltest nicht jemanden mit seinem Charakter heiraten.«

Hilflos zuckte Lilith mit den Schultern. »Nicht, weil ich ihn nicht mochte.«

»Was genau, was genau war es, das du nicht wolltest?«

»Er war so«, sie zögerte, fand die Worte nicht. »So sicher. Alles war vorhersehbar. Das war ja auch schön. Für mich als Tochter. Und ich denke, für dich.«

»Aber nicht für dich als Frau.«

Beide schwiegen.

»Weißt du, dass seine Mutter damals, als Jochen ihr verkündet hat, dass er mich heiraten will, gesagt hat: ›Muss es denn ein Flüchtling sein?‹ Er hat das mal bei einer Party erzählt, viele Jahre später. Er hatte ein wenig zu viel getrunken, erzählte es wie eine lustige Anekdote. Ich konnte nicht darüber lachen. Als er das merkte, wandte er sich zu mir und sagte laut: ›Als ob das nicht belanglos gewesen wäre. Anastasia war und ist die Liebe meines Lebens, das Glück meines Lebens.‹«

»Ja, Mama, er hat dich sehr geliebt.«

»Lilith, du hast dich bewusst gegen die Sicherheit entschieden. Und dann darunter gelitten, dass Robert die verkörperte Unsicherheit war.«

»Ja, das stimmt.«

Obwohl von beiden Seiten nun eine Gereiztheit hätte herrschen können, lag in der Luft etwas von Verständnis.

KAPITEL 41

Lilith und Tobias
München 1994

Eine schwüle Hitze stand in dem Café »Wiener Platz«, das sie sehr liebte.

»Immer nur arbeiten, arbeiten, arbeiten. Denkst du eigentlich auch irgendwann mal an uns beide?«

»Tobias, ich bin doch noch nicht so lange im Architekturbüro. Ich möchte noch ein wenig arbeiten.«

»Noch nicht so lange. Drei Jahre!«

»Aber ich bin gerade erfolgreich.«

»Das wirst du auch noch in zehn Jahren sein.« Seine Stimme wurde nun leise und traurig. »Aber dann ist es vielleicht zu spät, eine Familie zu gründen.«

Lilith antwortete ihm nicht. Sie wusste nicht, was sie sagen sollte. In ihr war immer dieser Drang, es noch besser zu machen.

»Ich habe es akzeptiert, dass du mich nicht heiraten willst. Noch nicht, sagst du.«

»Tobias, ich liebe dich …«

»Ich weiß, aber du willst erst den Beruf perfekt machen, um dich dann auf die perfekte Ehe einzulassen und dann eine perfekte Mutter zu sein.«

»Tobias!« Liliths Stimme wurde zynisch. »Der Unterschied zwischen uns beiden ist nur, dass du das alles kannst: Vater werden und deine Arbeit erfolgreich weitermachen.«

»Vielleicht schaffst du das doch aber auch?«

»Wie soll ich eine gute Mutter sein, wenn ich Vollzeit arbeite?«

»Ich verdiene doch genug. Dann eben halbtags.«

»Und, wie bitte, soll ich dann eine Architektin mit einem eigenen Büro sein?«

Die Hitze wurde unerträglich. Sie sah, wie sich auf Tobias' Stirn ein Schweißtropfen bildete. Ein Gedankenblitz. Gestern hatte sich bei Tobias auch ein Schweißtropfen gebildet. Beim Sex. Er auf ihr. Heftiger Sex, jedenfalls seinerseits. Und dann hatte sich dieser Schweißtropfen gelöst, Lilith sah es wie in Zeitlupe, und war auf ihr Gesicht gefallen. Sie hatte sich so gegraust. Als er sich von ihr herunterrollte, war sie ins Bad geflüchtet und hatte sich gewaschen. Sich dann lange im Spiegelbild angesehen. Und sich selbst nicht mehr verstanden. Tobias war perfekt. Immer gewesen. Liebenswert, aufmerksam zu ihr, klug, fleißig. Ihre Mutter liebte ihn. Sie musste grinsen. Käthe irgendwie nicht. Nicht dass sie das je gesagt hätte. Aber wen sie geliebt hatte, war Robert. Käthe und Robert, das war ein Blitz, und die zwei liebten sich. Ob er Käthe je besucht hatte, auch in den Zeiten, in denen er nicht mehr zu ihr gekommen war? Lilith konnte das nicht ausschließen.

Aber Tobias war Anastasias Liebling. Alles würde sie für diesen Schwiegersohn geben. Und sie, Lilith, hatte ihn doch auch immer geliebt, seit damals, als sie siebzehn war. Sie hätte nicht einen Grund gegen ihn nennen können.

»Lilith, was bohrt in dir? Alles könnte großartig sein. Aber du bist immer so ruhelos. Es geht uns großartig. Finanziell, beruflich. Doch auch in unserer Partnerschaft, oder?«

Lilith konnte nicht anders als nicken. Es stimmte ja.

»Aber irgendwie«, er suchte nach Worten, »bist du immer rastlos. Immer nach mehr suchend. Wem willst du eigentlich etwas beweisen?«

Wem wollte sie etwas beweisen? Ihrer Mutter? Die hätte sich doch aber über Tobias gefreut. Was hinderte sie?

»Als ob du nie ganz glücklich wärst.«

Die Hitze klirrte mittlerweile in ihrem Kopf. Nie ganz glücklich. Der Kaffee in der Tasse schien zu flirren. Nie ganz glücklich. Sie hatte dazu kein Recht, alles in ihrem Leben war perfekt. Nie ganz glücklich. Sie musste sich zusammenreißen. Nie ganz glücklich.

»Tobi, dieses Jahr noch. Dann. Okay?«

Tobi nickte. Ungläubig.

KAPITEL 42

Anastasia und Lilith
Riesengebirge 2017

»Dies hier ist das Riesengebirge.« Anastasia sagte es mit einem zögerlichen Unterton. Unbedingt hatte sie Lilith auf der Rückfahrt nach München noch diese schöne Landschaft zeigen wollen. »Ich selbst habe es nie gesehen. Aber fast erscheint es mir, als ob ich es kenne. Käthe hat mir so viel davon erzählt. Sie fuhr als Kind immer hierher in die ›Sommerfrische‹.« Anastasia lachte. »Wenn Käthe das Wort ›Sommerfrische‹ aussprach, hatte sie diesen näselnden Ton drauf. Hochnäsig, die ganze Welt überblickend. Und beherrschend.«

Anastasia hatte das eher spöttisch und scharf gesagt. Doch Lilith überflutete dabei ein Gefühl von Liebe, als sie sich ebenfalls erinnerte, wenn ihre Großmutter diesen hochnäsigen königlichen Tonfall bekam. Für Lilith waren es jedoch die Momente, in denen Käthe glücklich war, die Welt um sich vergaß, offensichtlich zurücktauchte in die wohlbehütete, sorglose Kindheit.

Wie eine Wolkenlandschaft lag das Riesengebirge vor ihr – grüne, hügelige, weite Landschaften. Mit den

Bergen erinnerte es Lilith ein wenig an die bayerische Voralpenlandschaft. Anastasia hatte nicht zu viel versprochen, als sie Lilith zu dieser Reise überredet hatte. Eine wunderschöne Landschaft. Zum Ruhigwerden. Zum Nachdenken. Über Natur. Über Menschsein. Über den Sinn des Lebens. Wieder schweiften Liliths Gedanken zu dem Jungen auf dem Foto. Dem Jungen mit dem Gesicht von Robert, als sie ihn kennengelernt hatte. Ein wenig jugendlicher. Nein, fast kindlich. Ein Kind, das nichts dafürkonnte, dass der Vater es nur versehentlich gezeugt hatte. Dass seine Mutter gestorben war. Dass niemand da war, der es aufnahm, dass sein Vater noch nie in der Lage gewesen war, langfristig zu denken und anderen Menschen gegenüber auch nur den Hauch einer Zusammengehörigkeit und gegenseitiger Verantwortung zu entwickeln. Dass man auch das lernen kann, konnte er noch nicht einmal denken. Verantwortung auf sich zu nehmen. Dass seine Ehe schon mehr als zehn Jahre hielt, war eher ein Beweis als ein Gegenbeweis. Er selbst nahm nie Änderungen vor. Sie mussten von den anderen kommen, oder sie kamen, wie bei Lilith, nie. Einfach, weil andere eben auch ihre Probleme hatten, auch nicht wirklich mutig waren und nichts wagten.

Sofort stieg eine ihr schon bekannte Bitterkeit in Lilith auf. Für diese Frau musste er anscheinend keine Verantwortung übernehmen. Hielt sie ihn damit? Mit Sicherheit, mit Geld? Was hatte sie, das Lilith ihm nicht hätte geben können? Vielleicht eine Form der Kritik-losigkeit, die Lilith ihm nicht geboten hätte? Vielleicht gerade die Sicherheit, keine Auseinandersetzung mit ihr über Literatur, Kunst, Philosophie haben zu müssen, nicht im Zweifel zu stehen, immer bewundert zu werden? Vielleicht eine Form der Sicherheit? Plötzlich wusste Lilith es. In ihr, Lilith, war die Traurigkeit, der schwarze Schleier, der sich manchmal senkte, die Geheimnisse, die Stille, die sie in sich trug. Und davon hatte Robert doch selbst viel zu viel. Das war es. Seine Frau war sicher eine Frohnatur, eine, die lächelte, über simple Scherze lachte, eine, die nicht versank ins Dunkle, eine, die keine Geheimnisse hatte. Eine, die im unattraktiven braunen Höschen gedankenlos auf der Gartenliege lag. Das musste es sein. Regina hieß sie. Ihre Lippen formten den Namen. Regina. Und ihre oberflächliche Fröhlichkeit, ihre lebenspraktische Art, ihre alltägliche Durchsetzungskraft, das war es, womit sie ihn beherrschte. Regina – die Herrscherin. Sie war geschickter vorgegangen als Lilith. Ein weiteres Gefühl durchzog sie. Aaron, der Junge, der den klugen und auch etwas melancholischen Blick von Robert hatte. Nein, zwischen dieser Frohnatur, die den Sohn der anderen Frau nicht ausstehen konnte, und Robert, der sich von dieser Frau von seiner Melancholie ablenken ließ, hatte Aaron wirklich nichts verloren, er würde dort untergehen. Und nein, Robert wäre wirklich nicht in der Lage, ein Kind aufzuziehen, ihm Ruhe, Geborgenheit, Sicherheit und unerschütterliche Liebe zu geben. Stattdessen Rastlosigkeit, Suchen und die Melancholie, die ihn gefangen nahm, wenn die wohl allseits fröhliche und praktische Regina ihn nicht umgab, ihn ablenkte und beschäftigt hielt. Kein anderer da. Aaron. Konnte sie es? Warum denn eigentlich nicht? Löste sich nicht gerade etwas in ihr? Leerstellen, die sich füllten. Gefühle, die sich erklärten.

Birkenwälder zogen an ihr vorbei. Lilith liebte Birken, deren kleine Blätter im Wind rauschten, deren weiße Stämme sie sich immer wieder gerne ansah, mit dem Finger über die abblätternde Borke streifte und sich schon als Kind gefragt hatte, ob unter dem abblätternden Weiß ein starker, strahlend brauner Baumstamm sei.

Käthe hatte die Birken auch geliebt. Wenn sie eine sah, hatte sie ihr von den unendlich langen Birkenalleen in Schlesien erzählt. Ein Gedanke durchfuhr Lilith. Sie hatte immer die Birken im Sommer beschrieben. Aber es musste sie auch im Winter gegeben haben, auch in jenem, dem kältesten aller Winter. Wie wohl hatten die Birken ausgesehen, als die kleine Anastasia durch die Ritzen des Zuges geschaut hatte? Geschlossene Schneedecke, eiskalt klirrende Luft und Birken, die vom Raureif bedeckt waren. Wie große traurige Eisgespenster mussten die Alleen dann ausgesehen haben. Wie ihre Mutter und Großmutter diese aus dem

Zugfenster wohl wahrgenommen hatten? Wenn sie Käthe gefragt hätte, warum sie ihr immer nur die Birken im Sommer beschrieben hatte, sie wusste, was sie zur Antwort bekommen hätte, sie konnte sogar den Ton dazu hören: »Ach, einfach so.«

Wahrscheinlich hätte Käthe dann ihren schweifenden Blick bekommen, der sagte, ach, frag doch nicht immer so viel. Aber sie wollte fragen. Jetzt. »Mama, ich möchte es wissen. Warst du immer glücklich mit Jochen?« Sie wartete nicht auf eine Antwort und schob, verwundert über diese Worte, hinterher: »Gab es in deinem Leben einen anderen Mann?«

KAPITEL 43

Anastasia
München 1978

Ana hatte Hunger und sah sich nach der nächsten Möglichkeit zu essen um. Am Straßenende sah sie ein teures italienisches Restaurant. Das war heute genau das Richtige. Obwohl sie kurz zögerte, weil sie vermutlich der einzige Gast war, der alleine kam, schüttelte sie den Kopf, dachte an ihr gutes Buch in der Handtasche und betrat den feinen Eingangsbereich.

Beim Kellner, jung, schön und dennoch freundlich, bestellte sie ein Vitello Tonnato als Vorspeise und ein paar Garnelen als Hauptspeise. Dazu ein Glas Wein und ein Wasser. Während sie auf das Essen wartete, beobachtete Ana die schicke Gesellschaft Münchens, die sich hier in dieser auf elegante Art schlichten und doch so modern-teuren Einrichtung niedergelassen hatte. Sie aßen Vorspeisen, Fisch, Trüffel-Pasta, Ossobuco, alles, was die teure italienische Speisekarte zu bieten hatte, dazu flaschenweise den noch teureren Wein. Wer hier war, hatte Geld, wahrscheinlich stand der Mercedes vor der Tür, der Porsche, der Bentley. Gedämpftes Lachen, Gespräche, Gläserklirren. Eigentlich eine wundervolle Atmosphäre. Hatte sie es nicht geschafft, wenn sie hier war? Irgendwie fühlte sie sich seltsam fremd. Als ob sie nicht dazugehöre, oder dazugehöre, aber nicht dazugehören wollte. Rechts von ihr saßen eine Gruppe junger Männer, die Hemden lässig geöffnet, die Haare gut gestylt. Sie unterhielten sich über Geschäftliches. Nach dem, was Ana aufschnappte – Klient, Paragraphen, Verfahren –, schloss sie auf ein paar junge Rechtsanwälte. Vor ihr eine Familie mit zwei halbwüchsigen Kindern, die ihre teure Pasta verächtlich in sich hineinschoben. »Hier gibt's nie Pizza. Was für ein bescheuerter Italiener«, hatte sie vorher von dem einen Jugendlichen gehört. Ana lächelte. Wohlstandskinder.

Hinter der Familie saß ein Paar. Der hübschen jungen Blondine im gepflegten kurzen Kostüm konnte sie in das lächelnde Gesicht sehen. Sympathisch, offen und offensichtlich verliebt in ihr Gegenüber, von dem Ana nur den breiten Rücken sehen konnte, ein weißes Hemd, darüber ein dunkelgrüner Pulli. Sah nach Kaschmir aus. Von ihm konnte sie nur die sanft gestikulierenden Hände sehen und am Lachen der süßen Blondine, dass er etwas Amüsantes zu erzählen hatte.

Irgendwie flogen ihre Gedanken zu Franz. Seit Jahren hatte sie nicht mehr an ihn gedacht. Ein breiter Rücken, den hatte Franz sicher auch. Waren die Hände des Mannes nicht ähnlich wie die von Franz?

Sie konnte sich an seine Hände genau erinnern. Keine ganz feinen Hände, aber Hände, die ihren Körper fein und fest berührt hatten, als ob sie genau wussten, was Ana spürte. Hände, die sie in Flammen gelegt hatten wie sonst nie ein Mann. Hände, die so sanft waren, so vorsichtig, so begehrend, so fragend, so suchend, so findend. Warum hatte sie ihn nie angerufen? Weil sie doch mit Jochen verheiratet war. Aber auch nicht, als Jochen vor zwei Jahren gestorben war. Plötzlich und schnell, an einem Hirnschlag. War doch auch lächerlich, als sechsundvierzigjährige Witwe sich nach Kindheits-Lieben umzusehen. Nein, gestand sie sich ein, weil sie Angst hatte, dass dieser Traum des idealen Mannes nur die Projektion des jungen Traummannes war, der ihrer Familie alles zurückgebracht hatte, was sie besaßen, finanziell, an Erinnerungen, es war die einzige Heimat, die sie besaßen. Ana hatte die Koffer noch immer. Oben, auf dem Dachboden. Manchmal ging sie hoch und fuhr sanft mit den Fingern darüber.

Franz, er war ja doch nur ein Bauernjunge. Sicher auch geblieben in seinem Innersten. Das war es, wovor sie Angst gehabt hatte. Dass der Traum platzte, einer der wenigen, die sie noch hatte. Deswegen hatte sie nie angerufen. Ihr Essen kam und sie stocherte lustlos in dem eigentlich phantastischen Vitello herum.

Der Mann der Blondine stand auf und lief an ihr vorbei. Es war Franz. Minutenlang saß Ana bewegungslos da. Vielleicht würde er sie beim Zurückkommen sehen? Fast panisch nahm sie einen Hundertmarkschein aus der Handtasche, legte ihn neben ihren Teller und floh aus dem Restaurant.

KAPITEL 44

Anastasia und Lilith
Breslau 2017

Lilith parkte das Auto auf einem Parkplatz, der einen Wanderweg anzeigte. Anastasia und Lilith stiegen aus und liefen auf einem kleinen Weg in den Wald hinein, der wie verzaubert erschien. Fichten, lichtes Gehölz, das die Sonnenstrahlen hereinfallen ließ und goldene Streifen auf das sattgrüne Moos zauberte. Kleine Bäche, die über Steine gluckerten. Anastasia winkte sie zu sich auf einen umgefallenen Baumstamm. Lilith glaubte, um den Zauber des Waldes hier in Ruhe zu genießen. Doch ihre Mutter holte aus ihrer Tasche einen Brief hervor. »Lies. Es ist der letzte Brief.« Im Fortgehen murmelte sie: »Du musst ihn lesen, bevor wir nach Hause zurückkehren werden.«

Breslau, Februar 1956

Liebste Käthe,

Du denkst, Du hast das Schlimmste gehört. Aber leider nein. Hans kam 47 nach Hause. Ich glaube, zuerst hat er mich nicht wiedererkannt. Ich habe es Dir ja gesagt, auch mein Gesicht war eingeschlagen. Aber er stand zu mir. Und er hat doch polnische Eltern. Dadurch ging es alles schon, das Leben, irgendwie. Es war mir ja auch alles egal. Er hat dann geschrieben, überall hin. Wo der Peter ist. Ich habe immer gesagt Nürnberg. Aber da gab es kein Kinderlandheim. Die waren alle im Umland. Aber keiner wusste etwas. Damals ging ja alles drüber und drunter. Bei uns. Bei Euch.

Ich habe es nie aufgegeben. Manchmal denke ich, es wird klingeln, und dann steht da ein Mann. Und ich weiß, es ist der Peter.

Deswegen lebe ich immer noch.

Ja, so ist es, das war alles, Käthe. Ich habe kein Kind mehr. Du hast Deine gerettet. Vergiss das andere, Käthe. Alles ist gut bei Dir.

Sei froh, dass Du den Bankert wegmachen hast lassen. Und dein Ludwig nie wusste, was mein Hans ja doch nie vergessen kann. Und Du Deine Kinder und Deine Ehe gerettet hast. Sei glücklich.

In ewiger Liebe
Deine Freundin Agnes

Lilith blickte auf.

»... dass Du den Bankert wegmachen hast lassen ...«

Sie sah von Agnes' Brief hoch und sehr, sehr langsam kam die Erkenntnis. Langsam und schwer und schmerzhaft. Ein Bankert. Ein Kind, nicht von Ludwig. Jetzt wurde es ihr klar. Vom Volkssturmmann. Ein doppelter Preis, den Käthe für die Flucht hatte zahlen müssen. Zu hoch. Viel zu hoch, um ertragen werden zu können. ... ›hast wegmachen lassen‹. Ein Kind getötet, im Mutterleib. Wie auch immer. Danach nie mehr Kinder bekommen – obwohl sie doch noch jung war, achtunddreißig nach dem Krieg. Und Ludwig liebte, immer. Lilith hatte eine dunkle Vorstellung, wie Abtreibungen in der Nachkriegszeit noch verliefen. Stricknadeln, Küchentische, Zangen, Saugküretten – Begriffe und schreckliche Bilder tanzten vor ihren Augen. »Weibersterben – Kein Verderben. Rossverrecken – Bauernschrecken.«

Lilith glaubte, keine Luft mehr bekommen zu können. Ihre Kehle war wie zugeschnürt. Das nächste Bild. Davon hatte Ana ihr mehrfach erzählt. Die Wahrsagerin am Tisch. Und Käthe, der von einem Kind aus dem Totenreich erzählt wird. Und die zusammenbricht. Ihr schwindelte. Tote Kinder. Kinder, die töten. Kinder, die Tod erleben, Krieg. Mütter, die Kinder töten, in sich. Ihre Mutter, derentwegen die alte Frau in der Bahnhofshalle erfroren war. Unerträglich. Untragbar. Alles zerstörend. Menschen brechend. Und zwischen all diesen gebrochenen Menschen, die doch irgendwie, und sei es nur äußerlich, weiterlebten, war sie aufgewachsen. Und alle Hoffnung lag auf ihr,

Lilith, die doch ohne all diese Erlebnisse aufwachsen konnte, endlich. Die doch glücklich sein musste, die für sie alle hätte mitleben und mit glücklich sein sollen. Aber das war zu viel gewesen für sie, die ein Kind war, all dies nie erlebt und dennoch irgendwie immer gespürt hatte, in den verschränkten Armen der Großmutter, in der verzweifelten Suche nach Sicherheit der Mutter. Diese Last auf ihren kleinen Schultern, für alle diese Menschen mit glücklich zu sein. Das war zu viel. Viel zu viel. Das war die Traurigkeit in ihr. Die Traurigkeit, die nicht sein konnte, sein durfte, und doch war.

Ihre Mutter war zum Auto vorgegangen. Liliths Gedanken wurden seltsam klar.

Sie war nicht allein. Es waren alle in ihrem Alter. Es war nicht ihre eigene Schuld, dass sie so oft an sich selbst zweifelte, dass sie selbst nicht wusste, warum sie in all ihren guten äußeren Umständen nicht wirklich glücklich sein konnte. Warum sie so oft an gläserne Wände gestoßen war. Warum sie ein Leben lang eine Sammlerin der Augenblicke gewesen war. Weil sie die Bruchstücke der vorherigen Generation nicht zusammenfügen konnte, weil die Auslassungen zu groß waren, weil die unerträglichen Schmerzen von Krieg und Flucht nicht mit dem Ende des Krieges aufgehört hatten. Sie wirkten weiter, in der Kriegsgeneration, in den Kriegskindern, und auch in den Kriegsenkeln.

Aber es war auch nicht die Schuld der Elterngeneration. Sie hatten zu viel erlebt. Auch und gerade die kleinen Kinder, die all die unerträglichen Erlebnisse erleben mussten. Ohne sie überhaupt zu verstehen, die Zusammenhänge zu sehen, ohne eine Chance, sie zu reflektieren. Sie waren Objekte des Krieges, Objekte der Zeit. Sie hatten danach keine Worte für all dieses Leid, sie schlossen es in sich, auch in dem Gefühl, dadurch ihre Kinder von all dem Schrecklichen entfernt zu halten. Aber damit schlossen sie auch ihre eigenen Gefühle fort. Damit erfror der Ausdruck für alle Gefühle, auch die der Liebe.

Es war nicht die Schuld von Anastasia. Sie war nicht alleine. Sie war Teil ihrer Generation, von denen so viele wie sie selbst im Nebel der Vergangenheit herumstocherten, ohne je zu kommen. Sie war ein Nebelkind. Aber sie war nicht allein damit. Lilith krallte ihre Finger in den Baumstamm unter sich, bis das Holz ihr schmerzhaft unter die Nägel stach. »Sommerfrische.« Immer nur von der Sommerfrische erzählt, von dem anderen nicht. Für wen hatten die Frauen, die Mütter all dies getan: für ihre Kinder, für die nächste Generation. Käthe hatte sich geopfert für Anastasia, und Anastasia für sie, Lilith. Hatte sich das gelohnt? Lange spürte Lilith dieser Frage nach. Ja, würden sie beide sagen, Käthe und Anastasia, ja. Es lohnt sich, für Kinder zu sorgen. Und nun war da draußen wieder ein Kind. Ein dreizehnjähriger Junge. Deswegen wollte

Anastasia so unbedingt, dass Lilith dieses Kind rettete. Sekunden, Minuten, Stunden zerrannen. Bis Lilith ein lautes Ja sagte.

EPILOG

»Aaron, ich möchte dir zu Weihnachten etwas schenken.«

Er sah Anastasia im Glanz der Lichter des Weihnachtsbaums erwartungsvoll an. Auch Lilith blickte hoch.

»Es ist das Einzige, das ich aus meiner Kindheit habe. Ich bekam es zu meinem Geburtstag. Ludwig, mein Vater, war auf Fronturlaub. Ich habe es damals in meinem Koffer getragen. Die ganze Zeit der Flucht über. All die Jahre später aufbewahrt.«

Sie streckte ihre Hand vor, auf der eine kleine silberne Spieldose lag. Mit langsamen Bewegungen zog sie sie mit einem Schlüssel an der Seite auf. Eine kleine Tänzerin begann sich zu einer sanften Melodie zu drehen. Der *Blumenwalzer* von Tschaikowski. Ein Augenblick zum Sammeln.

Plötzlich schüttelte Lilith sich, unterbrach sich selbst im Sammeln. Oh nein, nicht nur den Augenblick sammeln, den Augenblick, das Davor und das Danach, mit Aaron.

»Mama, ich habe diese Spieldose nie gesehen«, stellte Lilith fest.

»Sie war versteckt, tief unten in der Kommodenschublade.«

Anastasia gab Aaron die Spieluhr, der sie vorsichtig entgegennahm.

»Wie so vieles.«

WARUM DIESES BUCH ENTSTAND

Wer lebt nicht mit seiner Familiengeschichte.

Bei mir erzählte sie von Welten, die mir genauso fremd und abenteuerlich, mal spannend und traurig, mal witzig und aufregend erschienen, genauso fern wie jene aus Tausendundeiner Nacht, jene von Odysseus oder der kleinen Hexe. Fremde Welten, Phantasiewelten. Sie erzählten von Herrenhäusern in parkähnlichen Gärten, vom Tennisspiel und Hausmädchen. Von jener sagenumwobenen Stadt Breslau, die es so heute nicht mehr gebe, ganz wie Atlantis, schien mir. Und von ganz anderem. Von einer Flucht, die doch einem Abenteuer glich. Oder etwa nicht?

Von meiner Großmutter Käthe, die die drei Töchter mit dem letzten Zug aus Breslau herausbringen konnte. Von meiner Mutter, die als Fünfjährige die Nächte im Stall des Bauern, wo man einquartiert war, unter ›Kuhbeschuss‹ erlebt hat. Der als Kleinsten ab und an von der bayerischen Bäuerin einer ihrer bis heute geliebten ›Klöße‹ angeboten wurde, so dass sie als einzige der Schwestern nicht so unter dem Hunger litt und glatt zehn Zentimeter größer wurde als die in ihrer Pubertät hungernden älteren Schwestern. Von

Schulspeisung, die meiner Mutter grauenhaft schien und die die Prügel der älteren Schwester nach sich zog, wenn sie es wagte, den schrecklichen Schleim zurückgehen zu lassen. Von in die Kleidersäume eingenähtem und so geschütztem Schmuck auf der Flucht. Erst viel später, als ich langsam zu begreifen begann, dass diese Geschichten nicht aus der Sagenwelt stammten, wurde mir durch die Beschäftigung mit all diesen historischen Geschehnissen klar, was man mir **nicht** erzählt hatte.

Mein Großvater Günter Less, der, neben Richter und Professor, als großartiger Erzähler und Autor mir das Literarische nahegebracht und vererbt hat, der uns Enkelkindern zwar über alle möglichen Geschehnisse erzählt hatte, aber, was mir nun erst auffiel, nichts vom Krieg.

Meine Großmutter Käthe, die doch heldenreich ihre drei Töchter aus Breslau rettete und auch mir damit mein Leben ermöglicht hat. Und, wenn auch nicht so, nicht aus demselben Grund wie meine Käthe im Roman, für diese Kriegszeiten mit einer tiefen Traurigkeit zahlen musste. Nicht erzählt über Tote, nicht über Judendeportationen, nicht über Hunger. So vieles nicht erzählt.

Und ich lebte mit einer Elterngeneration, der Sicherheit und Wohlstand das Wichtigste war, wichtiger als alles andere. Was oft auch die Grundlage des Zwistes unserer Generationen war.

Weit später las ich zum ersten Mal den Begriff der ›Nebelkinder‹, der aus der Psychologie entstanden ist und derzeit in diversen Richtungen untersucht wird. Die Nebelkinder – das ist meine Generation. Das bin ich. Jene Generation, die lange nach dem Krieg geboren worden ist. Nichts, rein gar nichts mehr damit zu tun hat. Oder?

Doch wir, meine Generation der Kriegsenkel, stochern im Nebel, permanent, im Nebel all des Nichtgesagten. Wir können nicht verstehen, warum unsere Großmütter manchmal zusammenzuckten, wenn sie Männer sahen; warum es angeblich keine Vergewaltigungen gab (nie jedenfalls in der eigenen Familie), die doch in der Wirklichkeit nahezu alle Frauen mit damals sogenanntem Ostkontakt getroffen haben. Und viele, viele andere Frauen in den diversen Kriegssituationen. Wir können auch nicht verstehen, warum Sicherheit wichtiger ist als Lebensgenuss, jener sogar verboten. Stattdessen sollen wir ständig »dankbar« sein, es gehe uns doch so gut. Wir sollen das Glück verkörpern, das den vorherigen Generationen verwehrt blieb. Die Last ist zu groß. Wir sind die Generation der Depressiven. Als mir dies alles langsam klar wurde, wusste ich es: Darüber möchte ich schreiben. Über drei Generationen, drei Frauen, deren Lebensgeschichten untrennbar miteinander verwoben sind, und der Krieg, der bewusst oder vielmehr unbewusst noch heute unser Leben überschattet.

Die ›Nebelkinder‹ heißt dieses Buch. Nebelkinder nennt man in der modernen Psychologie die Generation der Kriegsenkel. Dieser von Sabine Bode, einer Journalistin und Expertin auf dem Gebiet seelischer Kriegsfolgen, geprägte Begriff bezeichnet jene Generation, die eigentlich nichts mehr mit dem Krieg zu tun hat und die dennoch bewusst oder meist unbewusst die Traumata ihrer Großelterngeneration, der Kriegsgeneration sowie ihrer Eltern, den Kriegskindern, übernommen hat. Transgenerational wirken Traumata weiter. Dies ist nicht nur eine Erkenntnis der modernen Psychologie und Soziologie, sondern auch ein Zweig der modernen medizinischen und biologischen Forschung: Mäusekinder, deren Mütter Traumata, z. B. Nahrungsentzug, ausgesetzt waren, entwickeln nachweisbar Traumata, selbst wenn sie der Mutter sofort nach der Geburt fortgenommen und von Pflegemüttern aufgezogen werden. Die Vererbung von Traumata erfolgt also nicht nur soziologisch, sondern auch genetisch und epigenetisch. Die Nebelkinder sind jene, denen man ihr Leben lang erklärt hat, in welchem Privileg sie aufwachsen, ohne Krieg und in stetig wachsendem Wohlstand. Dennoch ist es auch die Generation der Depressiven. Denn sie stochern im Nebel des Nichtgesagten, in all dem Nichterzählten. Historiker gehen von etwa zwei Millionen vergewaltigter Frauen im Zweiten Weltkrieg aus. – Aber in fast keiner Familie scheint dies geschehen zu sein, es wird verschwiegen. Die Väter kamen schwer traumatisiert aus dem Krieg zurück, oft nächtelang schlaflos, von Albträumen geschüttelt, teilweise von grundlosen, brutalen Aggressionsausbrüchen beherrscht. Doch über den Krieg wurde nicht mehr gesprochen, nicht über getötete Kameraden, nicht über die Menschen, die man getötet hatte. Der Krieg war vorbei. In den Köpfen allerdings lebte er weiter. Kriegskinder, die bis heute Furcht vor dunklen Kellern haben, in verschwommener Erinnerung an Bombennächte in Luftschutzkellern, diffuse Ängste, Hungererinnerungen und Essen als Nahrungstrost, all dies schwirrte um die Generation herum, die doch immerzu glücklich sein sollte. Doch sie sind es oft nicht, die Nebelkinder. Nur wenn sie den Nebel durchdringen, in die Vergangenheit hineingehen, können sie Großeltern, Eltern und dann vielleicht auch sich selbst verstehen und mit sich und den vorherigen Generationen Frieden schließen.

DANKSAGUNG

Zuallererst bedanke ich mich bei meiner Familie, die die Flucht aus Breslau überlebte und mir seit meiner Kindheit die traurigen Geschichten erzählte, die doch auch zu meiner Familiengeschichte gehören.

Danke an meine Großmutter Käthe, die ihre Kinder auch aus Breslau gerettet hat, aber unter anderen Umständen. Danke an meinen Großvater, der mir nie über den Krieg erzählte, aber alle anderen Geschichten in mir entfachte, mir seine Faszination für Wissenschaft und Erkenntnissen der Forschung ebenso wie für Literatur weitergab, der mir sein Interesse an Menschen vermittelte und der mir zum Leitbild und Vorbild wurde. Danke an meine Mutter Sabine, deren Geschichten über Schulspeisung oder Kinogeld in diesen Roman einflossen, die als Person aber dennoch keiner der fiktiven Figuren entspricht!

Ausdrücklich möchte ich darauf hinweisen: Auch wenn meine Familiengeschichte und manch eine Erzählung darüber ein Ausgangspunkt für diesen Roman war, so verflüchtigt sich doch jede scheinbare Realität in meiner Fiktion! Meine Großmutter beispielsweise konnte aufgrund der Beziehungen einer befreundeten

Arztfrau mit einem schnellen Lazarettzug fliehen, nicht in einem der offenen, tagelang fahrenden Flüchtlingszüge. Und dafür bedurfte es nichts als einer Frauenfreundschaft.

Danke meiner Tante Doi, die mir alles erzählte, was sie noch wusste, von in Kleidersäumen eingenähtem Schmuck bis hin zum Bezahlen mit Tabak.

Danke meiner Tante Lonny, die ich für diesen Roman zwar nicht mehr befragen konnte, die mir aber in ihren Briefen von früher Erinnerungen geschenkt hat. Beispielsweise von ihrer Spielzeugpost mit den kostbaren gummierten Briefmarken. Als Hommage an sie möchte ich sie selbst zu Wort kommen lassen. Aus einem Brief an mich, ihre Nichte, 1982:

»Als ich so alt wie Dein kleiner Bruder nun war (Anm.: sieben Jahre), war eines der schönsten Dinge, die ich besaß, eine Kinderpost. Ganz besonders schön fand ich alle gummierten Teile wie Kinderbriefmarken, Paketklebezettel udgl. Und da es keine Möglichkeit des Ersatzes gab – jedenfalls stand für mich fest, daß verbraucht verbraucht war –, wagte ich nicht, auch nur eine dieser Kostbarkeiten wirklich zu benutzen. Ich glaube, die Kinderpost ist beinahe unversehrt den Russen in die Hände gefallen. Wenn sie dann wenigstens ein Russenvater seinem Russenkindchen geschickt hätte, wär's ja wieder gut.«

Klarstellen möchte ich, dass auch historische Figuren in meine Erzählung eingeflossen sind.

Lothar Neumann, geboren 1891, war ein einfluss-reicher deutscher Architekt und Professor an der Universität. Sein berühmtestes Gebäude war das Breslauer Postscheckamt. Zudem war er überzeugter Corps-Student des Corps Borussia. An der Fakultät für Bauwesen an der Technischen Hochschule hatte er einen Lehrauftrag. In der Nachkriegszeit kam er nach Hannover und starb dort 1963.

Paula Ollendorff, geboren 1860, war eine der großen, engagierten und einflussreichen jüdischen Persönlichkeiten im Breslau der zwanziger und dreißiger Jahre. 1937 musste sie Breslau verlassen und starb ein Jahr später in Jerusalem.

Der Romancier Walter Tausk (1890–1941) darf nicht unerwähnt bleiben. Aus seinem ›Breslauer Tagebuch 1933–1940‹ (Rütten & Loening, Berlin, 1975) habe ich die Zitate zu Goebbels' Kriegskundgebung z.T. wörtlich übernommen. Ich wagte oft nicht, diesen erschütternden Augenzeugenbericht zu verändern. Tausk sah es als seine Pflicht an, die Verbrechen der Nationalsozialisten »der. Geschichte zu überliefern«. Ich denke und hoffe, dass Walter Tausk es schätzen würde, wenn seine grausamen Erlebnisse so romanhaft an die nächsten Generationen weitergetragen werden. Er wurde am 25. November 1941 deportiert und starb vermutlich 1941 im Ghetto von Kowno, Litauen. Seine Tagebücher haben als großes zeitgeschichtliches Dokument überlebt, weil sie bei seiner Wohnungsauflösung an die Gestapo übergeben wurden zur »Nachprüfung wegen Hetzschrift«. – Ein großartiges Zeitdokument, das hoffentlich wieder neu aufgelegt wird.

Auch Willy Cohns Breslauer Tagebücher 1933–1941 waren mir eine große Quelle für das Alltagsleben der Juden in diesen immer schwieriger werdenden Zeiten.

Zitiert wurde aus »Les Fleurs du Mal« von Charles Baudelaire, in der Übersetzung von Stefan George.

Marianne Lindwedel hat mir, ein weiteres Mal, auch diesen Roman vorab lektoriert. Bitterscharf, gnadenlos, sehr klug, sehr treffend. – Wie sie eben ist! Satz für Satz, Wort für Wort lesend, Historisches nachprüfend, Hinweise zu den Figuren gebend. Sie war die schärfste Kritikerin einer Figur in diesem Roman. Ihre unfassbare, rein freundschaftliche Lektoratsarbeit hat mich sehr, sehr viel überdenken und verändern lassen. Danke, Marianne!

Danke an Frank »Kim« Waßmuth, der mit seinem unerschöpflichen Wissen an Historischem, seinem kritischen Blick und seiner Kenntnis diverser Archive und Datenbanken (beispielsweise eines polnischen Archivs einer nicht mehr existierenden deutschen Zeitung) mich vor einigen Fehlern bewahrte. Er wusste Details, wie etwa, dass die Breslauer Technische Hochschule nicht fälschlicherweise Technische Universität zu nennen ist, er wusste, wer der Absender von Einberufungsbefehlen im Krieg war, er korrigierte mir militärische Ränge, verifizierte, ob die Hakenkreuzfahne tatsächlich an der deutschen Botschaft in Israel hing, und viele andere Einzelheiten. Ich bin immer sehr beeindruckt von solcher Belesenheit und solchem historischem Wissen!

Karl Mosler hat mir mit seiner Liste schlesischer Worte sehr geholfen, den richtigen Ton in meine schlesischen Geschichten einfließen zu lassen (http://www.kmosler.de/Sprache/Woerterlisten/OS-Woerter.html). Zudem las er mir mit seinen wertvollen Erinnerungen als Zeitzeuge Korrektur. Seine Internetseite ist eine Fundgrube zur Vorkriegs- und Kriegszeit in Schlesien, ebenso wie für die Nachkriegszeit (http://www.kmosler.de/Heimat/Alte%20Heimat/Kindheit.html).

Danke an Toni Pammer, der mir einen Teil seiner sehr spannenden Lebensgeschichte und der seiner Vorfahren erzählt hat – eine große Inspiration für mich!

Vielen Dank auch an Prof. Dr. Andreas Klose, 2. Vorsitzender vom Verein für Geschichte Schlesiens, der mir wertvolle Informationen gab, u. a. zu Mädchengymnasien in Breslau.

Professor Carlos Collado Seidel hat den Prozess des Schreibens bei diesem Roman begleitet, mich historisch unterstützt und korrigiert und ermutigt. Zudem hat er ein Kapitel vor einer katastrophal falschen Datierung gerettet. Danke!

Danke an alle meine wundervollen Korrekturleser!

Andreas Merlin hat mir bei diesem und anderen

(kommenden) Werken einen unglaublichen Beitrag als Korrekturleser gegeben: tief, exakt, sehr einfühlsam.

Auch Peter Märkert hat mir wieder einmal Korrektur gelesen und mich als erfahrener Autor auf viele wichtige Kleinigkeiten hingewiesen.

Danke an meine ganze Familie, die in unserem Toskana-Urlaub mein Manuskript aufmerksam auf jeden kleinen und großen Fehler hin las, aus Perspektive von Jung und Alt, von Frauen und Männern ausdiskutierte und mir den letzten Input und diesem Roman den letzten Schliff gab – Danke Mark, Timon, Lonny! Und Sabrina Zellner!

Danke an viele einzelne Menschen in Polen, die mich auf meinen Recherchereisen unterstützt haben, mir bereitwillig alles gezeigt, erklärt oder übersetzt haben.

Wie, nur beispielsweise, Mateusz Adamowicz, der im Eisenbahnmuseum in Jaworzyna Śląska merkte, dass ich den polnischen Führer nicht verstehen konnte und doch so viele Fragen zu den Zügen von 1945 hatte, und mir spontan alles ins Englische übersetzte und für mich nachfragte. Danke!

Ich kann nicht anders, als Shinji Omura zu erwähnen, den Japaner, der einsam auf einem Berg mit Blick auf die Schneekoppe, allerdings ohne Wasser und Strom, lebt, alle leidenden Tiere dort rettet und bald dort ein Meditationszentrum aufmachen möchte. Wen dies interessiert, der suche ihn beispielsweise auf Facebook.

Was für ungewöhnliche, eigenwillige und wunderbare Menschen man trifft, wenn man sich abseits von Touristenpfaden bewegt.

Last, not least danke ich meiner wunderbaren Lektorin Anne Sudmann, die mit mir in meinen fiktiven Welten lebt, Charaktere erspürt und analysiert, Szenen verschärft, mich zu Streichungen bringt (diesmal so etwa 200 Seiten – was einem Autor nicht immer leicht fällt) und die Strukturen klarzieht. Ich schätze den gedanklichen Austausch mit ihr sehr. Danke für diese Art der Zusammenarbeit!

Liebe Leserinnen und Leser, zuletzt möchte ich Ihnen sagen, dass die Figuren dieses Romans mir so ans Herz gewachsen sind wie vielleicht nur Isabel aus meiner Roadnovel *Mein schlimmster schönster Sommer* und Anelija aus meinem, ebenso wie dieses, historisch geprägten Buch *Duft nach Weiß*. Unter dem Roman steht »Ende«, aber die Figuren flüstern mir zu, dass sie noch weiter von ihrem Leben erzählen möchten. Falls Sie mehr von Käthe, Anastasia, Lilith, Robert, Aaron, von Helene, Selma oder Wolfi oder einer der anderen Figuren dieses Romans lesen möchten, schreiben Sie mir dies gerne über meine Website www.stefanie-gregg.de, damit ich weiß, welcher Person Sie auf ihrem Lebensweg weiter und tiefer begleiten möchten.

Stefanie Gregg
Die Stunde der Nebelkinder
Roman
413 Seiten. Broschur
ISBN 978-3-7466-1487-8
Auch als E-Book lieferbar

Ein erster, letzter Tanz mit dir

München, 1947: Helene wächst zwischen den Trümmern auf, die ihr Zuhause und Spielplatz zugleich sind. Doch dann kehrt ihr Vater zurück, und sie fasst einen Beschluss: Von diesem Fremden wird sie sich nichts sagen lassen – und fortan rebelliert sie. Sie möchte ein unbefangenes, freies Leben führen und nicht wie ihre Schwester Ana immerzu Sicherheiten schaffen. Erst viele Jahre später, als ihre Mutter erkrankt und ihrer Tochter von ihrem Leben vor dem Krieg und ihrer ersten Ehe erzählt, erkennt Helene, wie sehr auch ihre eigene Existenz von der Vergangenheit gezeichnet ist ...

Authentisch und berührend – eine Mutter-Tochter-Geschichte in den Schatten des Krieges

Regelmäßige Informationen erhalten Sie über unseren Newsletter.
Jetzt anmelden unter: www.aufbau-verlage.de/newsletter

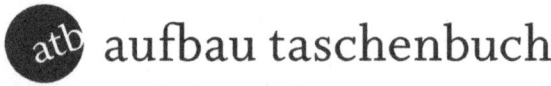

Stefanie Gregg
Das Glaskind
Roman
351 Seiten. Broschur
ISBN 978-3-7466-4117-1
Auch als E-Book lieferbar

Wie durch Glas

Mayas Leben scheint nahezu perfekt. Sie arbeitet in Hamburg als Ärztin in einer Klinik und lebt in einer festen Beziehung. Doch dann erhält sie einen Anruf. Sie soll zurück nach München kommen. Ihre Mutter hatte einen Unfall, und Maya muss sich um ihren Bruder kümmern, der als Autist schon immer das Zentrum der Familie war. Bereits als Kind hatte sie das Gefühl, für ihre Eltern unsichtbar zu sein. Alle Sorge galt ihrem Bruder Tobias. Als Maya zurückkehrt, begreift sie, dass sie endlich ihren eigenen Weg finden muss – nicht gegen, sondern zusammen mit ihrer Familie.

Nach dem Erfolg von »Nebelkinder« – der neue, zutiefst bewegende Roman von Stefanie Gregg

Regelmäßige Informationen erhalten Sie über unseren Newsletter.
Jetzt anmelden unter: www.aufbau-verlage.de/newsletter

aufbau taschenbuch